JN100935

蚕の王

かいこのおう

安東能明

Ando Yoshiaki

目次

装画　松山ゆう
装幀　延澤　武

蚕の王

序章　刑事の手記

1　令和二年三月十七日

当時二十一歳だったわたしの父親は、三つ年下の妹を連れて、となり町にある映画館に出かけた。

汽車に乗り、遠江二俣駅（現・天竜二俣駅）で降りた。歩いて十分のまっすぐな道。寒波が到来し、静岡県の西部にしては珍しく降雪があった寒い朝だった。薄日の射し始めた空の下、あちこちに残る雪を踏みしめて映画館が目と鼻の先のところまで来た。住宅が密集する西町通りの角で人だかりがしていたので足を止めた。物々しい雰囲気で、制止する警官の姿も見えた。ふと、鉄の臭いが漂ってきた。

見守っていた町の人に尋ねると「人が殺された」と言う。一家四人。鉄ではなく血の臭いとわかって、飛び上がるほどの恐怖を覚えた。しかも、犯人は捕まっていないというではないか。

山田五十鈴の『蛇姫道中』を見る気など、失せてしまった。妹の手をとり、追われるように来た道を引き返した。となりの野部駅（現・豊岡駅）に戻り、専業農家だった自宅に帰り着いた。殺人鬼が近くに潜んでいるかもしれない。そう思うと震えが止まらず、戸に閂をかけて、妹と抱き合い、時間が経つのを待つしかなかった。

昭和二十五年、一月七日のことだった。犯人は七十年経過したいまでも、見つかっていない。のちに冤罪事件として、広く知られるようになった二俣事件だ。

就寝中だった片桐家（以下、断りのない場合はすべて仮名）戸主の光利とその妻民子が刺し殺され、二歳の長女は絞殺、生後十一ヶ月だった次女も、倒れた母親の下敷きになって窒息死し、三人の兄弟と祖母が生き残った。

子ども時代、おりにふれ父親から聞かされた話だ。桜咲く宵の口、ヒグラシの啼く夕方、冬の近づく酉の市の夜、惨劇の現場近くを歩きながら。

二俣町は浜松の北、遠州平野の扇の要に位置している。小高い山に囲まれ、天竜川が西へ大きく蛇行する内側にある南北一・五キロの細長い町並み。戦国時代、武田と徳川勢が睨み合い、古くから植林が盛んで、明治以降、水利のよさから林業が発展した。近隣の養蚕業の集積地として、昭和初期には、日本一の取引高をほこる繭市場があった。温暖な気候も手伝い、当時は、静岡一の遊郭が軒を並べた総戸数二千、人口一万余の城下町。

その真ん中にある西町通りには友人も多くいた。学校帰りに寄り道しては遊びほうけた場所だ。正式には西古町だが、地元では西町で通っている。当時は商店が軒を連ね、夏祭りの屋台が集まる神社もある。その一角で酷たらしい事件が起きていたことなど、ふだんは頭の片隅にもなかった。事件を意識するようになったのは、小説家という職についてからだったろうか。

繰り返し聞かされた冬の朝の惨劇の血の臭い。

貧困にあえぐ一家八人の大所帯。天井まで血飛沫の上がった凄惨な現場。同室に居合わせた子ども三人と祖母は犯行に気づかず寝入っていた。犯人は部屋に居座り、新聞まで読んでいた形跡があったという。侵入した足跡はあるものの、出ていった足跡はない。

阿鼻と沈黙が同居する奇妙な事件。その捜査の過程で、拷問と捏造により、罪のない少年を犯人に仕立て上げた警官がいた。昭和の拷問王と呼ばれた赤松完治警部という途方もない人物が事実をねじ曲げ、そして、一審、二審と続いた死刑判決が覆った日本史上初の冤罪事件でもある。捜査に携わった警察官が内部告発し、拷問による自白の強要と供述調書の捏造があったと法廷で証言した。のちに無罪が確定したが、告発した警察官は偽証の疑いで逮捕されている。前後して、冤罪事件の多発した静岡のみならず、全国的な冤罪告発の嚆矢となった歴史的事件。静岡県警が関わる袴田事件では、いまだにその残滓を引きずっている。

いつかそれを文章としてまとめる日が来るのかもしれない。四十年前、浜松に居を移したあと、漠然としたその思いが心の隅に棲み着いてはいた。書こうと思い立ったのは、ささいなきっかけだった。

この日、菩提寺への彼岸参りの帰り、その西町にある河合正己の工房に立ち寄った。旧友の河合昇の兄で、画家だ。工房は二俣事件のあった片桐家の斜向かいにあり、九十六歳になる母親のきくゑがひとりで住んでおり、正己が日中の仕事場としていた。

きくゑが、たったひとり生き残っている二俣事件の目撃者であるのは知っていた。このときは事件の話をするつもりなど毛ほどもなく、向かいの空き地に車を停めて、マスクをつけ、玄関のサッシ戸を引いた。

絵筆を執っていた正己がパッと顔を上げ、「おお、これはこれは」といつもどおりの挨拶をした。

七十を過ぎても、若々しく面長の整った顔立ち。わたしの市役所勤務時代、正己は大手通信会社に勤めていて、その頃からのつきあいだ。

昔、文具店だったスペースに、パステル画や水彩画などが所狭しと置かれている。立ったまま、はやりだした新型コロナや絵の展覧会について、しばらく話し込んだ。母親はデイサービスに行っているという。

　画材や筆の置かれた広い作業机の隅に、一センチほどの厚さの紙束があるのが目にとまった。

「この人の記事が新聞にでかでかと載ってね」正己はクリップ留めされた紙束を寄こした。「二俣事件の捜査に携わった刑事の手記だって」

　驚いた。そんなものが出ているのか。

「十年以上前、向かいの本間(ほんま)呉服店にこれを書いた本人がやって来て、置いていったものでね。自費出版したみたいだよ」

　手記のタイトルは『元刑事の告白　二俣事件の真実』とある。著者は吉村省吾(よしむらしょうご)。平成九年、地元の発行所名で出されている。本をコピーしたもので、年月が経っているらしく少し黄ばんでいた。文章自体の量は多くない。

「その手記に真犯人の名前が出ててさ」

　絞り出すように正己が言った。

「真犯人……ですか？」

「うん」

「冤罪の容疑が晴れた人ではなくて？」

　赤松により犯人に仕立て上げられた木内郁夫(きうちいくお)には死刑判決が下った。しかし、のちに衆議院議長まで務める著名な清瀬一郎(きよせいちろう)弁護士（実名）の法廷活動が功を奏して、判決が覆り、無罪を勝ち取っている。

「いや、別人」

興味深げに口の端を曲げた。

「読ませてもらっていいですか？」

「どうぞ、どうぞ」

椅子を借り、目を通してみた。

三十分ほどかかって読み終えると、じっとしていられなくなった。紙束を持ったまま、空いたスペースを行ったり来たりした。全身全霊を注ぎ込んで書かれた告発文だと感じた。

七十年前の、救いようのない惨劇の現場に居合わせたような気さえする。血の海の中で横たわる遺体にも臆さず、現場を検証し、早くも事件解決の糸口をつかんだ刑事眼。拷問により犯人を作り上げようとする赤松刑事に義憤を覚え、身を挺して告発しようとした魂の叫び。吉村は警官の身分のまま、味方になってくれた読売新聞の紙面で被疑者の無実を訴え、無罪の証言をするため法廷にも立った。

違法捜査を身内に暴かれた警察の怒りはすさまじく、吉村は偽証罪で逮捕され、拘置所に収監された。精神鑑定まで受けさせられ、妄想性痴呆症の診断が下ったところで手記は終わっている。

拷問王として名高い赤松警部には昔から興味を持っていた。浜松で昭和十六年から十七年にかけて、十名の命が奪われた連続殺人事件の捜査に携わり、それが元で拷問による捜査に突き進んだとされている。これまでも、赤松や二俣事件に関係する本や雑誌記事は集めてきた。しかし、二俣事件の捜査に携わった刑事がこれほどの記録を残していたとは。

正己に、このあとの吉村刑事の動向について尋ねた。

「奥さんや子どももいたけど働き口もないし、自宅に火をつけられて路頭に迷ったみたいだよ」

「放火されたんですか？」

「根に持った警察関係者の仕業だっていう人もいるけどね。本人はもう亡くなってるよ」

それはそうだ。生きていれば、百歳を超えるかもしれない。

気分が落ち着くと、疑問が頭をもたげてきた。

手記の中で、吉村が殺された片桐光利の実兄の永田辰弘（ながたたつひろ）を真犯人として名指ししているところだ。光利の次女の里子（さとこ）は、刺殺された母親の胸の下にいて布団が掛けられており、外からは見えなかったが、現場にいた永田が吉村に「もうひとり死んでいるはずだ」と布団を指さした。

その瞬間、犯人でなければわかるはずがないと疑い、吉村は兄の永田こそ犯人に違いないと思った。ほかにも、いくつかの証拠があり、動機は金銭関係であるとしている。

しかし、本当に実の兄が犯人なのだろうか。

正己に問いかけると、形のいい鼻筋にしわを寄せ、何か言いたげにこちらを見た。

表で車の停まる音がした。介護の女性に手をとられて、きくゑが入ってきた。しっかりした足取りで、ふたりして奥に消えた。

たったひとり、生き残っている二俣事件の目撃者だ。手記の中にも、登場している。話を聞けないものかと正己に話すと快く応じてくれた。耳は遠いが、頭はしっかりしているという。

介護の女性と入れ替わるように、正己とともに奥の間に上がった。

茶の間と一段低くなった板の間の部屋が続く細長い造りだ。椅子にちょこんと腰掛けているきくゑに、正己が少し大きな声で呼びかけた。

「おばあちゃん、昇の同級生のねえ、安東(あんどう)くん、川口(かわぐち)に住んでた。二俣事件のねえ、四人殺しの話を聞きたいって」

うまく聞こえないらしく、正己はきくゑの左側に回り込んで、同じように声をかけた。すると、きくゑは軽く咳(せ)き込(こ)みながら、「四人殺しねえ」と仕方なさそうにつぶやいた。

「すみませんねえ」わたしも左側に移って、口にした。「あのぉ、ぼくも誰に訊いていいのかわからなくて」

「そうだねえ、生きてるの、わたしだけんなったねえ」

唯一の目撃者であるのを気にかけているようだった。

「おばあちゃん、警察が来る前に二度も現場に入ったって言ってたじゃない」

正己が言う。

「うん」

警察が来る前に二度も？

「何人くらいで、見に行ったの？」

「わたしらとお隣の床屋や時計屋、向かいの呉服店の衆らと……表でみっちゃーの子どもらが、とうちゃとかあちゃが、どうかなっちゃったって騒いでたしねえ」

きくゑは道路側を指さす。

それぞれ夫婦で入ったとして、八人くらいだろうか。けっこうな数だ。

「みっちゃーっていうのは、殺された片桐光利さん」正己がわたしを見て言った。「長男の紀男(のりお)くんが助けを求めて走り回ってたんだよね」

正己も二俣事件について、ふだんから話を聞いていたようだった。

「近くにみっちゃーのお兄さんの永田さんが住んでたもんで、飛び込んでったみたいよ」

「お兄さん、苗字が違うんですね？」

わたしは訊いた。

「ずいぶん前に勘当されて、女の人の戸籍に入ってね」

「なるほど。で、それは何時頃だったんですか？」

「明け方だったねえ。近所の衆で家に入ってみたんだよ。あの家、失礼な言い方だけど、生活に困っていてねえ。うちのお父さんのとこに来ちゃあ、『食うのがやっとだ』って言って、お父さんはそんなの何とかなるって話してたもんだから」

「現場を見た感じはどうだったの？」

正己が訊いた。

「ひどい有様だったねえ。土間からすだれを上げると見えてね。頭を向こうにして、へんな格好で横になってるし。もう動転しちゃってさあ。恐いし、ろくに見ないで出てきちゃって」

「出てきて、どうしたの？」

「近所の衆だって殺されたとか思わなくて、みんなで話して。子どもも大勢いたし、生活苦しかったからかなあとか。それでも、向かいの本間さんが、ちょっと変だで、もういっぺん見るかって言って、また、みんなで入っていって」

「同じ人たちが入ったんだよね」

正己が確認する。

「うん、同じ。今度は上がってみたんだよ。みっちゃーは横向きになって、長女の久恵ちゃんは仰向けだったね。お母さんのほうは、もう、枕の下に血がいっぱい溜まってるし、首から顔から血が流れてるだろ。布団をそうっと持ち上げると、ちっちゃな子の足がお母さんのお腹の下から出ててね。次女の里子ちゃんだよ。誰かが『触るな』って言ったんで、すぐ元に戻したけど、みんな見てたよ」

「下の女の子がお母さんの下敷きになっているのに気づいたのは、二回目に入ったときだったんだよね?」

「ああ、最初はなにがなんだか、さっぱりわからなかった。二度目の方がいろいろ見えてねえ。壁にべったり血がついてるし。どうしただいねえ、どうしただいねえって、みんなで言い合って。わたしは、恐いもんで黙って、口出さんで見てたけど」きくゑはひと息ついた。「玄関脇の小部屋で寝てたおばあちゃんが、顔だけ出して、きょろきょろ見てて。何事が起きたか、わかってなかったんだよ。耳が遠かったからねえ。そのうち、裏の方から、ああ、ここから誰かが入ったんだとか声が上がって。行ってみると、みんなして裏で地面見ていて、こりゃあ事件だってなって、それで、うちのお父さんが警察に電話したの」

「そのとき、永田さんは一緒にいたんですか?」

わたしは訊いた。

「そのときは一緒じゃなかった。あの人が奥さん連れて来る前に、わたしらだけで入ったんだよ。そのあとはどうかなあ。あの人ねぇ、家の前うろうろして、どうすりゃいいだって言ってたけど。とにかく、警察が来るまで時間がかかってねえ」

「遅かったんだよね」

正己があいだに入る。

「うんうん、なかなか来なかったよ。警察が来てからは、わたしらもぜんぜん入れなくなっちゃったもんでねえ。でも、うちのお父さんなんか、警察の人に呼ばれて中に入っていったけどね」

「警察の人に、書くものをくれって言われたんだよね？」

「チョークを渡してあげたよ」

「人殺しってわかる前は、一家心中だと思ってたんだよね？」

「そうだね。みっちゃーは酒好きで、事件の前の晩も酒を呑んできてうちのお父さんと親しく話していたよ。うちのお父さんが一番の仲良しで、何でも話せたからね。みっちゃーは隠し事なんてできない性格だったしね」

「事件の日の二日くらい前にも、うちに来て何か話していたって聞いたことあるけど」

正己が問いかけると、ふいにきくゑの表情が曇った。

拝むように手を合わせ、額のあたりに持っていった。

「何？　どうかした？」

きくゑは首を横に振り、もとの穏やかな顔つきになった。

「片桐さんの家は、裏に空き地があって、となり同士でつながってましたよね？」

わたしは訊いた。それは本にも書かれていたのだ。

「簡単に行き来できたよ」

「殺しに使った短刀が、空き地の西にある農協の塀のあたりに置いてあったんですよね？」

「うんうん」

「犯人の足跡もおばあちゃん、見たって言ったよね？」

　正己が訊いた。それも手記にある。

「見たよ。大きなのが残ってて」

「それって、警察が印かなんかを付けてあったんですか？」

「ないよ。雪が積もってて、くっきり残ってた。とにかく、大きかったね」肩で息を吸い、ため息をついた。「あー、あのときの光景が目に焼きついて離れなくてねえ。よく知ってるような、知らんようなだね。ほんとに」

　微妙な言い回しが気になる。

「ほかに何かありますか？」

「うちらではねぇ、真犯人だって……」

　ぽつりときくゑが洩らした。

　そのとき、きくゑと正己が、一瞬アイコンタクトをしたように見えた。

　それだけで、意味が通じたようだった。

「おばあちゃんたちだけじゃ、犯人を見つけられないって」

　正己が助け船を出すように言う。

　はぐらかされたような気がしたが、きくゑの話は尽きたようだった。

　正己は補足するように、それまで母親から聞かされていたことを話してくれた。

　殺された妻の民子は強度の近視で、針仕事がようやくできる程度だったこと。その母方の実家が地元の諏訪町にある御嶽教教会だったこと、正己の父親の河合又一が事件直後、警察に何度も呼ばれて事情聴取を受けたこと。とにかく、当時の警察は恐ろしかったという。

それは手記にも書かれていた。

きくゑに礼を言い、正己とともに仕事場に戻った。

正己は一言も感想を洩らさず、すぐ絵筆を執った。緑濃い小径にある松の木の根元を重ね塗りする。

話しておきたいことがあった。片桐光利の兄の永田についてだ。

「お兄さんの永田さんは片桐家の家族構成を知っているし、近所の人だって何度も現場に入ったくらいだから」わたしは言った。「警察も遅れてたし、夫婦で家の中に入って惨状を見たはずですよね」

「だろうね」

関心なさそうに言う。

「次女が母親の胸の下敷きになっているのも見たはずですよ。近所の人から聞いてるだろうし」

大の大人が七、八人いたのだ。彼らから、永田とその妻は部屋の状態を事細かく聞かされたに違いない。次女の居場所も。

「そう思う」

「吉村刑事に次女の居場所を尋ねられたって、すぐに答えられるはずですよ。だからここに書かれているように、真犯人とは限らない」

「うん」

正己は気分が沈んでいるようだった。根掘り葉掘り訊いたので、気分を害しているのだろうか。きくゑにも、疎ましく思われたかもしれない。

「片桐先生のところに行ってみる?」

なにげなく正己が言ったので、耳を疑った。

「紹介してやるよ」

「近くにいらっしゃるんですか?」

事件で生き残った片桐家の長兄の紀男は、小学校の教諭になり、合併する前の地元の天竜市で、教育長になったことは地元紙などで見聞きしていた。

「まちづくりの協議会なんかで、よく会うし」

臆する気持ちが先に立つ。会えるに越したことはないが、事件について切り出すのは気が引ける。いくら昔のこととはいえ、身内があのような酷い殺され方をしたのだ。間違えば、自分も同様の運命をたどっていたかもしれない。

日を改めて紹介してください、とお願いし、吉村の書いた手記のコピーを借り受けて、河合家を辞した。

車を停めてある空き地は、二俣事件が起きた片桐家の家屋が建っていた場所だった。砂利を敷き詰めた細長い空き地が二十メートルほど続き、コンクリートブロックで仕切られている。その向こうは駐車場になっていて、ブロックの左隅に木戸がある。木戸を抜ければ細い路地とつながっており、そこを進めばひとつ西側の通りに出ることができる。事件が起きたときの土地そのものが姿を変えず残っているのだ。

風もなく、日も照っていて、過ごしやすい日和だった。地元で大明神と呼ばれる神社に向かって歩いた。かつては、ぎっしり建て込んでいた町並みも、空き地ばかりが目につく。いまでも河合文具店のとなりは床屋だ。二俣事件の目撃者の子孫が店を継いだのだろう。斜め前はわたしが二俣高校時代に化学を教わった教師の自宅だ。以前、酒屋もやっていて、奥に古い土蔵も見える。戦前は二俣でいちばん裕福な商家で、要人の宿泊先にもなっていたのだ。

四辻は一般住宅と花屋の駐車場だった。昔、左手には瀬戸物屋があり、狸の置物が軒先に出ていたのを懐かしく思い出す。花屋の次男坊は中学校時代、軟式テニス部でペアを組んでいた同級生だ。そういえば同じテニス部で、小学校時代からの親友である芹沢もこの近くに住んでいる。あとで寄ってみよう。

道がやや右に曲がり、細くなった。大明神手前にある薬局は昔と変わらず営業していた。品数の少ないガラスケースに手をついて、年配の男性が外をぼんやり見ている。

そこで引き返した。車を停めてある空き地まで来たとき、頭の中でよみがえるものがあった。あらためて通りを見渡した。このあたりの風景が強く記憶に残っている理由に気づいた。天ぷら屋の店頭で、惣菜を売っていた。油の煮えたぎった大鍋で、さっと揚げられるコロッケ……それを持って塾に走った。あの天ぷら屋がここにあったはずだ。香ばしい風味が忘れられない。食べることにかけては強い印象が残るものだと納得した。

小学校時代の気分に浸ったまま、車に乗り込んで空き地を出た。

2

古い自動車修理工場の看板をかかげた裏手に車を停めて、中に入った。見覚えのある年配の整備員が車のボンネットを開けて点検をしていた。すぐ横にある狭い事務所で、ツナギ姿の男と女性が向き合って座っていた。

「久しぶり」

声をかけると、芹沢良文(よしふみ)が「おう」と言い、手振りで入れと示す。

「墓参りだ」

声をかけながら、芹沢のとなりに腰を落ち着けた。

「いつ以来だっけ」

ぼさぼさの髪に手を突っ込み、芹沢が首をかしげる。

工場の二代目社長だが、洗いざらしのツナギや油のしみた安全靴は、整備員と変わりない。

「二、三年前、呑もうって言ったきりだな」

「安東くん、久しぶりね」

前にいる姉の純子(じゅんこ)から声がかかる。

「ご無沙汰してます。お袋さんは？」

姉の横で、いつも帳簿とにらめっこしていた丸顔の母親がいない。

「それが去年亡くなってさ」芹沢が黒縁(くろぶち)メガネに手をやり、残念そうに言った。「うちで脳梗塞(のうこうそく)

で倒れて入院して、ひと月であの世へ行っちゃってさあ。それまで、ここで仕事してたんだぜ」

「それは知らなかった。悪い」

「突然でさあ」

皿に盛られた味噌(みそ)まんじゅうをすすめられた。

姉もしきりとうなずき、茶を入れてくれた。

まんじゅうを食べながら、ひとしきり新型コロナの話題になり、そのあと二俣事件について河合家で聞いてきた話をした。

芹沢は興味深げに手記のコピーをめくった。

「この冤罪が晴れた木内郁夫だけどさあ、知ってるぜ」

顔を上げた芹沢が意外なことを口走った。

「家が近くとか?」

「違う違う。二俣事件当時は、まだ工場をやっていなくてさ。うちのじいさまが二俣警察署の裏手で製麺業(せいめんぎょう)をやってたんだよ」

「自宅近くで?」

芹沢の自宅は神明町(しんめいちょう)で、かつての二俣警察署の西側にあるのだ。

「うん。その木内は父親が屋台でラーメンを売っていてさ。それで、息子がうちの製麺工場に麺を取りに来てて、そのついでに、うちのじいさんの懐中時計を盗んだんだよ」

「ほんとか?」

「仕事に邪魔なので懐中時計はいつも壁に掛けてあったんだけど、それがなくなって。警察沙汰になって、懐中時計は戻ってきたんだけどさあ」

「本当に木内郁夫が盗んだ？」

「工場の中に入ってくるのは木内だけだったみたいでさ。すぐばれたんだよ。それが二俣事件で逮捕されるきっかけになったかどうかわからんけど、よそでもこそ泥を働いてたみたいだって、うちの親父がよく言ってたよ」

「ほー、そうだったのか」

　びっくりするような証言だった。

　いつも一緒にいたのに、これまで二俣事件について話したことは一度もなかったのだ。

「うちの菩提寺、清瀧寺（せいりゅうじ）だけどさ」芹沢が手記をめくりながら口にした。「先代の和尚（おしょう）が二俣事件について詳しいんじゃないかな」

「清瀧寺のご住職が？」

「いまじゃ別の人に代を譲って、市内で暮らしてるよ」

「いくつぐらい？」

「うーん、八十くらいじゃない」

「どうしてその人が詳しいの？」

「その元和尚の祖父が二俣事件のときの住職でさ。当時、保護司かなんかをやってて、警察でぶっ叩かれたりした人が寺に逃げ込んできたとか、そういう話を聞いたことあるから」

「すごい話だな」

　清瀧寺は町の西側を取り巻く城山の麓（ふもと）にある由緒ある寺だ。戦国時代、父親の徳川家康から自（じ）

刃を申し渡されて果てた徳川信康の霊廟がある。

「紹介してやるから、会いに行けばいいじゃん」

その場で電話をかけようとしたので、やめてもらった。

心の準備ができていなかった。吉村省吾の手記も読めたし、河合きくゑの証言も聞くことができた。正直なところ消化しきれない。

二俣事件だけでなく、この年代の静岡県では立て続けに冤罪事件が起きた。現袋井市で起きた幸浦事件、現静岡市の小島事件、島田市の島田事件、三島市の丸正事件、そして、いまでも冤罪の当事者が生きている現静岡市の袴田事件――。

明治時代から拷問は禁止されていたが、戦中まで一部の警察官や特別高等警察による拷問は残っていた。終戦とともに民主主義の世の中になり、新憲法で公務員による拷問の禁止が明文化された。しかしそのあとも、静岡県では十数年にわたって連綿と続き、冤罪のデパートなどと揶揄されている。

拷問捜査を主導した赤松警部とはいったいどういう人物なのか。悪名高い特高や憲兵出身ではない。一介の刑事に過ぎなかった彼が、なぜ、拷問王と呼ばれるまでに至ったのか。怪物のようになってしまった彼を敵に回して、どう冤罪は晴らされたか。

二俣事件で生き残った人間と会うことになるかもしれない。そう思うと緊張した。顔を合わせたとき、何をどう話せばよいか。その人は事件をどう見ているか。いま、何を思って生きているか。

どの冤罪事件でも、被害者の遺族の話は少ない。二俣事件も同様だ。まったく、表に出てきていない。冤罪を疑われて投獄された人やその弁護についた人々の証言は多く残っている。それと比べたら無に等しい。

　多くの冤罪裁判の陰で、事件の被害者遺族は息を殺すように暮らしていたはずである。警察が捏造した犯人を真犯人であると疑わず、ひたすら憎むしかなかった。ほかに、怒りの矛先を向ける相手はいなかったのだ。ひょっとしたら、冤罪被害者を弁護する側の人々を怨嗟の目で見つめていたかもしれない。無罪を訴える人たちに、では真犯人はどこの誰なのかと問い続けたはずだ。怒りをぶつける相手をはぐらかされ、罪を許す縁さえ与えられず、やがて訪れる死とともに、すべてが無に帰す。何より殺された人の無念はどこで晴らされるのか。

　多くの冤罪事件が作られる過程で、闇へ消えてしまった真犯人たち……。

　拷問捜査さえなければ、彼らは捕まり、事件は白日の下にさらされていたのではないか。冤罪を解くため、あまりに多い年月と労苦が費やされた。反証に追われる警察と検察が、真犯人捜しなどをすれば、自ら冤罪を認めるようなもの。不可能だったのだ。

　真犯人たちは、自分がしでかした事件の裁判記事が新聞に出るたび、ほくそえんでいたはずである。第二、第三の犯行に及んでいたかもしれない。いたずらに偽の犯人をこしらえる刑事たちの陰で、高らかに嗤う真犯人たちの顔が浮かぶ。そんなことが許されていた時代だったのだ。

　ふと、河合家で聞いた話を思い返した。真犯人について口にしたときだ。やんわり、かわされたような気がする。あれはなんだったのだろう。なにか言いたいことがあったのだろうか。どちらにしても、七十年前の事件だ。話せない事情などあるものだろうか。

　事件について、改めて調べ直してみる気持ちになっていた。

当時に詳しい人と会える算段もついた。問い直してみる機会であるのは間違いない。

それにしてもと思う。正己の工房を訪ねなければ、探偵のように実際の事件についてあれこれ調べようなどとは、きょうのいままで夢にも思わなかった。

会うべき人に会って、話を聞けば当時について理解が深まる。それがいまにつながっているかどうかは別として、その成果を小説としてまとめてみるのはどうだろうか。拷問王とそれに刃向かう熱血刑事、そしていまだに謎のままの真犯人の存在。おもしろい読み物になるのではないか。しかし、それがいかに甘い見通しであったか、しばらくして思い知らされることになった。事件後七十年、それらはまだ生きて、どす黒くとぐろを巻いていた。

3

小説に仕立てる覚悟を決めて、清瀧寺の元住職の自宅を訪ねたのは、それから三日後だった。二俣町を南北に流れる二俣川を渡り、母校である旧二俣高校の敷地を回り込んだ。わたしが高校を卒業した頃、東側は山だったが、いまは宅地が造成され住宅地になっていた。高台にある幼稚園の下をしばらく走ると右手に目指す家があった。駐車スペースに車を停めて、玄関を開け声をかける。

本や資料が広げられた居間から、カーディガンを羽織った年配の男が顔を見せた。ほっそりした小柄な体つきで、シルバーフレームのメガネをかけた目は穏やかだった。元住職の名は牧野利正（まきのとしまさ）と聞かされている。

いったんマスクを外して自己紹介し、手土産のイチゴパックを置き、近著の文庫を差し出した。利正は本をぱらぱらめくって、ほー、こんなの書いてるの、と親しげに言った。

上がり口の壁にある本棚は、年代物の単行本がぎっしり詰まっていた。『緒方洪庵伝』『ダーウィンに消された男』『動く遺伝子』などの古典的で少しクセのある本が並んでいる。案内されて急勾配の階段を上がると、屋根裏部屋にも、太い柱に支えられた本棚が奥まで続いていた。漱石鷗外露伴といった文豪の全集や岩波の日本古典文学大系、ケンブリッジの古代史洋書版など、名著がすき間なく並べられていた。利正は静岡大学文理学部生物科出身と芹沢から聞いていたが、ここまでの書物の収蔵家とは思わなかった。つい興味が湧いて、いくつかを広げ中身について尋ね、下に戻った。旧天竜市史の執筆にも携わり、郷土の歴史についても詳しいらしかった。

冷え込む上がり口で横座りになり、利正の身の上話を聞いた。いまの清瀧寺に生まれたものの、父親は早くに離婚して出奔してしまい、祖父から寺の代を受けて住職になった。子どもは女の子が三人いるが外に出ていて、寺は本山に譲り五年前に引退したという。現在八十二歳。

二俣事件で生き残った片桐家長男の紀男はふたつ年下で、母親の実家の御嶽教教会は清瀧寺のとなりにあった。紀男とは物心がついたときからの幼なじみで、いつも遊んでいた間柄だったと聞かされた。事件が起きた西町にも大勢の友人がいるという。事件に詳しいのも当然だと思った。

わたしは、父親が二俣事件に遭遇し、恐ろしい思いをした話を聞かされて育ったと話した。

「それで、またほじくり返そうと思ったわけだね？」

好奇心をにじませた目で覗き込まれた。

「はい」

利正はこほんと軽く咳払いする。

「わたしでよければ話しますけどね」

「是非お願いします」

一層、柔和な顔つきになった。

「うちの祖父は厳しい人でね」若々しい声で利正は続ける。「寺というのは民に施すのが務めだから、贅沢なんてもってのほかというのが信条だったんですよ。食べるものも何もかも、生活はもう最低限のレベルでね。小さいときから辛かったですよ。お供え物だって、人に分けてやってうちには残らないんだから」

理科系が好きになった理由を知りたいと思ったが、先を急ぐことにした。

わたしは、当時の西町の様子について訊いてみた。

「二俣は火事が多いところでしょ。知ってます？」

逆に訊かれた。

「ええ、小さい頃から火事はよく見ました。小学校の頃、木造だった二俣高校が焼け落ちるのを、火の粉が降りかかるところで見ました。直前に、珠算の検定試験で入った校舎だったので、びっくり仰天でしたよ。高校のときもうちの向かいの家が焼けて、祖母が便所のふたの上で腰を抜かしたりして」

どちらも、顔に感じた炎の熱さをいまでもはっきり覚えている。

「明治時代は二年にいっぺんくらい、百軒単位で燃えたからね。二俣は木造家屋が密集してるでしょ。道も細くて消防車が入れないし、盆地だから上昇気流が渦巻いてね。昭和二十二年の大火は？」

「聞いたことがあります。二俣事件のあった西町あたりがぜんぶ燃えてしまったと思いますけど」

「百軒以上だよ。風があったら、千軒燃えたっておかしくなかった。火事のもとは知ってる？」

「野部村の男が放火したと記憶しています」

父親の実家のある二俣の隣村だ。

利正はにやりと笑みを浮かべた。

「その日、旅館で警察の連中が飲み会やってて、残り火から火がついたっていう人もいるよ」

「……そうなんですか」

まさか、それはないだろう。

利正は居間からホチキス留めされた資料を持ってきた。

それは現在の二俣の住宅地図に、昭和初期の主な建築物が書き込まれたものだった。利正が作ったものだと言う。当時の県道が、太いペンで引かれている。県道は二俣の繁華街の途中で西に折れ、二俣事件のあった西町を通っていた。

「いまの県道は一本、東に寄ったところだけど、大火の前は二俣事件のあった通りが県道だったんですよ」

「そうだったんですか」

これもはじめて知った。

清瀧寺に近いところに書き込まれた繭市場を利正は指さした。

「昭和初期から戦時中まで、繭の取引が盛んだったのは？」

「知りません」

「近隣は養蚕が盛んだったんです。ここにふたつあった問屋が競い合って、蚕（かいこ）の繭取引が活発になったんだけど、昭和はじめの取引量は二百万トンもあったんですよ。当時、全国一の規模です。信州の製糸業の連中がこぞってやって来て、繭市場の二俣っていわれてた」

「そうだったんですか……材木取引も多かったですよね」

奥の山間地域では、良質な杉やヒノキが急な斜面で育っているのだ。

温暖で降雪もほとんどないので、天竜材は根曲がりがなく、まっすぐな木になる。

「繭に比べたら微々たるもんだよ。じゃんじゃん人が来るから、西町から吾妻町（あづまちょう）にかけて、遊郭が建ち並んでさ。日本広しといえども、県道沿いに遊郭が建っていたのは二俣だけですよ。子どもらだって、毎日遊郭の前を歩いて学校に通ってたくらいだから」

別の紙を広げて見せた。こちらも利正の手によるものだ。県道が曲がるあたりに、金子楼（かねころう）、喜楽楼（きらくろう）といった遊郭が八戸ほど軒を並べている。二俣事件のあった通りの東側には、大正座という芝居小屋もあったようだ。

「二俣の遊郭は芸妓と娼妓の両方を置いていて、夜中の十二時前は、芸妓、それからあとは娼妓って具合に、時間制で働いていたんだよ。小さい頃から、着物姿の芸妓を見たもんです」

わたしは図面と首っ引きになりながら、

「なかなかの場所だったんですね」

「騒々しいところだったね」

「大火のあとも遊郭はあったんですか？」

「すぐ建て直した。当時は佐久間ダムの建設がはじまって、ものすごい数の人が入ってきたから景気がよかったんですよ。二俣の町じゃ、誰もが水商売をやってた時代だね。満州帰りの連中も多かったし。浜松あたりだって、ぱーっと餃子が広まってさ。どう、あなたが小さいときだって、西町はけっこういろんな店があったんじゃない？」

「……ですね、焼き芋屋もあったし、天ぷら屋でよくコロッケ買って食べました」

利正の顔が一瞬、ゆがんだ。

どうしたのだろうと思ったが、すぐ元に戻った。

満州の引き揚げ者の話が続いたので、二俣事件に話を戻した。

利正は少し厳しい顔つきで、

「事件が起こった日は葬式があったんです。雪が降って、焼き場に行くか行かないかでもめて」

まるで、昨日の出来事のように言う。

「利正さんがいくつぐらいのときでしたか？」

「たしか、中学一年。祖父は当時、保護司と民生委員を両方やってたもんでね。悪ガキどもをうちで面倒見てたから、事件のあと、警察にいじめられて、みんなうちに助けを求めに来た」

「……拷問されてたんじゃないですか」

吉村の手記に、拷問が辛くて警察署から脱走した人がいたことも書かれていた。

「当時は国家地方警察と自治体警察に分かれていたでしょ。捜査に当たった赤松警部っていう人は国家地方警察で、二俣事件以外にも冤罪をこしらえたのは知ってるよね。いまも話題になってる袴田事件の大本を作ったんだけど、吉村刑事なんか、こっぴどくやられた口でね。知ってる？」

「もちろん、知ってます」

わたしは吉村の手記のコピーを見せた。

二俣事件の二年前、ＧＨＱはそれまでの内務省警保局による中央集権的な警察組織を解消するため、国家地方警察と自治体警察のふたつに分けた。人口五千人以上の町村では自治警、それ未満の町村は県単位の国家地方警察——国警が管轄するとされた。両者は公安委員会を持ち、財政的にも独立した組織として発足したが、自治警は人も金も力もなく、実際は国警が捜査の実権を握っていたのだ。

自治警として生まれた二俣警察署は、二俣町にとって負担が重く二俣事件が起きた翌年の昭和二十六年、住民投票により廃止され国警に吸収された。わずか三年と短命だった。その後、国警も現在のような県本部単位の警察組織に移行した。

「それ、読んだよ」利正が言う。「小さかったから、わたしは直接面識はないけど、けっこう話は聞いてる。その本に書かれた以外のこともね」

「そうですか」わたしは本論に入ることにした。「しかし、どうして当時、静岡県では拷問が常態化していたんですかね？　憲法でも警察法でも、固く禁止されているのに」

「戦後の新しいやり方に対応できなかった人もいたかもしれないよ」

「でも、勝手に人を犯罪者に仕立てあげて、はい、終わりって、究極の怠慢ですよね。喜ぶのは真犯人だけですよ」

利正は腕組みして、しばらく考え込んだ。

「……まあ、そればっかりとは言えないな。赤松のことについては、キドコウキチっていう元刑事がうちの檀家にいてね。この人、浜松事件の捜査にも携わっていてさ、赤松と知り合いだったんだけど、なかなかの人だったよ」

利正がメモに城戸孝吉と書いた。

浜松事件は昭和十六年から十七年に、浜松で起きた連続殺人事件だ。戦時下で十人もの犠牲者を出し、赤松も捜査に参加している。

「二俣事件当時はもう警官をやめていて、二俣の車道で板金業を営んでましたよ」

利正が続ける。

「その人が何か？」

「浜松事件で赤松と一緒に捜査していたんだけど、城戸が犯人を見つけちゃったりしてね。赤松のことはよく知ってるから、二俣事件もすぐ冤罪と見抜いたんです。吉村さんとふたりで無罪の声を上げて法廷にも立ったんですよ。そのあと島田事件なんかでも弁護団を引っ張ってね。ほんとうに正義の人だった」

赤松警部という悪魔的な人物により、昭和二十年代は多くの冤罪事件が生まれた。どれも熱心な弁護活動により冤罪が暴かれている。その活動の中心にいたのだろう。

「城戸さんについて、教えてもらえませんか？　吉村刑事についても知りたいです」

「いいけど、昔の話だから、あまり期待しないでよ」

「もちろんです」

「じゃ、二俣事件の吉村刑事からだな」

利正は膝（ひざ）を立てたままの姿勢で、ゆっくり話をはじめた。

家に戻るとすぐ、これまで集めた事件関連の本や雑誌、新聞の記事を机に並べた。二俣事件については、清瀬一郎という稀代（きたい）の弁護士によって書かれた詳細な記録もある。赤松警部が引き起こした冤罪事件は、当時もセンセーショナルな話題を振りまいていた。雑誌や新聞で多くの特集が組まれ、赤松警部本人へインタビューした「週刊文春」の記事もある。このあたりはいまと変わりない。もう一度、すべてに目を通した。利正から聞いた話をかみしめながら、わたしは小説の第一行を書きはじめた。

第一章　寒行の夜

1

昭和二十五年一月七日

風が建物を震わせている。吉村省吾は浅い眠りから覚めた。電話が鳴っている。警電ではなく、一般からの通報のようだ。枕を並べて床についている稲葉(いなば)巡査部長はまだ眠りこけている。起こさないよう、そっと重い布団から抜け出した。窓の外はまだ暗い。夜来の雪がやんでいたが、寒気が身に沁(し)みる。

階下で電話を受ける石井(いしい)巡査の声が聞こえてきた。

「人が倒れてる、四人も、えっ、死んでる……」

急ぎ身支度をすませ、稲葉を起こし、一階に駆け下りた。電話を取った当直の石井巡査が交換室から飛び出てきた。

「片桐光利の家です。人が死んでるみたいです」

「通報してきたのは？」

「斜向かいの文具屋の主人」

「自殺か？」

石井は青い顔で、首を横に振る。

「他殺なのか？」

「おそらく」

もうひとりの当直の中里(なかざと)も姿を見せた。

「中里くん、片桐の家はわかるな？　西古町の名倉（なぐら）時計屋の向かいだ」

「はい、あそこの、わかります」

しきりと思い出しながら言う。

巡査になりたての中里は、生粋（きっすい）の二俣っ子だ。地元に詳しいし、指南役の吉村の言うことをよく聞く。

「すぐ、行ってくれ。町の連中を入れないようにしろよ」

「わかりました」

中里と石井を送り出すと、寝間着姿の稲葉が震えながらやって来た。

「吉村くん、どうすりゃいい？」

と訊いてくる。

吉村は三十六歳。刑事を拝命している巡査だ。稲葉は四十三歳で、階級も上だが捜査経験が乏しく、頼りにならない。

「部長、他殺となると、うちだけじゃ捜査できません」吉村は断言した。「国警に応援を頼むしかないですよ」

二俣警察署は町警と呼ばれる自治体警察で、二年前にできたばかり。署員は事務員を含めて十五名たらず。巡査部長はふたりだけで、刑事係は吉村と石井と中里の三名のみ。鑑識員も置いていない。同じ二俣町の、目と鼻の先にある国警――国家地方警察北磐田（きたいわた）地区警察署には、実績、陣容の面でとてもかなわなかった。

「国警を頼むなら、うちの公安委員会の承認がいるぞ」

「そんなことしてる暇はありません。北磐田地区署に電話をつないでください」

冷え込む事務室で稲葉が電話をかけると、すぐにつながった。吉村が代わって説明した。相手は顔見知りの司法主任だった。事件発生を伝え、これから現場に出向き、報告すると話した。応援を要請し、続けて、静岡市にある国警の県本部の鑑識課に電話を入れた。こちらにも前任地で世話になった警部がいたため、すんなり話は通じた。

うまく連絡が取れたので、ほっとした。万事順調、幸先がいい。

署員の非常召集をかけるよう稲葉に伝え、ジャンパーを羽織った。事務室の時計は六時十分を指していた。玄関を飛び出る。あたりは白みはじめていた。

自転車に乗り、重いペダルを漕ぎ出した。寒風が頬を撫でる。全身が凍りつくほど寒い。砂利を押し固めた道の幅は三間たらず。二階造りの町屋が並ぶ商店街は、どこもぴったり雨戸が閉められている。十間ごとに立つ電柱の街灯の明かりが、軒下にうっすら積もった雪を照らしていた。昨日は寒の入りで、嵐が吹き荒れ、日中から雪が降ったのだ。

仲町から新町にかけて、脇道と交差するたび通りは向きを変える。西鹿島行きの木炭バスががたごとと音を立てながら、すれすれを追い越していった。

吉村は二俣から北東に二十キロの山間部にある春野町熊切の出身だ。祖父の代は山持ちで知られたが、父親が早世して家が傾き、吉村は若いときから四十貫（百五十キロ）の材木を担ぐ山仕事に励んで一家を支えた。二十五歳で召集され支那事変で従軍、除隊後、二十九歳で巡査になった。川崎署（現・牧之原市）で手柄を上げて刑事に抜擢され、自治警ができた二年前に二俣警察署に赴任した。

それにしても、四人も死んでいるとは。

片桐家は戸籍調査を受け持ったから知っている。主の光利は去年まで船明(ふなぎら)にある日本楽器佐久良(さくら)工場の警備員をやっていた男だ。歳は四十六歳のはず。中風で寝ついていた母と近眼の細君、そして子どもが大勢いる。二俣大火で焼け出されて、バラック建ての家住まいだ。

遊郭が立ち並ぶ吾妻町の角まで来た。昨夜、このあたりでは木内親子がラーメン屋台を出していた。署の事務員にせがまれて、一緒に二俣会館に芝居を見に行った帰りに見かけたのだ。

バス停の角を曲がれば大明神までわずかな道のりだった。そこから見る西町の通りは、街灯も少なく薄暗かった。大火をまぬかれた髪結屋から向こうは、瓦もない急ごしらえのバラックの平屋が続いている。

外山(とやま)うどん屋の南どなりも、間口二間半の粗末な造りだった。軒先にいる石井が手を上げる。昨晩、芝居見物のあとにこの家の前を通った。ガラス戸から明かりが洩れていた。その家が事件現場になるなど、夢にも思わなかった。

ガラス戸を開けて中に入った。土間にいた中里が安堵の顔を見せた。

「この中です」

中里が座敷の衝立(ついたて)を横にずらした。電灯が灯り、西枕で横たわる男の頭のところに、長髪の男がしゃがみ込んでいた。

「きみ、上がっちゃだめだろ」

大声をかけると、男は顔を上げた。町医者の山本(やまもと)ではないか。

「あ、先生でしたか」

山本は往診カバンを手に取り、土間に下りてきた。

「とてもわたしの手には負えん」と言いながら、そそくさと出ていった。

誰が呼んだのだろう。代わって、靴を脱ぎ座敷に上がった。鉄くさい臭いに鼻を突かれる。布団が敷き詰められた六畳間の真ん中に、襦袢姿の男が体の左側を下にして横になっている。片桐光利だ。その左側に、おかっぱ頭の幼女が両手を伸ばした格好で、仰向けになっていた。

光利の首に赤黒い二センチ大の刺し傷がぱっくりと開いている。これが致命傷と見られるが、ほかにも身体中に刺された傷がある。幼女に傷はない。ふたりとも目を閉じ、苦悶の表情は見せていなかった。

光利の右手に、縞模様の着物を着た女の体が布団からはみ出ている。くの字型になり、壁に頭を向けて横向きの姿勢で倒れている。妻の民子だ。目は開いたままで、メガネが血にまみれて、顔から外れかかっていた。

胸元に苦いものがこみ上げた。民子の首にも滅多突きされた傷口がいくつもある。首も顔も血まみれで、壁から天井にかけて血飛沫がついていた。着物の襟から垂れた血の滴が布団を赤黒く染めている。布団も何もかも血みどろだった。

光利の枕元に土瓶が転がり、茶殻がこぼれていた。まわりに貯金通帳や失業保険証書などが散乱していた。壁際に血のついた新聞紙が張りついている。

殺人事件に間違いなかった。まず侵入口を探さなければ。

玄関横の小部屋で、光利の母のうめが総白髪の頭をこちらに向けて横になっていた。

四人死んでいるというが、もうひとりはこの母か。

生まれて間もない女の子とその上には男の三兄弟がいるはずだが。

いったん土間に下りた。左手にある開き戸を押し、中里とともに、左手にある通路を進み、裏の勝手口に出た。軒下に壊れかけたかまどがあり、そこから裏手を見た。

三坪ほどの裏庭やその先の空き地一面、真っ白い雪に覆われていた。その向こうに農協の板塀が見える。両側の家は片桐家よりも奥行きがあり、その分せり出している。片桐家の台所と板の間続きで便所があり、外側は小さな畑と接していた。

ここまで確認できれば十分だった。片桐家をあとにして、斜向かいの文具屋に入った。電話を借りて署の稲葉に結果を話し、北磐田地区署へ伝えるように指示した。続けて国警の県本部に電話をつなぐように言うと、稲葉は規則でできないと突っぱねた。緊急事態だと言ってせかす。しばらくして県本部の鑑識課とつながった。雪に足跡が残っているので大至急来てもらいたいと強く要請すると、藤枝(ふじえだ)にいる赤松を拾ってから行くと言われた。

嫌な予感がした。

一昨年の十一月、幸浦で起きた一家四人殺人事件で、捜査を担当したのが赤松完治警部補、県本部刑事課強力(ごうりき)班主任だ。四十二歳にして表彰三百五十回余、「名刑事」「静岡県刑事の最右翼」などと新聞紙面を飾り、「至宝」とまで讃えられる絶対権力者。

しかし、公判では四人の被疑者全員が無罪を主張し、拷問による取り調べを声高に叫んで裁判が紛糾(ふんきゅう)しているのだ。

まさか刑事がそんなことするわけない。不安を振り払い、現場に戻る。座敷に上がった。

死体が横たわる北側の壁の柱に、丸い柱時計がかかっていた。それは右に傾き、十一時二分を指して針が止まっていた。

柱時計の左側の壁に棚が取り付けられ、ラジオが置かれている。ラジオはつけっぱなしで明かりが灯り、斜め左を向いていた。針は九百キロサイクルあたりで止まっていた。ラジオの横で、サカキが入った瓶が転がっている。

柱時計のある柱の前に、鏡のない鏡台があり、その左右にタンスの引き出しだけが不規則に積み重ねられていた。引き出しの側面に血のついた跡が残っている。

昨晩、芝居見物の帰り、この家からラジオの歌が流れていたのを思い出した。あの時間帯、ここに横たわる人はまだ生きていたのではないか……。

隣室の三畳間のふすまは開いたままだった。押し入れから、布団が外に引き出され、下着類が畳に散乱していた。犯人が物色したようだ。続く台所の板の間には新品の国防色ズボンがあった。角火鉢の隅の上に、血のついた百円札が一枚置かれている。

光利の母のいる小部屋を除けば、部屋はこの二間きりだ。ふと台所の土間に、マッチ棒と黒っぽい何かが散乱しているのが目にとまった。下りて見てみると、黒いものは焦げた布切れで、血糊(ちのり)らしいものが付着していた。五、六本散らかったマッチ棒はどれも使用済みだった。布をマッチで焼いたようだ。重大な物証になる。踏みつけてはならない。

中里に呼ばれ、ガラス戸を引いて裏に出た。

「ここに足跡があります」

中里が指した雪面に、畑近くから裏口のガラス戸まで、大きな足跡が残っていた。戸に近づくに従って歩幅が広くなっている。

「家に入ってきた足跡だな」

「そうですね」中里はあたりを見回す。「でも、出ていったときの足跡はありません」

たしかに侵入した足跡だけで、逃走の足跡はない。

もう一度文具屋に走り、チョークを借りて、土間の布切れが落ちているところを丸く囲んだ。

そうしていると、表で戸の開く音がしたので、死体のある六畳間に戻った。

片桐光利の実兄の永田辰弘が、着物姿で覗き込んでいた。真っ青な顔でぶるぶる震えて、寒そうだった。いい噂はなく、油断のならない相手だ。

挨拶してきたので、なぐさめの言葉をかけた。まだ三人の兄弟と次女が見つかっていない。そのことについて尋ねると、

「赤ん坊はそのあたりに」と永田は民子の布団を指した。

奇妙に思いながら、布団の裾を引きあげると、赤ん坊の足が見えた。ふくらはぎに触ってみる。まだ体温があった。

「生きてるな」

そう言うと永田は、

「いや、死んでる」

と即座に返事した。

驚いて脈をとってみたが反応はなかった。

母親の体の下に埋もれ、その上から布団をかぶっていたのに、この男は即座に次女の居所を言い当てた。死んでるとも。

これは犯人にしか、わかりえないではないか。

永田は固まったように赤ん坊を覗き込んでいる。

目の前にいるこの男こそ……犯人に違いない。

すぐさま捕まえたい衝動をこらえた。あわてることはない。証拠を積み重ねて逮捕すればいい。

そう思い直して、小部屋の母を振り返った。頭に当てた枕に血がついている。

「おばあちゃんは？」

改めて訊くと、

「そっちは生きてる」

と断言した。

おかしいと思った。見ただけでは生きているか、死んでいるかわからぬではないか。

光利の母の鼻先に手を伸ばした。かすかに息をしている。生きている。眠っているようだ。

すぐにも母から事情を訊かなければならない。

「起こしてみるか」

そう言って母の肩に手を伸ばしたとき永田が、

「後生だからやめてくれ」

と哀願してきた。

たしかに、この光景を見せるのは忍びないので、その言葉に従った。

ほかの三人の子どもらは永田の家にいるという。

表が賑やかになってきた。出てみると大勢の人が取り巻いていた。新聞記者がふたりいたので、中の写真を撮らせてやった。永田はいなくなっていた。稲葉部長が残りの署員を連れて来た。遅れて、二俣警察署の高井署長が姿を見せた。署長命令で名倉時計屋の二階に現場の捜査本部が置かれた。まもなく、国警の北磐田地区署の署長や署員がやって来た。

2

すっかり夜が明けて、白々とした陽の光があたりを照らしていた。しかし、現場の部屋は暗く、灯りをつけたまま現場検証が行われていた。国警の警部が様子を口述して、それを国警の刑事と町警の稲葉巡査部長が記録していた。

母のうめが起きたらしく、国警の刑事が枕元に近づいて、

「おばあちゃん、ゆうべは誰かに枕を直してもらったのかな?」

と声をかけた。

枕に血がついているから気になるのだろう。

「光利が直してくれたよ」

事件そのものに気づいていないようだった。

中里が来て、外に連れ出された。

「おばあちゃんを永田の家に運ぶことになったんですが、国警からこっちで運んでくれって言われまして。解剖の場所も設営しろって言われてますけど、どうしますか?」

国警は検証で忙しく、雑用を押しつけてきたのだ。

「解剖はどこでやる？」

「うどん屋の裏あたりしかないと思いますけど」

「わかった」

そうだ。隣家の聞き込みをしなければならない。中里とともに外山うどん屋へ出向いた。

厨房にいた小柄な女性が、前掛けで手を拭きながら狭い店先に出てきた。外山八重と名乗る。

さっそく、昨夜のことについて訊いた。

「ゆうべですか。片桐さんのラジオが九時の時報を知らせてましたね」

「よくわかりましたね」

「荒壁とトタン板があるだけで、何でも筒抜けですからねえ。うちの主人も聞いております」

汚れた前掛けをつけた体格のいい四十過ぎぐらいの男がのっそり現れた。大友久治と名乗った。

ラジオについて訊いてみたが、八重と同じ答えだった。

「ゆうべは寒くて客は来やへんし、早めに夕ご飯食べて酒飲んで寝ちゃいました」

軽い関西弁交じりで話すが、目が据わっていて、どことなく威圧感がある。

「物音か何か聞こえなかったですかね？」

改めてふたりに訊いた。

大友はうーん、と唸ってから八重を見た。

「夜中の二時半頃に弟の清が泣いたのは聞いていますけど」

八重が遠慮がちに言い、大友を振り返る。

「なんか泣いてたなあ」大友がぼりぼり頭を掻く。「上の子に泣くな泣くなって叱られて静かになったと思います。ゆうべはみっちゃーがまんじゅうを作ると言って、あんこを煮ていたから、食いすぎて、お腹を壊したんじゃないかな」

「そのあとは？」

大友はまだ聞きたいのかという顔つきで、まなじりを吊り上げ、

「けっこう時間が経って、子どものひとりが便所に立った音が聞こえたんですわ。やっぱり清だったかな。帰ってきたら、わんわん泣きだして、それで騒ぎになりました。様子が変やったので、行ってみたら、ひどいことになってて」

とひといきにまくし立てた。

「それ、何時頃のことかな？」

「ぼんぼんって時計が四時を打ったあとでしたな」大友が黒く濁った目でじろっと見る。「わたしらが駆けつけたのは四時半ぐらいじゃないですか」

警察が着いたのは六時過ぎだ。そんなに早く現場に行っていたのか。

裏手に解剖場を設営したい旨の要請をすると、夫妻は快く引き受けてくれた。

礼を言ってうどん屋を出る。向かいの文具屋に寄り、主人の河合又一に同じことを訊いた。

「子どもらが騒ぎ出したのは四時過ぎでした」

河合は似たようなことを言った。

「警察に電話が入ったのは六時だ。それまで何してたの？」

河合は困り顔で、

「最初は何だかわからんし、みんなでどうした、どうしたって言ってたんですよ。兄貴の永田さ

んが通報してくれたとばかり思ってたけど、いくら待っても警察が来ないし。それでわたしが警察に電話しました」

「じゃ、永田さんも四時半くらいにはわかってたんだね？」

「と思いますけど。近所の人が大勢いたんで、よくわからないです」

母は光利が枕を直してくれたと言っているが、あれは永田だったのではないか？　それも、犯行直後に……。

「うちの女房がゆうべの八時半頃、表で鳥の啼くような甲高い音を聞いたと言ってますが」

と河合は続けた。

被害者の悲鳴か？　それが犯行時間帯だろうか。

吉村は河合にわけを話して、片桐家の母の移送の算段をつけてもらった。解剖場の設営も協力してくれそうだった。そっちは中里にまかせることにした。

サイレンの音とともに、鑑識班のジープが到着した。彼らを裏に案内して、隣家の大友の立ち会いの下で、足跡に石膏（せっこう）を流し込むのと、板ガラスで型を取る作業を手伝った。足跡は屋根の下にあって、積雪のおかげでそのままの形で残っていた。大きさは十一文（二十六・五センチ）だった。ぜんぶ数えると八つある。

「ほら、うっすら切れ目がありまっせ。地下足袋じゃないですか」

と大友は自信たっぷりに言った。

警察に慣れているようで、横柄な気がした。

足袋の指の切れ目のことを言っているのだろうが、ズックのような波の形もあるから、いちがいに足袋とは言えない。

空き地の先に農協の板塀があり、そこで国警の刑事と新聞記者が何やら検証していた。日が射し込んで雪がとけかけた空き地を歩き、彼らのもとに向かった。中ほどに小さな畑と豚小屋がある。畑のすみで、小さな祠が倒れていた。

ふたりは黒い板塀の上に載っている丸められた国防色の布を見ていた。小刀のようなものがくるまれている。刑事が手にとって調べた。布は左手用の手袋で、血にまみれていた。その中に鞘入りの短刀が収まっている。短刀の柄と鞘にKAと彫られていた。使い古しのようだ。刑事が鞘から短刀を抜き取った。五寸（十五センチ）ほどの長さの刃に血液らしいものが付着している。

「犯行に使われたのはそれですか？」

吉村が刑事に訊いた。

「だろうと思いますね」

これが凶器とするなら、犯行後、犯人はここまで来て、短刀を置いていったことになる。板塀に沿って細い通路があり、向こう側の往還に通じている。ここを抜けて逃げて行ったのだろうか。しかし、こんなところに、わざわざ残していくのは奇妙このうえない。持ち帰り、人目につかないところにこっそり捨てればいいだけの話だ。これみよがしに、これでやりましたと言っているようなものではないか。

それにしても、と吉村は空き地を振り返った。

犯人の「出」の足跡はない。どうやって、ここまでたどり着いたのか。

ふしぎに思って刑事に話したが、狐につままれたような顔で返事がなかった。

いずれにしろ、この短刀は大きな手がかりになるだろう。

　表で声が上がったので出てみると、通りの向こうから、にぎやかな一団がやって来た。

　輪の中心に見覚えのある顔があった。さほど上背はないものの、きちんと背広を着、とかし込んだ髪の下で、広い額がてらてら光っている。国警県本部刑事課強力班の赤松完治主任だ。まわりを取り囲む新聞記者たちと言葉を交わしながら、近づいて来る。まるで、映画の主人公が登場したようで、気圧（けお）されながら見つめた。

　吉村が自己紹介すると、赤松はまっすぐ伸びた太い眉を動かし「あ、これはどうもご苦労さんです」と声をかけてきた。

　人当たりがよさそうで、評判とは違うと思いながら中に導いた。

　凶行のあった六畳間で、赤松は先着していた国警の刑事から状況の説明を受けた。聞き終えると、注意深く遺体を避けて壁に寄った。柱時計を眺め、不規則に積まれたタンスの引き出しを順に見ていった。となりの三畳間から台所へ足を運び、布の燃えかすのある土間を見てから六畳間に戻ってきた。

　ようやく鑑識の写真係が到着した。ひとりだけだった。見覚えのある顔だが、慣れないらしく、おろおろしている。静岡地方検察庁浜松支部の原口（はらぐち）検事と二俣支部の小林（こばやし）副検事も合流して、本格的な現場検証がはじまった。

「そっちから動かしてみようか」

　赤松は横たわっている妻を指さした。

　その場にいた刑事たちがさっと動いた。妻の布団をめくり上げると、次女の遺体が現れた。首から顔面にかけてが、母親の腰の下敷きになっている。

「写真を頼むよ」

赤松の言葉に応じて、写真係が慣れない手つきで、赤松の指しているあたりを撮影する。

母親の枕元に雑誌「少年」の二月号が置いてあり、その上にはタバコの吸い殻がひとつあった。

布団の下の畳までべったり血糊が張りついていた。

「ひどいなあ」

赤松は手を出さず、腕組みしたまま言った。

若い原口検事は顔面蒼白のまま、一言も発しない。

撮影が終わった四人の遺体は、裏に運ばれていった。

赤松が棚にあるラジオの選局ダイヤルを見た。ダイヤルの目盛りはほぼ中央に来ていた。

「九百キロサイクルで止まってるね」

赤松が言い、ダイヤルを回すと音楽が流れ出した。NHKラジオ第2放送のようだ。

「つけっぱなしだったか」

元の位置に戻すと、音が消えた。

柱時計の検証になった。右に傾き十一時二分を指して止まったままだ。振り子が収まった時計下部のふたが開いている。丸い文字盤を覆うガラスはない。

原口が時計をまっすぐにすると、コチコチと音をたてて振り子が振動をはじめた。

「奇妙ですな」

赤松が原口に言った。

「そうですね」

「これは慎重にやらんといかん」

赤松が計測を命令すると、鑑識係は巻き尺で柱時計のかかっている位置を測った。時計は畳から一メートル七十センチの高さに取り付けられていた。それが済むと、棚のラジオをどかして、代わりに柱時計を載せた。写真を撮影させ、柱時計の盤面の直径を測らせた。時計の下側に血のついた指紋（しもん）らしきものがあった。丁寧に銀粉をまぶし、指紋採取を行うのを一同は見つめた。重ねられた引き出しも、順に指紋採取が行われた。外と内側の五ヶ所ほどに血痕のついた指紋が残っていた。犯人はあちこち物色したようだ。

頼りにはならないが、立ち会いを稲葉にまかせて、吉村は近所の聞き込みに出た。

もうひとつの隣家の本間呉服店に入った。こちらもうどん屋と同じで、隣家との間は荒壁とトタン板だけだ。若い夫婦が出てきた。夫は定二（じょうじ）、妻は房江（ふさえ）と名乗った。昨晩について尋ねると、定二が、「さあ」といわくありげに首をかしげた。

「何かありましたか？」

「や、ね、ゆうべは九時頃に床についたんだよな」房江の顔を覗き込みながら続ける。「朝、子どもらが騒ぐまで、気がつかなかったよなあ？」

房江がうなずく。

「こちらもおとなりの声はよく聞こえるんでしょ？」

「それはもう」

「奥さん、どうですか？」

房江ははっとして、

「あ、はい……」視線をあちこちに飛ばす。「うめさんは体が不自由で枕もろくに直せないんです。いつも、民子さんを呼んで直してもらってるんですけど、ゆうべはずっと呼びっぱなしでした」

「そうだったんですか……」

そのとき民子はもう事切れていたのだ。

つい今し方、うめは光利に枕を直してもらった、と言っている。

やはりあれは光利ではなく犯人が直したのだ。どうして、そんなことを犯人はしたのか。身内だからこそではないか。ますます、犯人は永田しか考えられなくなる。

呉服店を出て、近場から回った。

町民は協力的だった。吉村の顔を見るなり、呼び入れられた。進んで話す中味はだいたい決まっていた。

3

昼食も取らず、署に戻ったのは二時近かった。

高井署長から国警から応援の捜査員がやって来るので宿舎の手配をしてくれと頼まれた。

「どれくらい来るんですか？」

「八十人って言ってる」

思わず言葉を呑み込んだ。

「赤松主任がそう言ってるんだ」

「そうですか、なら……仲町の三河屋がいいと思いますが」

警察署の近くだし、収容客数なら二俣でいちばんだ。口も堅いから間違いないだろう。しかし、この場合、支払いは二俣警察署持ちになる。金は続くだろうか。

「それでいい。頼む」

赤松は事件が発生すると、専属の部下を召集する。彼らは平気で被疑者を痛めつけるらしいが、さきほどの赤松の態度からみて、赤松自身はそれほど辛辣な人間ではないかもしれないと思った。

三河屋に電話すると数に驚いたが、離れも使って何とかやりますという返事だった。

宿直室の前にたくさんの靴が脱ぎ捨てられていた。楽しげな声が部屋の中から聞こえたので、覗いてみた。永田とその妻の加代、片桐家の三人の子どもたちが稲葉の取り調べを受けていた。稲葉は筆記用具も持たず、永田の仕事や家族の話をしていた。子どもらは落ち着かない様子だった。永田は左手の親指に包帯を巻いていた。どこで怪我をしたのか。本来ならひとりひとり、別々に尋問するべきなのにまるで雑談ではないか。まったく、なっていない。

脱ぎ捨てられている靴の中で、ひときわ大きいのが永田の靴のようだった。自分の靴と比べてみると、ふたまわり大きい。十一文ほどある。片桐家の裏手にあった足跡と同じではないか。

西町の現場に引き返した。現場検証はすでに終わっていた。布団などの物証はすべて二俣警察署に運ばれていった。

裏手にあるかまどには、あんこの入った鍋が放置されていた。まともな調理道具はなく、空の石油缶が四つあった。正月が明けてすぐというのに、食べ物らしい食べ物はひとつもない。よほど、貧しかったのだろう。

吉村はもう一度、聞き込みに出た。

町民は協力的だった。話はたいてい一家心中ではないかというところからはじまる。片桐家が裕福ではなく、子どもも大勢いるためだ。平和な田舎町にふって湧いたように殺人鬼が現れ、四人も殺すはずがない、とはなから思っているのだ。しかし、現場の悲惨な状況を話すと、とたんに顔を曇らせる。

次に出てくるのが光利の兄、永田についてだった。二俣の町長と親しく、町長が経営していた造り酒屋で働いていたが、去年、倒産してしまった。その町長宅で以前、永田と会ったことがある。そのときは生命保険の外務員をやっていた。妻の加代は元芸者で、押しが強いという評判だ。

午後三時近く片桐家に戻った。殺害現場は現場検証も終わってすっかり片づけられ、隣保の人たちによる通夜の準備がはじまっていた。民子の実家が神道の御嶽教教会なので、行衣(ぎょうえ)姿の人もいた。傾いて止まっていた柱時計は振り子が動いて、正常な時刻を指していた。血のついた指紋も拭かれている。隣保の組長に訊いてみると、

「通夜のために時計を直しましたけど、だめでしたか？」

「いや、いいんです。時刻を合わせるとき、針を回しましたよね？　時計は鐘を打ちましたか？」

「ちゃんと打ちましたよ」

「わかりました」

事件が発覚して駆けつけたとき、柱時計は十一時二分で止まっていた。犯行時に、犯人の手がこの時計に当たってしまい、それで針が止まったのではないか。

もう一度外の炊事場を調べてみたが、やはり何もなかった。隣保のひとりに永田夫婦について訊いてみると、妻の加代がしばらく前に来て、片づけものをして帰っていったと言う。通夜支度は隣保の役目だが、警察の目を盗むように入り込んでものを持ち出すのは感心できない。

外山うどん屋の裏手に、荒筵(あらむしろ)で囲われた一画ができていた。電灯線まで引き込まれている。中を覗くと、木箱と戸板で組まれた二組の解剖台が作られていた。それぞれ、戸板の上に遺体が載せられ、ふたりの医師による解剖が行われていた。手前は医師の資格を持つ国警県本部鑑識課の杉山(すぎやま)技官、もうひとりは天竜苑(てんりゅうえん)の医師と聞いているが、はじめて見る顔だった。

杉山技官は片桐光利を受け持っていた。遺体を載せた戸板は血まみれで、板の端から血の滴がぽとりぽとりと地面に落ちている。すでに腹が切り裂かれて、胃が取り出されていた。

「平気ですか」

と杉山に訊かれた。三十そこそこ、県本部に入りたての医師だ。

「はい、気になりましたので拝見させてもらいます」

しかし、寒い。足元に炭を入れた石油缶があるが、ほとんど役に立たない。

「首のこの傷ですが」杉山は光利の首の傷に指を当てた。「頸動脈(けいどうみゃく)は外れてるが、八ヶ所刺されてる。どれも深くて、体の中に血がたまっていました。メスを入れたら、このとおり」

血にまみれた戸板を指す。

「致命傷ですね？」

「一撃で、ぐうの音も出ないくらいでしょう」

「即死ですか？」

「だと思います」杉山はとなりの解剖台をちらっと見て続ける。「赤松主任も幸浦じゃ、さんざん苦労しているから、力になってあげてください」

「もちろん、そういたします」

杉山は幸浦事件も担当していて、よくわかっているようだ。

犯人たちはさんざん拷問を受けたなどと言っているが、悪人なら、どんな弁解もするはずである。とんだ言いがかりだ。

六時過ぎ、署に戻った。北磐田地区署は署長以下、幹部全員がつめていた。応援に来た他署の警官も大勢いて、二階の会議室は火鉢を囲む人であふれていた。犯人の足跡や土間にあった燃えた布片があちこちで話題になっていた。吉村も二俣警察署の同僚たちの輪に加わった。河合文具店から聞いた前夜八時半頃の鳥の啼くような音について話すと、稲葉巡査部長が、

「その頃は、母親が子どもらを連れて銭湯に行っていた時分だぜ」

と告げる。

銭湯は片桐家のすぐ近くにある。

「そうですか」

「父親とほかの三人の子は、それより前の八時頃に寝たらしい。長男は銭湯から帰って九時頃に寝たと言ってる」

では、その時間は犯行時間ではないかもしれない。

「永田は何か言ってますかね？」

稲葉は永田夫婦と片桐家の息子たちの事情聴取をしていたのだ。

「午前四時頃、長男の紀男くんがいきなり飛び込んできて、大騒ぎになって、もう、どうしたらいいのかわからなかったってこぼしてるよ」

「それだけ？　ほかには何か言ってませんか？」

「ほかって？」

「ゆうべはどこにいたのか、訊きましたか？」

「いや、関係ないだろ」

だめだ。この男はまったく使い物にならない。

「次男の清くんが妙なこと言ってた」思い出したように稲葉が続ける。「『ゆうべ、ジャラの音で目が覚めたら、母親の横で男がすわって新聞読んでた』とかさ」

「ジャラ……夜警の音ですか？」

「うん」

三年前の三月にあった大火以来、火の用心のための夜警が行われている。

ジャラはそのために使う道具だ。

「でさ、そいつはぱっと立って、ばあちゃんの寝ている部屋を見てから裏口の戸を開けて出ていったって言うんだよ。顔は新聞が邪魔して見えなかったらしい。恐くなって泣いたら、長男の紀男くんに叱られたんで、また寝ちゃったそうだよ」

驚いた。

「ほんとうですか？」

隣家は、二時半頃、清が紀男に叱られて泣きやんだと言っている。犯人はその時間に去っていったのか。

「まあ、小学一年生だから、寝ぼけてたかもしれないけどね」

「しかし、稲葉部長」吉村は言った。「長男ら三人は同じ部屋で寝ていて、どうして助かったんですかね？」

稲葉は口を一文字に結んだ。

「さあ、そりゃ犯人に聞いてみてくれよ」ようやく稲葉は言う。「そういや、鑑識の写真係が間に合わなくて、地区署のほうで写真屋を手配したんだけど、知ってるかね？」

「じゃ、現場で写真を撮っていたのは……」

「古屋(ふるや)写真館のオヤジ」

どうりで見覚えがあると思った。北磐田地区署のとなりにある写真屋だ。

「そうだったんですか」

写真撮影の費用はばかにならない。国警がもってくれるのだろうか。

夜の十時半、解剖を終えた医師たちが二階の会議室に上がってきた。大勢の警官が見守る中、幹部席に導かれたふたりは、戸外での長時間作業のせいで憔悴(しょうすい)しきっていた。高井署長に促され、光利と次女の里子を解剖した県本部の杉山技官が口を開いた。

「片桐光利ですが、右頸部(みぎけいぶ)を計八回刺されておりました。血液型はB型。頸動脈は外れておりました。こう、横向きでぐっすり寝入っていたところに、犯人は首めがけて滅多突きしたものと思われます。即死です」杉山はそこまで言って、メモに目を落とした。「死亡推定時刻ですが、死後硬直と胃の内容物の消化ぐあいから見て、六日午後七時二十分から七日午前零時までのあいだと思われます。それから、生後十一ヶ月の里子でありますが、血液型はB型。傷などいっさいなく、殺害され倒れ込んだ母親の上体で圧迫されて窒息死に至っております。こちらの死亡推定時刻は六日午後十一時前後と思われます」

杉山は顔を上げ捜査員たちを見たが、言葉を発する者はない。

続いて天竜苑の松田と名乗る医師の報告になった。五十がらみの大柄な男だ。体に反して声は小さく、聞き取りにくい。

「えー妻の民子ですが、血液型はB型。刺創ですが、こちらも多い。まず左頸部から後頭部、さらに左耳まで計十ヶ所刺されています。ことに左頰の傷は顎の骨まで切り落とされており、相当な力が加わったものと思われます。こちらは布団からはみ出ているので、犯人に気づいて逃げ出し、横向きになったところを犯人に滅多突きされたと思われます。抵抗する余裕はないですな。……死亡推定時刻は……死後硬直と胃内食物の消化から見まして、七日の午前零時頃、また……長女の久恵は血液型O型。頸部を手指により絞扼され窒息死に至っております。こちらの死亡推定時刻は、六日午後十時から十一時のあいだと思われます」

「そうすると、全員十一時前後に殺されたという具合ですか？」

高井署長が訊いた。

「片桐光利の死亡推定時刻は若干、幅が広いですが、これは下半身が布団をかぶったまま死んでおったので、死後硬直が遅れた可能性もあります。六日午後十一時前後に亡くなったとみてもいいでしょう」

杉山技官の言葉に捜査員がうなずく。

「犯人はぐっすり寝込んでいた光利を襲って死に至らしめた」杉山が付け足した。「抵抗する間もなかったでしょう。妻はそれに気づいて布団から抜け出たが、そこまでが精一杯。一気に犯人に突き殺されたとみていい。腕力のある男の仕業以外に考えられません」

光利は犯人に気づく暇もなく、死んだのだろう。

民子も似たようなものだ。そのあと、久恵が起きたので首を絞めて殺した。里子に至っては、犯人も気づかなかったのではないか。

ほかに質問は出ず、ふたりは早々に署をあとにした。

すでに十一時を回っていたので、捜査会議は翌朝に持ち越された。

たくさんの出来事が連続した一日だった。大きな事件だが、手に負えないわけではない。犯人の目星はついている。しっかり裏付けを取れば、早晩検挙できるだろう。捜査員全員を帰らせてから午前零時過ぎに署を出た。外は凍りつくように寒かった。しかし、歩いて五分の車道にある下宿までの道は気が軽かった。部屋の冷たい布団に潜り込むと、すぐ眠りが訪れた。

4

翌朝午前九時。

捜査本部になった二階の会議室は、三十名ほどの捜査員がつめていた。国警からの応援捜査員は予定されていた八十名までには至らなかった。幹部席の長机には向かって左から赤松主任、二俣警察署署長、そして北磐田地区署長の三人が並んでいた。両署はたがいに三百メートルほど離れた同じ通りにあり、二俣警察署は町警、一方の北磐田地区署は国警と呼ばれている。

　町警は弱く、いったん大きな事件が起きれば、国警の力を借りざるを得ず、両署の合同捜査本部という形を取る。

　最前列に赤松が召集をかけた国警の刑事たちが陣取っている。渡部（わたべ）、伊沢（いざわ）、堤（つつみ）、中尾（なかお）。赤松同様、拷問の疑いで新聞紙上を賑わせている面々だ。誰が口火を切るか、しばらく見守った。

　捜査を主務として担当するのは二俣警察署であるはずで、二俣警察署の高井署長が立ち上がって言葉を発した。ねぎらいの言葉を述べただけで、国警の赤松主任に代わった。

　簡単な挨拶のあと、赤松は被害者の家庭の状況について話しだした。

「被害者の片桐光利についてですが、長兄が昭和に入ってすぐ亡くなり、次兄も同町の永田家に養子に出たので、光利は三男坊でありながら家を継いでおります。和菓子の製造卸（せいぞうおろし）小売（こうり）を手がける店を切り盛りしていたようですが、戦中に廃業し、日本楽器佐久良工場の守衛になっておりました。ところが、昨年七月に行われた人員整理で解雇されて、以来失業中の身であります」

　そこまで言って赤松は前を見たが、誰も言葉を発しなかったので先を続けた。

「現在は毎月支給される七千円ほどの失業手当と内職程度の菓子製造で一家を養っていたようです。被害者宅は昭和二十二年の二俣の大火で焼け落ちてしまい、その際衣類や家財道具など、ほとんどを失っております。これらから見て、相当な貧困にあったように思われます。若い頃は酒を好んで遊んでいたらしいので、晩婚になったようです。妻の民子は近視がひどくて、内職程度しかできなかった。被害者以外に、小学四年生の長兄と一年生の次男、五歳の男の子、それから八十七歳になる寝たきりの母親がいます。以上が家庭状況についてです」

説明に聞き入った。一晩でここまで整理したのは、名刑事と謳(うた)われるだけのことはある。悪い噂もあるが、協力しなければならない、と吉村は思った。

「単独犯による犯行とみていいでしょうか?」

浜名(はまな)地区署の渡部が訊いた。

「首をめった刺しにした殺害状況、犯人を見たという次男の証言、また、現場に残された血の付いた手袋の痕などから見て、体が大きく、腕力のある男ひとりによる犯行とみてよいです」

柱時計やタンスの引き出しについていたのは、指紋ではなく、手袋で触った痕だったようだ。

「火鉢の上に百円札が残されていましたが、ほかに金目のものはあったんでしょうか?」

「押し入れに茶筒があって、中に千二百円ほど収まっていました」

「犯人は気がつかなかったんですか?」

「まさか、茶筒に金が入っているとは思わなかったんじゃないかな」朝の光に当たり、赤松の広い額がてらりと光る。「いずれにしても、かなり金に困っていたようですから、このほかに現金や金目のものはほとんどなかったんじゃなかろうかと思ってます」

「恨みを買うようなことはありましたか?」

「それもわかっておりません。どちらにしても、素行のおかしな者や町の不良を捜査していく過程で明らかになると思われます」

「いま、赤松主任が申した通り、不良等の中から犯人の割り出しをはかってまいりたい」

あらかじめ、言い含められていたように二俣警察署の高井署長が付け足す。

「賭博や親類縁者、金の貸し借りなども、重要な捜査事項となります」

北磐田地区署の早川署長が口にした。

親類縁者関係と出たので、吉村は手を握りしめた。

昨日聞き込んだ永田に関する情報を一刻も早く披露したかった。しかし、裏付けの取れていない段階では時期尚早だ。それにしても、不良を片っ端から調べていくという捜査方針でいいのだろうか。まずは現場に残された証拠品類の捜査や怨恨関係などの捜査を最重要視しなければいけないはずだが。

赤松が焼き増しした現場写真を捜査員全員に配った。そのあと、農協の塀で見つかった短刀をかかげた。

「この短刀が犯行に使われたものと思われます。夫婦とも喉をえぐられて、声も立てずに絶命しておる。被害者の血液も付着しておりますから、捜査をしなければならんのですが、吉村くん、ひとつ、きみがやってくれんか」

いきなり話を振られたので、びっくりした。

「大事なものだから、ぜひ二俣署の人にやってもらいたい」

「わかりました。では、中里とともに調べます」

中里は若いが素直で頭もいい。刑事として十分な素質がある。

「それはありがたい」

「ただちに出ます」

全員が見つめる中で短刀を風呂敷に包み、勢い込んで会議室を出た。

空はよく晴れていた。署と同じ神明町にある古川興業にまず足を向けた。芝居の興行を取り仕切るヤクザの親分だ。しかし、こんな不細工なものは使わないとかわされ、鍛冶屋を回ることにした。七軒ほど聞き込んだ結果、旋盤を使ってヤスリを改造したものとわかり、旋盤を使っている鉄工場を訪れた。現物を見せたが、扱った工場はなく、夕方近く署に戻った。二階の捜査本部にいる赤松に報告する。捜査員はみな出払っていた。

短刀の柄は内地材ではないラワン材だと思われ、鞘は革のベルトで作られたものなので、これらを取り扱う浜松の楽器工場に行けば手がかりが得られるかもしれないと伝える。

「そうか、わかった」上機嫌で赤松は言った。「大したものだ。明日は吉村くんにまかせるから、思う存分、やってくれんか」

と快く了解してくれた。

「ありがとうございます」吉村はまわりを見る。「みな、まだ聞き込みですか?」

「ああ、ちょっと目撃情報が出たもんでなあ」

「犯人のですか?」

「まだはっきりしとらんよ」

さほど、気にしてはいないようだ。

赤松の部下の伊沢と中尾がちょうど帰ってきた。伊沢は細身の体を椅子に落とし、険しい顔であたりを窺った。三十五歳になる南磐田地区署の巡査部長で幸浦事件を担当し、拷問まがいの取り調べをしたと裁判で名指しされた刑事だ。一方の中尾は、黒々と伸ばした長髪が丸っこい額にかかり、どこか少年っぽさが残る二十九歳。こちらも、手荒な取り調べで知られる安部(あべ)地区警察署の巡査部長だ。

　暗い目付きでふたりが火鉢に当たる赤松に報告を上げるのに、耳をそばだてた。

「やあ、さっぱりですよ、二俣の町の連中、まったく話にならん」

　中尾はかなり怒っている様子だ。

「ほう、それはまたどうして？」

　赤松はタバコに火をつけ、さっとマッチ棒を灰皿に捨てる。余裕の表情だ。

「それがね、二俣の大火を引き合いに出されるんですよ」

「ずいぶん昔のことじゃないか。火事がどうしたっていうんだ」

「あのときと同じだって言って、頰っかぶりしちまうんです」

　二俣の大火は、昭和二十二年三月に起きた。今回の事件があった西町や吾妻町がすっかり燃えてしまい、野部村に住む精神障害のある男が放火の疑いで二俣警察署に連行された。当時は自治警が発足する前で、それまでの古い警察による力ずくの取り調べが幅をきかせていた。

　厳しい取り調べを受けた翌日、男は死んでしまった。その後、二俣の女との結婚話が破談になったのを逆恨みして放火した、などと理屈がつけられた。

　――旧体制の警察の人間が男を殺してしまった。

　今回の事件もそれと似たものになると町の住民は思っているに違いない。国警の刑事はむかしと同じく、オイコラ式の聞き込みだ。それでは、住民たちがそっぽを向くに決まっている。

　赤松の部下の渡部と堤が捜査本部に上がってきた。

ふたりも中尾と似た報告をする。

渡部は三十九歳。筋肉質で首が太い。浜名地区警察署の巡査部長で、赤松の部下のなかでは筆頭格だ。一方の堤は北磐田地区署の巡査部長、三十五歳。色白で黒縁メガネをかけ、線の細そうな顔立ち。こちらも以前から赤松の部下だ。

五人が額を合わせ幸浦事件について話しだしたので、そっと離れて、一階に下りる。事務室中央にあるストーブの火にあたっていた高井署長に短刀の捜査について報告した。

「よくやったな。明日も頼むぞ」

「まかせてください」

吉村は赤松から聞かされた目撃情報について訊いてみた。

「ああ、それがな、昨日の正午近く、西町のバス停から西鹿島駅方面行きのバスに乗り込んだ若い男がいたらしくてな」高井が言う。「ズボンに点々と血のシミがついていたっていうんで、五組ほど当たらせてるよ」

「血ですか？」

「それはわからん。ねずみ色のオーバーを着た身長百六十センチ前後、年齢二十代前半でニキビの多い丸顔だったと言ってる。両手に軍手をはめて黄色いズック靴だったそうだ」

「そうですか、早いうちに確保できたらいいですね」

「浜名地区署にも捜査協力してもらってる。片桐家の裏で見つかった手袋については聞いたかね？」

「いえ」

「左手用手袋じゃなくて、右手袋を裏返しにしたものだった。全体はラシャ製で手のひらのところだけ革が張ってある」

「変わった手袋ですね。どこで売られていたか突きとめないといけませんよ」

「そうだな」

あまり、乗り気ではないようだ。


翌日は署のダットサンを運転して、中里とともに浜松の和田村にある楽器工場に出向いたが、そこではわからず、浜松市中心部にある日本楽器を訪ねた。応対してくれた工場長に短刀を見せると、彫られたイニシャルのKAが、昨年十月に解雇された従業員のそれと一致することがわかった。相曽浩二という人物だ。刀身の部分はグラインダーにかければヤスリかどうかわかるし、短刀の柄はラワン材でなくマホガニーだと教えられた。柄の部分を切って、そこを調べればこの工場で作られたかどうかも判断できる、とも言われた。

　さっそく、検察庁浜松支部の原口検事に電話を入れ、裁判所から証拠品破壊令状を取れないかと打診した。原口は了解し、事務官に持たせるから安心して作業を進めろと激励してくれた。

　工員の手による作業を見学した。刀身はヤスリか日本刀を削ったものとわかった。短刀の柄の部分に使われている接着剤も日本楽器だけで使われているものと判明した。つまり、日本楽器に勤めている者が作ったのだ。

　柄の部分が切り取られ、半分ほどになった短刀を携え、意気軒昂として二俣警察署に帰った。自分でも驚くほどの成果が上がった。

さっそく赤松に報告するとほめちぎられた。証拠品破壊令状を知らない捜査員もいて、鼻が高くなるのを感じた。その場で明日、赤松とともに浜松市警察署への出張が決まった。


翌日も吉村の運転で浜松に向かった。国警の渡部巡査部長も同行した。

しばらく、短刀の出所についての話になった。

「それがわかれば、犯人は検挙したも同然だよ」

後部座席から赤松が言う。

「かもしれません」

吉村は、道のくぼみを注意深く避けながら答える。

「それにしても、証拠品破壊令状はよく思いついたね」

赤松のとなりにいる渡部からも声がかかる。

「前の署でも似た例があったものですから」

浜松市警察署はかつて赤松が勤務していたこともあり、捜査協力依頼はとんとん拍子で進んだ。市内丸塚町（まるづかちょう）にいる相曽浩二の身辺捜査が行われ、二俣警察署に連行されて取り調べがはじまった。

相曽は以前、この短刀を作ったことを認めたが、どこかに置き忘れて、その後の行方は知らないと言った。片桐一家殺害事件への関与は真っ向から否認した。

浜松市警によるアリバイ捜査の結果が伝えられたのは午後の七時過ぎだった。

一月六日の夜は、複数人の証言で相曽本人が自宅にいたのが証明され、深夜近く相曽は解放された。

短刀の捜査は振り出しに戻った。短刀を写真に撮り、近隣署に照会をかける。四組八名の刑事が引き続いて担当することになり、それぞれ受け持ち区域が決まった。

5

一月十四日。事件後一週間が過ぎた。

火鉢をあいだにはさんで、吉村は赤松のとなりに腰掛けていた。昨日から、捜査本部で待機するよう下命されているのだ。拷問の噂がある人間と一緒にいるのは、どことなく居心地が悪い。それでも、優秀な刑事であるのは間違いなく、それが事実であるかどうか、いずれわかるだろう。仕事と言えば来客応対と電話番だけだが、折を見て永田の容疑について話す機会もあるだろう。

赤松はお気に入りの回転椅子にはまり込んで、タバコを吸いながら熱心に新聞を読んでいる。地元紙だ。きょう、二俣事件についての記事はない。

「旅館は不便ではないですか？」

吉村は気をつかい、赤松の茶碗にお茶を注ぎながら訊いた。

「おかげで気持ちよく過ごさせてもらってますよ」

うまそうに一口すする。

短刀の捜査については、捜査員の前でほめてくれたが、あれから一言も触れない。受け持った刑事たちが毎日短刀の情報を持ち帰ってくるが、事件と関係しているものはなかった。ほかの遺留品に関わる捜査は手つかずだ。

「赤松主任、犯人が逃走した足跡がないのがふしぎですが、どう思われますか？」

勇をふるい、改めて吉村は問いかけた。

「うん、よくよく考えてみないといかんな」

新聞を読みながら答える。

「わたしは犯人が農協の板塀に短刀を残していったのは、犯人の偽装工作だと思っています」

「そのとおりだ」

「しかし、被害者の隣家が犯行の音を聞いていないのはまったく奇妙ですね」

質問をさえぎるように、赤松は新聞を置き、タバコに火をつけた。

「まあ、いずれわかるだろうから、急ぐことはない」とかわされた。椅子を回し吉村に体を向ける。「それより、働きづめだったし疲れないかね？」

「これしき、何でもありません」

「物盗りとしたら、ずいぶん変わった男じゃないだろうか」赤松が事件に話を戻した。「ぜんぜん金のない家を狙ったんだから」

「まあ、そうですね」

銀行の捜査で、光利は昨年七月に日本楽器佐久良工場をやめて約五万円の退職金を得ているのがわかった。同じ月に二俣農協に四万円を預金したものの、そのあと、十月二十日までに計十七回引き出して、現在残高はない。一月六日に職業安定所から月はじめの失業手当、千六百円が支給されており、それが茶筒にあった千二百円と思われた。差し引きの四百円はその日一家が使った、あるいは犯人が盗んでいったのだろう。

「ほかに奪われたものも、あるかもしれないですし」

想像を交えて吉村は言った。

赤松は静かに呼吸して鼻の穴からタバコの煙を吐いた。

「物盗りや怨恨というのは狭い考え方ですよ。もっと広い角度から捜査を進めないといかんな」

それが並行して行われている素行不良者の任意同行だろう。

たしかに殺された者たちは他人の恨みを買うことは少なかった。だからといって、まったく事件に関係のない人間を引致するのはどうかと思う。

「じつは片桐光利の兄の永田が犯人としか思えない事情がいくつか見つかりまして」

赤松は興味をそそられるような顔で、吉村をじっと見つめた。

事件発生直後、永田が現場にやって来て、布団の下で隠れて見えない次女、里子の居所を言い当て、死亡していると明かしたこと、そして、二十年近く前に身内から勘当され、さらに町長の下で働いていたがいい噂はないなど、細かく話した。

「おいおい、永田は光利の兄だろう」いきなり赤松が言った。「それはないと思うがな」

「永田夫婦は、料理屋を開くつもりだったようで、開店資金を集めていました」

「金目当てで、弟一家を襲ったと言いたいのかね？」

「はい。それに犯人は弟夫婦を手にかけたあと、母のうめの枕を直してやっています。あれは身内だからこそできたと思うのです。永田の足は十一文ありまして、現場に残っていたあの大きな足跡と一致します。事件発覚後に呼ばれたときも、左手の親指に怪我を負っていました。あれは事件を起こしたときに自分も傷ついたにほかなりません。タンスの引き出しにも、たくさん血のついた指紋が残っていましたし。犯人は永田以外にありません」

「あれは指紋じゃなくて、血のついた手袋で触った痕だよ」

「そうでした。すみません。しかしながら……」

「わかった、わかったよ、吉村くん」赤松は背広の前を合わせた。「わしの経験では、捜査というものはそんなに深く考えんでもいい。いや、深く考えたらやれんもんだ。わしはそれで、たくさん事件を解決してきたからね。いずれこの事件はきっと解決するから。な、吉村くん」

一転して明るい調子で言われる。

赤松は別の新聞を手に取って、社会面を広げた。ぐっと身を乗り出したので、気になり、そのあたりを横目で見る。幸浦事件の公判について書かれた記事だ。

〈主犯格の米山有造ら否認〉

との見出しが躍っていた。

他の三人の容疑者も、相変わらず否認し続けているようだ。

「幸浦事件の公判が続いて大変ですね」

つい吉村は口にしていた。

「そうだね」

さほど気にしている様子はない。

公判は去年の五月に開かれ、すでに十三回を超えた。第一回公判から、被疑者ら四人は無実を訴え、拷問を受けたと声高に叫んでいる。米山有造は南磐田地区署の伊沢刑事に焼け火箸を首に当てられたという。新聞に名前が出るようになった伊沢だが、ここでも捜査に当たっている。

「やっぱり、例の三人組が犯人に間違いないですよね？」

「ほかにないだろう」

　ぶすっとして答える。

「死体が見つかるまで、ずいぶん時間がかかりましたね」

　磐田郡の海岸近くにある幸浦村で、一家四人が忽然と姿を消したのは二年前の昭和二十三年十一月二十九日の夜。死体が見つかったのは、明くる二十四年二月十四日。三月半もかかったのだ。

「村人や消防が何千人も人を出して探ったんだが、見つからなくてね」赤松は新聞を折りたたんで、机に放った。「そのうち、一家は九州にいるという噂が流れて一時、死体の捜索が中断したんですよ。これが調べてみると素人易者の占いだったりするから」

「そうだったんですか」

「一家がいなくなった日に、でかい火の玉が一家の家から海に向かって飛んでいったという話も出てね」手振りを交えて言う。「それで村中が恐怖のどん底だよ。他所に引っ越すような家も出てきたり、女子どもなんかも夜は親類の家に泊まりに行くような案配だった」

「なるほど。しかし、よく死体が見つかったもんですね」

「骨が折れたな。容疑者が海辺の砂丘に埋めたって言うもんだから、そいつをつれてあちこち掘ったんです。簡単に見つかりゃしない。ある日、掘っていたら、ぐさっと手応えがあってね。腐乱死体をようやく見つけたわけですよ」だんだん興奮した口調になってくる。「ここにいる中尾くんなんか、わたしの背中に飛びついて、『よかったよかった』ってはしゃぎ回って。まあ、あの日、捜査本部で呑んだ二級酒のうまかったこと」

赤い舌で下唇をぺろりと舐める。

赤松は斗酒なお辞せず、と囁かれるほどの酒好きだ。

つい聞き入ってしまう。ほんとうだろうか。自慢話を聞きながら、吉村は耳を澄ました。

一階の刑事室から呻き声が聞こえる。

その中尾が渡部とともに、昨日任意同行した若い在日朝鮮人男性を取り調べているのだ。

怒鳴り声を上げ、ろくに話も聞かないうちから顔をひっぱたき、耳をつまみ上げる。それでもだめなら、鉄拳を繰り出す。まったくひどい。昔のままの取り調べが行われているのだ。

北磐田地区署でも、もうひとり、素行の悪い朝鮮人の尋問をしているはずだ。そっちは堤が担当だが、ここと似たような取り調べが行われているはずである。

つい二年前まで違警罪というものがあり、裁判所の令状なしで、警察署長が何日でも勾留できた。不審者とみれば、その場で引致して取り調べにかかれる。前任署の川崎警察署では、毎日毎日、刑事たちが被疑者を引っ張り込んで痛めつけていた。あの頃と同じではないか。

特に中尾甚一は鬼のような人間だ。

若いのに、「仏の甚さん」などと呼ばれているのには裏がある。窃盗の容疑者に殴る蹴るの暴行を加え、帰らせたその日に容疑者は死んでしまった。容疑者を仏にしたので「仏の甚さん」と呼ばれるようになったのだ。

「今回の事件、主任は在日朝鮮人が犯人だと思われますか？」

おずおずと訊いてみた。

早くも在日朝鮮人が引っ張られたのはわけがある。二年前、浜松市中心部で起きた乱闘事件のせいだ。ヤミ市や遊興施設で荒稼ぎする在日朝鮮人と地元暴力団が反目し、刀剣はおろか拳銃や機関銃を使った市街戦に発展し、三人死亡、大勢の怪我人を出した。できたばかりの浜松市警だけでは対処できず、東海道線を止めて、岐阜にいた進駐軍が鎮圧に来たのだ。

「まあ、在日系はヤミで稼いで経済力があるでしょ」しみじみと赤松が言った。「日本人の女だって、連中と結婚して二俣にもいるんじゃないですか？」

「そうですね」

水商売関係に多い。

「連中は荒っぽいからなぁ」

新しいタバコに火をつけて腕組みする。

吉村は言葉を返せなかった。たしかに彼らの気性は激しい。

苦悶の声が床下から伝わってくる。

去年の一月一日、新刑事訴訟法が施行され、不当な勾留と度を越した取り調べは固く禁止された。裁判所の令状がなくては強制捜査も出頭要請もできない。黙秘権も認められた。裁判は証拠主義になり、証拠がなければ罪に問われないのだ。

自白だけ引き出せば罪に問える時代は過ぎ去った。だが、国警の刑事たちの多くは、こんな法律ではろくな捜査はできないと嘆く。自白こそが証拠の王であり、自白さえ引き出せば、捜査は完結すると考えているのだ。

事実、長時間正座させるなど隠微な手段がいまだに取られている。しかし、ここで行われているのは、そんな生やさしいものではない。拷問そのものだ。

違警罪があったころの警察は、保健衛生や労務、経済、そして特高と幅広い仕事を背負わされた。地道な捜査が必要な刑事事件など二の次で、適当な容疑者を捕まえては拷問を加え、やりましたと自白させる安易な手段がまかり通っていた。しかし、いまは刑事と交通だけが警察の受け持ちになり、事件捜査に集中できる態勢になっているにもかかわらず、拷問に頼っているのだ。

「連中のアリバイについて、捜査を徹底した方がよいと思うのですが」

「言わずもがなですよ。何でもかんでも犯人にしようっていうわけじゃない」

また快活に笑った。

とりあえず胸のつかえが下りたが、安心していられない。

赤松が別の新聞紙を取り上げるのを黙って見つめるしかなかった。

浜松市警察署の刑事課長が、一升瓶を二本さげて陣中見舞いにやって来た。茶を出して、捜査状況を伝えていると、今度は袋井町(ふくろいちょう)警察署の副署長が酒を抱えて上がってきた。この日の午後は、ほかにも三つの警察署の見舞いがあった。

6

一月二十八日土曜日。

捜査本部のラジオから「イヨマンテの夜」が流れている。暮れから正月にかけて、たびたびかかるようになった。朗々とした歌いっぷりが気に入り、すっかり歌詞を覚えてしまった。

事件から三週間経っても、犯人検挙のめどはまったく立たない。吉村は容疑者の引致などで外に駆り出される以外、ほとんどの時間を捜査本部で過ごすしかなかった。

　昨日、原口検事らも来て、事件現場の再検証が行われた。いったん、永田家で保管されていた片桐家の家財道具が元の位置に戻され、柱時計をはじめとして、すべて詳しく計測され写真に収められた。赤松は十一時二分で止まったままの柱時計が気になるらしく、飽かずに眺めていた。しかし、それまでのことだった。事件の物的証拠についての捜査は行われず、素行不良者の任意同行と取り調べだけが延々と続いている。古川興業の組員の大半が引っ張られ、ほかにも引致された数は百五十人余。国警の刑事に痛めつけられる彼らの悲鳴が洩れてくる。

　北磐田地区署での取り調べはなくなった。代わって、二俣警察署が取り調べの主な舞台になった。一階の取調室以外に、二階の宿直室や裏手にある土蔵まで使われる。署はもともと銀行支店の建物だったので、土蔵も併設されていた。

　事件が発生した当初は、町民も警察に協力的だった。しかし、いまは違う。

――へたなことを口にしたら、その場で連行され、ひどい目に遭わされる。

町民たちはそう信じ、貝のように口を閉ざしたままだ。それが国警の刑事たちの怒りを買い、さらなる任意同行へ駆り立てる。赤松は知らぬそぶりでそれを許していた。

　火鉢の炭を取りに一階に下りたとき、国警の渡部と堤がずぶ濡れになって若い男を連行してきた。本町（ほんまち）に住む平野（ひらの）だ。天竜川の流木拾いで一度、吉村がこっぴどく叱ったことがある男だ。大雨で上流の製材所から流出したものを私物化すれば、犯罪になるからだ。

　互いに狭い通路を塞ぐ形になり、吉村が道を譲った。すれちがい様、

「いい加減にしたらどうですか」

と堤の耳に吹き込んだ。

渡部は聞かぬ振りをし、堤が顔をしかめた。

「どうも、ならんだろ」

と堤が口角を下げて、刑事室に入っていく。

吉村は腸が煮えくりかえる思いだった。

事務室から見ていた稲葉部長と目が合った。

「吉村くん、どうかしたか?」

と訊かれる。

「あんなふうなやり方は、もうやめたほうがいいんじゃないかと思いましてね」

刑事室を見ながら答えた。

「吉村くん、赤松主任にはそんなこと言うなよ」

稲葉はすっかり、国警の一員になったような口をきく。

二階に戻り、赤松の火鉢に炭を入れる。しわくちゃになった新聞紙を取り上げて目を通した。

先週の中頃、警察は強盗殺人と断定した、との記事が掲載されて以降、二俣事件の記事はぷっつり途絶えていた。ひどいものだ。手袋の出所も調べないといけないのに、手つかずだった。

夕方、国警の刑事らに痛めつけられ、歩くこともままならなくなった平野が玄関から放り出された。ろくな報告もない捜査会議が終わると、三々五々国警の刑事たちが旅館に帰っていく。国警の渡部と堤、中尾が赤松のまわりを囲んで密談をはじめる。それに稲葉も加わるようになった。

赤松を送り出してから、中里を誘って事件現場に足を向けた。あいにくの雨模様で、八時を回ったばかりなのに、通りに人気は絶えていた。新町通り商店街を歩くと、それまで吉村の顔を見れば声をかけてきた家具屋の主人が、すっと店の中に入った。町民が警察に抱く恐怖は頂点に達していた。誰もなにも喋らない。どの家も表戸を固く閉ざして電灯を暗くし、静まり返っている。

「在日のふたりが釈放されてやれやれです」

中里がため息をつく。

「もともと罪なんてなかったし、当たり前だよ」

北磐田地区署の道場での取り調べで、悲鳴が外に聞かれてしまい、町中に拷問の噂が広まった。それで、あわててふたりを釈放したのだ。

「でも、また引っ張ってくるし。稲葉さんも赤松主任の言いなりで」

きょうも国警の堤や中尾がべつの若い男を二俣警察署に引致して、拷問まがいの取り調べを続けているのだ。

短刀の捜査も進んでいない。赤松をはじめとして、幹部たちは、盗癖のある男を捕まえてこいの一点張りだ。二俣署の稲葉もそれに応えて、素行不良者の情報を提供している。

「あんなこと、きみはしちゃいかんぞ」

吉村はたしなめた。

「もちろんです」

吉村は前任の川崎署で、自白に頼らず、証拠主義を徹底して捜査した経験を話した。自分も優秀な先輩に鍛えられて、刑事に抜擢されたのだ。

飲食店を覗くが客はいない。二俣会館では、三人ほど縮こまるように映画見物をしていただけだった。

「殺された光利さんは、毎晩カストリ酒を一、二合呑むのが習慣だったみたいですよ」

「それは聞いたよ。そのあと、文具屋の主人と話し込んで帰宅するらしいね」

「そうみたいですね。奥さんの民子さんも、御嶽教の熱心な信者だった。痴情のもつれはないですよね」

「ふたりとも、怨恨の線はないと思う。奥さんは滅多に外へ出なかったみたいだしな」

「戦中までやってた和菓子屋はけっこう繁盛していたみたいですよ。光利さんは日本楽器に勤める前、鹿島にある陸軍の材木集積所の守衛をしていたらしいです」

「ほう、はじめて聞くな」

「塚田(つかだ)さんから聞きました」

同じ国警でも、塚田は腰も低く、熱心に聞き込みをする刑事だ。

「光利さんは誰かに金を貸していたみたいですけど、知っていますか？」

「人に貸す金なんてないだろうに」

「ご近所の人のあいだで噂話になってるみたいですけど」

西町通りにある片桐家は闇の中に沈んでいた。ガラス戸を開けて、中に入ってみる。荒壁一枚はさんだだけの両脇の隣家から、物音が伝わってくる。筒抜けだ。うどん屋には客がひとりいる。呉服屋からは若夫婦の話し声が聞こえた。

「こんなによく聞こえるのにな」

吉村は言った。

「そうですよね」闇の中から返事がある。「三人も手にかけて、どうして音がしなかったんだろう」

殺害現場の六畳間に上がり、灯りをつけた。

すっかり片づいている。タンスの引き出しも柱時計も永田家に移されて、目につくものはない。

柱に寄りかかり、畳に尻をつけた。

「土間に残されていた布切れはどう思いますか？」

昨日の捜査会議で、土間にあった燃えた布切れには血液が含まれていたと報告があった。

「血を拭ったんだよ」

「そうだと思いますが、どうして燃やしたんでしょう？」

「わからんね」

「逃走した犯人の足跡がないのは、犯行後、犯人はしばらく逃げないで部屋に残っていたのではないかと思うのですが」

事件直後に見た光景を呼び戻す。雪に残された大きな足跡。どうして、逃走した足跡はなかったのか。そのとき、通りで金属のこすれる音がした。

「ジャラを持っていきます」

中里が言った。

「持ち回りで隣保に預けるんだな」

着任して以来、冬になれば何度も目にした夜警の道具だ。

太い鉄棒に金属の輪が何個もついている。子どもでは持てないほどの重さがある。ジャラを地面に叩きつけると、目が覚めるくらい大きな物音が響くのだ。

「ジャラは自治会と消防団でやってるんだな？」

「商店街もやってます」

「そうか、毎晩、三ヶ所から出るわけだ」

「ええ。午後十一時から午前四時まで、巡回します。腰に鈴をつけて拍子木を打ったりするし、まあやかましい」

「そうだな」

冷気が足腰に浸みてくる。ふいに思いついた。

「六日は夕方から雪が降って……いつやんだ？」

「夜半にはやんだと思いますよ」

「犯行の時間だよな」

「たぶん」

犯人は降り積もったばかりの柔らかい雪を踏んで侵入し、足跡がついた。夜半には雪は止んだ。明け方にかけて、ぐんぐん気温は下がる一方だった。そのときの戸外の光景を頭に描いた。……降り積もった雪は凍りついていた。そこを歩いても足跡など、つかないではないか。

「ジャラは表も裏も通るよな？」

この家の前、そして裏手の農協に出たところの通り。

「通ります。すぐそこの角にみんなが集まって、それは賑やかですよ」

「そんなところに、のこのこ出ていけんな」

凍りついた裏庭から犯人が抜け出す情景を説明してやると、中里は唾を呑み込んだ。

「ジャラのやむ四時まで待って、逃げたわけですか？」

「うん」

逃げたのは、次男の清がジャラの音で目を覚ました二時半頃かもしれない。夜警が回った直後の時間帯だ。いずれにしろ、雪は凍っていた。

「出」の足跡がつかない状態でゆっくり現場を離れ、人目を避けて、犯人は落ち延びていった。地元を知り尽くしている永田が犯人とすれば辻褄が合う。

畳に血に染まった布団が敷き詰められていた、あの日の情景がよみがえってくる。

壁の柱時計は右に傾き、十一時二分で針が止まっていた。柱時計の左にある壁の棚に置かれたラジオは不自然に左を向いていたし、その横にサカキの瓶が転がっていた。あれは、犯人が犯行に及んだとき、勢い余って棚に当たり、倒したのではないか。

柱時計にも手袋による血の痕があった。あれは、どうやってついたのか。母は『枕は光利が直してくれた』と言っている。血まみれの布団の上を犯人が歩いた足跡はない。母の枕についた血は犯人がつけたとしか考えられない。枕を直してくれと言われて、犯人はそのとおりにしたのだ。

吉村は立ち上がり、現場の惨状を頭に描きながら、そのときの犯人の行動をとってみた。タンスの引き出しが積まれた部屋の隅に寄った。そこから母の部屋に行くためには、布団を避け、壁をつたうように進むしかない。その通りに動くと、広げた右手が柱に触れた。母の部屋で枕を直す真似をし、元のところに戻る。そのときも、柱に手がいった。ちょうど柱時計があった位置だ。おそらく、このどちらかのときに柱時計に手が触れ、時計は傾いて止まってしまったのだ。

そうまでして枕を直してやるのは、身内だからこそ。犯人は永田以外に考えられない。

これでいけると吉村は思った。赤松を説得する強力な材料になる。

明くる日、捜査本部から刑事たちがいなくなったのを見計らい、赤松に昨晩思いついたことを話した。意外な反応だった。

「吉村くん、まさか、あんな寒いところに泊まったんじゃないだろうね」

「いや……」

「そりゃ、物笑いのタネになるぜ」

それから先の言葉を出せなかった。

高い壁が目の前に立ち塞がっていた。自分だけの力では倒すことも崩すこともできそうにない。便所に行きますと言って一階に下りた。気がつくと肩で息をしていた。

あきらめるのは早い。何人か、国警の刑事の顔が浮かんだ。彼らの中にも耳を貸す人間はいる。自分の考えを伝えるしかない。きっとわかってくれる。

7

二月二日木曜日。二俣警察署の一階事務室。

七人の新聞記者がストーブを囲んでいるなかに、赤松が入ってきた。記者たちが期待をこめた様子で輪を縮める。

「昨日、県本部に出張報告したと伺っていますが、どのような中身だったでしょうか？」

地元紙の記者が口火を切った。

「現在も二十名の専従員でもって連日、捜査しておりますので、どうかご安心いただきたい」

胸を張り、余裕たっぷりの表情で赤松が答えた。

高井署長と北磐田地区署の早川署長がそのうしろで見守っている。

「捜査員の数が半分に減らされたと聞いていますが大丈夫ですか？」

県本部の命令で、一月末に捜査員の半分が引きあげていったのだ。

「それについてはまったく心配には及びません」

「そうですか」一言のもとに跳ね返され、大手紙の記者があわてて次の質問にかかる。「……それで、捜査の見通しを伺いたいのですが、いかがですか？」

「なにより、北遠(ほくえん)住民を恐怖のるつぼに落とし込んでしまっている現状につきまして、まことに申し訳なく思っております」軽く頭を下げ、記者ひとりひとりの顔を覗く。「証拠品と結びつく有力な容疑者は出ていない現状ではありますが、われわれは犯人逮捕に向けて絶対の自信を持っております。引き続き、全力を挙げて捜査に邁進(まいしん)していく所存です」

「具体的には今後、どのような捜査をお考えでしょうか？」

「それはですな……」片手をポケットに入れる。「これまでの捜査をいったんご破算にして、改めて深く掘り下げてみるのが肝要かなと、思っているわけですよ」

「ご破算ですか？」

記者のひとりが意外そうな声を上げた。

「各地区から第一線の猛者を召集して再出発としたい」よく通る声で続ける。「それが犯人逮捕への近道になると信じておりますよ。では、失礼します」

音をたてて、二階への階段を上るのを記者たちが見送った。

散会を命じた高井に食い下がる記者もいたが、稲葉が追い出した。高井は二階に行かず早川とともに署長室に閉じこもった。稲葉も事務室の席につく。吉村は捜査本部に戻った。きょうも一日、電話番になる。

昼前、北磐田地区署の堤が上がってきた。赤松は小用に立って、席にいなかった。

吉村が声をかけると、堤は目のあたりを引きつらせて、「吉村くん、土蔵に灯りは引けんかね？」と問うてきた。

「土蔵に灯りを？　夜も取り調べをするんですか？」

「昼だって暗いだろ。早く結着をつけたいんだよ」

そこに赤松が戻ってきた。

「そうか、あそこは相当暗いからな」赤松が言う。「吉村くん、どうだ？」

「……新町の竹内電気屋に頼めばやってくれると思いますよ」

「そうか、じゃ、すぐに行ってくれんか？」

「いますぐは無理なので、午後になったら行きます」

「おお、頼む」赤松は堤に顔を向けた。「それでいいか？」

「はい、ありがとうございます」

堅苦しい返事をする。

「なあ、堤くん、責めるのもいいが、伊沢部長のこともあるし、度を越さんようにな」

伊沢は幸浦事件の公判廷で、主犯格とみなした米山有造の首に焼け火箸を当てて拷問したという証言がある。

「心得ました」

冷たい表情で答えた。

四時過ぎ、新町の竹内電気屋に出向いた。薄曇りの空だった。用件を話し、翌日、土蔵に電灯を取り付けることになった。西町に足を向けた。事件現場付近をぐるっと回ったが、町民の口は固くなるばかりだった。ネタは入ってこない。日が傾いて、署に足を向けたとき、吾妻町の遊郭の角で、ばったり渡部巡査部長と出くわした。きょうはひとりだ。

声をかけると、「何か用か」と返してきた。

「永田の件で」

うるさそうに渡部は顔をそむけた。

「ちょっと、お話できないですか？」遊郭の南側を指した。「一秀(いちひで)でも行きますか？」

「いいよ」

まんざらでもない顔で渡部が言ったので、足を向けた。

昔から警察関係者が使う店だ。

暖簾(のれん)をくぐると、女将(おかみ)が愛想よく迎えてくれた。

「あら、すっかりご無沙汰でしたわね」

「やあ、すまんすまん」

客はいないようだった。狭い階段を上がり、二階の四畳半に腰を落ち着ける。

火鉢の火をおこしながら、「もう、国警の応援をいただいて一月になりますね」と吉村は言った。「皆さんの宿代、百万円を超えてしまって」

二俣町の収入役も気にしていることを伝える。

渡部はジャンパーを脱ぎ、くつろいだ様子で、

「それは吉村くん、心配せんでもいいよ。きみは経験が少ないから知らんだろうけど、捜査費はあとで国費から出るから」

「そうだったんですか。じゃあ写真代も出ますか？」

「まあ、出るだろ」

しかし、いくら国から出るとはいえ、湯水のようには使えないだろう。

仲居がお銚子(ちょうし)を二本と突き出しを持ってきた。

「なに、召し上がりますか？」

「そうだな、いつものおでんがいいかな。ホルモンも頼む」

渡部はおまかせの顔だ。

女中が下りていったので、まず一献、渡部の杯を満たした。吉村は手酌でさっと呑んだ。

温かみが体に染み渡る。突き出しのダイコンの梅煮を一口食べた。

「渡部さん。赤松主任に永田の取り調べをするよう、申し入れてもらえませんかね？」

「それは無理だ」

言下に否定される。

「あれ？　渡部さんも、永田が犯人だと思っているんじゃないんですか？」

渡部を含む国警の刑事たちの何人かは、永田が怪しいと口にしているのだ。

「それは、ないことはないが」渡部は口の端を曲げた。「赤松主任は、永田から袖の下を取ってるんだよ」

「ええ！」

思わず酒をこぼしてしまった。信じられなかった。ほんとうなのか。

渡部がちり紙で濡れたところを拭いてくれる。

「一昨日、主任は風邪で寝込んでたろ？　朝方、旅館を出たんだけど用事を思いついて帰ったら、永田の奥さんが主任の部屋の前にいてな。紫の風呂敷からそっと金を取り出して、主任に渡すのを見ちゃったんだよ」

「渡したって、どれくらい？」

「五、六万、あったな」

「そんなに……」

警官の給料の五倍ではないか。

それにしても渡部はどうして、それほどの秘密を教えてくれるのか。日頃から赤松に従っている人間の言葉とは思えなかった。腹の底では、彼の汚いやり方に反発を覚えているのか。

女中がおでんと、皿になみなみ盛られたホルモンを持ってきた。ヤミで仕入れたものだ。この界隈では当たり前に、どんなご馳走でも食べられる。

鰹だしのきいたちくわを口に入れる。熱い汁が舌の上で躍った。

「賄賂は今回がはじめてですか？」

呑み込んで、口にしてみる。

「……幸浦事件のときもあった」

ぽつりと洩らす。

「容疑者から賄賂を？」

苦々しい顔で渡部はうなずいた。

「それで捜査も終わりになったんだよ。情けないやら、腹が立つやら、仕事なんかやる気が起きん。ぶらぶら遊んでいたら、あっという間に三月がたった」そこまで言うと、血走った目で吉村を睨みつけた。「何をするかと思ったら、主任はな、偽の犯人をでっち上げたんだよ」

ふーっと息を吐き、渡部はホルモンを口に放り込んだ。

なんと返していいのか、言葉が出なかった。

「死体のありかなんて知らない容疑者にここ掘れワンワンなんて言わせてな」

鬱憤を吐き出すように渡部が続ける。

「死体の埋めてある場所に容疑者を連れていったんですか？」

「ほかにないじゃないか」

警察はあらかじめ死体の埋められていた場所を知っていて、そこに容疑者を連れていったらしかった。訊いておきたいことがあったのを思い出した。

「幸浦事件で、県議会から褒賞金が出たというのはほんとうですか？」

「出たよ、こんだけ」

渡部が片手をぱっと開いた。

「五万?」

「桁がひとつ少ない」

「えっ」

そのような大金を、赤松は独り占めしたのだろうか。

名刑事と謳われた赤松が賄賂をもらっていたなど、信じられなかった。しかし、渡部の口から出た以上、紛れもない事実だろう。そこまでやられた日には、永田に手出しなどできない。

幸浦事件の行く末など気にならなかった。いま、ここで起きている事件捜査の行方で頭がいっぱいになった。このまま進んで大丈夫なのか。真犯人を追いつめなくてよいのか。柿の葉を嚙んでいるような苦みが喉元を通り越していった。永田への疑惑は、濃くなっていくばかりだった。

8

二月十五日。

小糠雨の冷え込む日だった。捜査は進展しなかった。赤松の命令で国警の刑事たちは相変わらず素行の悪い男たちを捕まえてきて、土蔵に連れ込み、力ずくの取り調べを続けていた。最近では、小笠地区警察署の小楠という若い巡査も加わるようになった。中尾ほど乱暴ではないが、殴る蹴るは平気でする。署内にずっといるので、吉村はその様子が手に取るようにわかった。高井署長は国警のやり方に、いっさい口をはさまない。日に一度、一階から上がってきて、取り調べた男たちについて、赤松と話し込む程度だった。

町民から満足な聞き込みはできない。同じ国警の中でもやる気を失い、喫茶店や飲み屋で時間を潰すような捜査員も出てきた。

吉村は暗澹たる気分だった。午後八時、議題のない捜査会議が終わり、捜査本部から人がいなくなった。帰り支度をしていると、階下で怒鳴り散らす声が聞こえた。

高井署長から、「様子を見て来てくれ」と言われて一階に下りた。

入り口で全身濡れ鼠になった小太りの男が、声を張り上げていた。

「署長はおらんかっ」

山東に住んでいる日傭取りの笠原和一だ。気が荒く、何かにつけては因縁をつけて暴れる男だ。

吉村が声をかけると、

「おう、あんたか。署長は？」

「帰りましてね」

とっさに嘘を吐いた。笠原は目を吊り上げた。

「帰ったぁ？　うちの倅が国警の取り調べを受けて、這いつくばって帰ってきたぞ。いったい、何をしやがった」

きょう痛めつけられていた男の父親だったとは。

息子の照夫は運転助手をしていて、十七歳になったばかりだ。どういう経緯で連行されてきたか、吉村も聞いていなかった。よりによって、まずい男の息子を連行したものだと思った。笠原の怒りは鎮まりそうにない。

「笠原さん、そりゃ申し訳なかった。このとおりだ」

その場で深く詫びた。

「てめえ、うちに来て倅を見てみろってんだ」笠原はすごんだ。「あちこち怪我して、足腰も立たねえんだぞ。どうしてくれるんだ」

「そんなにですか、すみません」

平身低頭、謝るしかなかった。

「国警の中尾を呼べ。そいつがさんざっぱら、やりやがったんだ」

「それももう帰りまして。笠原さん、署長に報告してお詫びに参りますから、ひとまず医者に連れて行ってもらえませんか？　費用はわたくしどもの方で払うので」

「あったりめえだろ」

吐き捨てるように言うと、背中を見せて署を出ていった。

こっそり階段のところから見ていた署長がやって来た。

「吉村くん、申し訳なかった」高井が声を潜める。「それにしても国警の連中、やり過ぎだ」

「それはそうですが、どうしますか？」

「とりあえず、きみが見舞いに行ってくれんか？」

「……行きます。これからすぐに」しかし、それで済むだろうか。「署長、清瀧寺の牧野和尚に見舞金を持っていってもらえれば、向こうも落ち着くと思いますが」

牧野は保護司だ。この町の不良の更生を一手に引き受けており、町民からの尊敬も厚い。

「おお、そうしよう、それがいい。きみが金を持っていってやってくれ」

まったく、中尾の尻ぬぐいとは情けない。


翌日。

昨日に続いて雨だった。日が落ちて、本降りになったころ、堤が運転するジープで赤松と渡部が捜査本部に帰ってきた。静岡地裁浜松支部で幸浦事件の公判があり、赤松と南磐田地区署の伊沢が証人として呼ばれていたのだ。中尾と小楠を入れた五人で部屋の隅に固まり、心配顔で公判の様子を話しだした。途中で便所に立った渡部を追いかけて、吉村も一階に下りた。用をたしながら、浜松の天気を訊く。

「こっちのほうがひどいよ。やっぱり山だな」

「裁判はどうでした？」

「例のごとくだな」渡部がうつむいたまま言う。「伊沢部長が、米山有造ら全員は犯人として一点の疑う余地もない、てなことを冒頭で言ったもんだから、米山が『重大なことを申し上げたい』と体をぶるぶる震わせて言い出した。『わたしはこの伊沢部長にさんざん拷問をされ、まったく身に覚えのない調書を取られた。あのときのことは死んでも忘れない』と吠えてたよ」

そう言う渡部の神経を疑った。渡部自身も幸浦事件では積極的に拷問に加担したはずだ。赤松の差し金だとしても、良心の痛みは感じないのか。

げんに、昨日も二階の宿直室に笠原照夫を連れ込んで、中尾とふたりして痛めつけた。

「四人が収監されてちょうど一年になりますね」

憤りを隠して訊く。去年のいま頃、幸浦事件の容疑者たちは浜松刑務所に収容されたはずだ。

「そうだな、うん、一年だ」

渡部はため息をついて、便器を離れた。

「大変ですね」

当たり障りのないよう声をかける。

「米山が喚いて、伊沢部長に食ってかかろうとしたもんだから、あわてて廷吏が止めに入った」

焼け火箸を使った拷問は、去年の五月からはじまった公判で被疑者が叫んでいる。その際の傷跡もあるらしく、拷問の事実が認められないのかが不可解だ。

「……さんざんだったですね」

「うん、でも伊沢部長は負けなかった。最後は意地になって、極刑に処していただきたいと結んだよ」

「死体の場所を示したのは、やっぱり米山でしたか？」

警察は米山が死体を埋めた場所を示したと言っているのだ。

「きょうの公判じゃ出なかったけど、やつが指示した場所から出たのは間違いないさ」

とぼけたような口調で渡部が言う。

公判で米山は、赤松が鉄棒を砂地に刺し、そこを掘れと指示された、と主張しているのだ。つまり、警察はすでに死体のありかを知っていて、その場所を米山に教えたことになる。

「赤松主任は何と？」

彼も証人として立ったはずだ。

「午後いちばんの証言だったけど、なにもなかった」

直接手は下していないので、伊沢部長ほどの抵抗はなかったのだろう。

「次回は三月二日」

「すぐですね」

これほど公判が続くのは異例中の異例だ。こちらの事件は大丈夫だろうか。このまま、何事もなく国警による捜査が終わり、彼らが引きあげていくのを祈るしかなかった。

9

二月二十二日。

横殴りの雨がガラス窓を叩いている。朝から赤松はずっと新聞に目を通していた。幸浦事件や二俣事件関係の記事はない。午前十時ちょうど、電話が鳴ったので、吉村は受話器を取った。

「県本部だ。赤松主任を呼んでもらいたい。斉藤本部長から話がある」

本部長直々とは何事だろう。となりにいる赤松にその旨を伝えて受話器を渡す。

「これは本部長」

とろんとしていた赤松の目が見開かれた。

「……ご苦労さん、元気かね？」

音量が大きく、本部長の声が吉村にもよく聞こえる。

「はい、おかげさまで無事にやっております」

「公判はご苦労だったね」

「何でもありません」

赤松といえども本部長には頭が上がらないようだ。

「そうか、ならいいが。で、そっちの捜査の具合はどうだ？」

「はい」赤松は畏まった。「鋭意進めております」

「重大な事件だから、こちらも注目している。きみの見通しを聞かせてもらえんか？」

「いま、容疑者を絞り込んでおる状況でありまして」

赤松が素早くまばたきをしながら言った。

吉村は驚いた。容疑者など、浮かんでいないではないか。

「そろそろ、一月半になるが、世間の目もあるし、一度、捜査本部を畳んでみてはどうかね？」

赤松はぎくっとして、唾を呑み込む。

「はあ……じつを申しますと、本日、これだと思われる容疑者が現れまして、いま詰めの段階に来ております」その場で赤松は頭を低くする。「二、三日待ってもらえませんか？」

「そうか、まあ無理は禁物だぞ」

「承知いたしました。必ずや検挙に結びつけますので」

「よし、きみの言葉を信じよう」

ガチャリと切れた。

赤松の頬に朱が差し、広い額に汗が浮き出ていた。

本部長相手に、平気で嘘を吐く神経が理解できなかった。その場しのぎで、つい出てしまったようにも取れる。しかし、これまで赤松が目星をつけた容疑者などひとりもいない。

吉村は高井署長から、見舞金の千五百円を受け取り、その足で清瀧寺の牧野を訪ねた。わけを話して、どうにか引き受けてもらった。

雨の降り続く町から、刑事たちが三々五々帰ってくる。その晩の捜査会議はいつもより早く開かれた。本部長の言葉が頭に残っているらしく、赤松の顔は強ばっていた。全員がそろうと、タバコをもみ消し、立ち上がった。

「事件が発生して、一月半経とうとしておりますが、本事件に向き合い、必死で健闘されてきた諸君には、改めて御礼申し上げたい」軽く頭を下げる。「諸般の都合により、いつまでも捜査本部を置いておくことは無理が生じているので、いったん解散する運びとなりました」

捜査員たちがざわついた。

高井署長も早川署長も、泡を食ったように赤松を見上げた。

「ついては、これまで諸君がこれはと思う者があったら、いまここで申し出ていただきたい」

改まった調子で言うと、赤松は座を見渡した。

捜査本部の解散、それに続いて出た発言に、吉村は言葉が出なかった。あちこちで、刑事たちが額を寄せ合い、何事か話しだした。永田の名前が洩れてきたが大きな声には至らなかった。しばらく雑談が続いたあと、中尾が、

「やっぱり、笠原が気になりますが」

と声を上げた。

「笠原照夫がどうして？」

赤松が訊いた。

「あのふてぶてしい態度が怪しいと思います」

「ほかはどうだ？　古川興業に出入りしている渡辺久吉は？」

「ただの使いっぱしりですよ」

中尾が答えた。

渡辺は一週間ほど前に、中尾に引致されて来た。こっぴどく中尾に殴られ、一週間以内に情報を持って来いと命令されている。しかし、埒は明かないようだ。

しばらくして、誰ともなく、

「木内郁夫、どうかな」

という声が上がった。

「ラーメン屋台の倅です。手癖が悪いですから」

「ああ、あれか」

赤松も覚えているようだ。

「去年の暮れ、やつの近所の家で服や金品がなくなっているし、一月七日すぎから、急に金回りがよくなってるらしいですよ」

小笠地区署の小楠がつけたした。

木内の息子が引致されてきたのは、たしか一月末だった。金品を窃取した疑いがあり、盗犯者リストにも載っていたので、小楠が引っ張ってきたのだ。しかし、半日もかからないで釈放された。二月に入ってからも一度、取り調べを受けていたはずだ。

「あいつはシロだ」ほかの刑事が言った。「あの晩はアリバイがある。森下麻雀荘で遊んでた」

「あれ」つい吉村は口にしていた。

「どうした、吉村くん」

赤松に訊かれて、

「はあ、木内郁夫は麻雀をしないはずですが、ほんとにいたんですか？」

赤松が眉を吊り上げ、さきほどの刑事を睨みつけたが返答はなかった。

捜査員たちの顔を見回してから、赤松はじっと目をつむる。

部屋が静まり返った。一同の目が赤松に集まった。

「そうか、よし」

赤松が押し殺した声でつぶやいた。

「いま名前の出た三人を明日呼び出してもらいたい」赤松が重たげに目を開き、意を決したように低い調子で言った。「諸君が思っているように、重大な被疑者であるので、わたしが直に取り調べをしたい。明日は一日自由行動。仕事をしてもよし、休んでもよし。解散とする」

そう言うと、赤松は席に着いて満足げに座を見渡した。吉村は焦りを覚えた。

麻雀をやらないはずの郁夫がどうして麻雀屋にいたのか、と疑問を口にしただけなのだ。しかし、自分の発言により、木内郁夫が自身のアリバイ工作を図ったという疑いを持たせてしまった。

父親とともにラーメン屋台を引く、生白い郁夫の顔を思い浮かべた。フランス人の祖母を持つ細身の男で、まだ十代のはずだ。メガネをかけ、中性的な風貌をしている。あの犯行現場に郁夫を置いてみるが、あまりに似つかわしくない。

自分のせいで、郁夫も痛めつけられるかもしれない。そう思うと吉村はいたたまれなくなった。赤松に歩み寄って声をかけたが、振り返りもせず、手でさえぎられた。そのまま席を離れ、部屋から出て行く後ろ姿を見送るしかなかった。

明くる朝、雨は上がっていた。吉村は出署して、すぐ西町にある森下麻雀荘に出向いた。主人の森下に、木内郁夫は麻雀をやらないはずだが、一月六日の晩、ここにやって来たかどうか尋ねた。

「郁夫はあの晩、ここに来たよ」

体が強ばった。

「たしかかね？」

「ああ、事件のあった前の晩だからよく覚えてるよ。午後十一時頃に出前を持って来たんだよ」

「出前を」

そうか、それがあった……。

「顔見知りの連中に話しかけたり、麻雀の手を見たりして遊んでたな」

膝頭の力が抜け、へたりこみそうになった。

「……やっぱりいたか」

「戻りたくなかったんだろうな。屋台に行きゃ、また寒風吹きすさぶ中で仕事だろ」

礼を言って店を出た。

自分の不用意な発言のせいで、事件とは縁もゆかりもない少年に疑いをかけさせてしまった。

一刻も早く赤松に知らせなくてはならない。激しい後悔に苛まれながら、急ぎ署に戻った。階段を駆け上がる。捜査本部には赤松しかいなかった。吉村が声をかけると椅子を回転させ、はれぼったい目でじろっと見た。

たったいま、麻雀荘で聞き込んできたことを話した。

赤松は吉村を見据えたまま、

「わかった」

と一言だけ口にした。

質問されると思っていただけに、不安がふくらんだ。

「木内の取り調べはされましたか?」

赤松は首を横に振り、椅子を元に戻してタバコに火をつけた。それ以上、聞き入れる様子はなかった。

午前中、渡辺久吉が連行されてきた。その場で逮捕され、一階の刑事室で赤松が単独で取り調べた。そのあと留置場に入れられた。午後になり、渡部と中尾が木内郁夫を引致してきた。黒縁メガネの奥にある目は不安そうに泳ぎ、あどけなさの残る顔は青ざめていた。

二階の宿直室で、赤松が木内郁夫の取り調べをした。夕刻になって、木内は帰宅が許された。けっきょく、笠原照夫は引致されなかった。赤松は部下に県本部へ行くように命じてから、捜査本部にこもり、あちこちに電話をかけた。ただならない雰囲気だった。

捜査会議は夜の九時近くからはじまった。全員そろっての会議は最後になるためか、言葉を発する者はいない。深々と冷え込む部屋に、赤松の声が響いた。

「三人の取り調べを進めた結果、笠原と渡辺については嫌疑が晴れた」緊張をほぐすように、赤松がにやりと笑みを浮かべた。「これまで培ってきたわたし個人の刑事としての勘から、木内郁夫が正しく犯人であるとご報告申し上げる」

捜査員たちが息を呑んだ。

笠原照夫については、形だけ数に入れたようだった。

後方の席で、そろそろと手が上がった。

「あの……証拠はどうでしょうか？」

「証拠などない」赤松が両手を机に載せたまま立ち上がった。「が、まさしくやつが犯人に違いない。大地を打つ槌（つち）が外れようとも、この点、いささかも間違いはない」

吉村は胸が潰れそうな気分に陥った。犯人に違いないと言っておきながら、証拠はないという。そんなことがまかり通るのか……。

「ただ、きょう取り調べてみてわかったが、野郎はなかなかしぶとい。相当やらねばならん」

相当やる？　この期に及んで、まだ暴力を振るうのか？

何人かが心配げな声を上げたので、赤松がすかさず、

「いや、諸君らには迷惑がかかるようなことはいっさいない。安心してくれたまえ。県本部の捜査課長からその旨、了解を取ってある」

拷問の許可を得たと言うのか。単に赤松は責任転嫁をしているだけではないか。

「木内こそ犯人に間違いない。明日、逮捕状を取る。ついては、木内による犯行の証拠を集めねばならん。異論がある者は、捜査から外れてもらう。以上だ」

捜査員から、ため息が洩れた。

正体を現したと思った。赤松という男はこうやって強引に犯人を作り上げてきたのだ。歯向かう者は排除する。しかし、そんな捜査員はいない。吉村も反論する気は起きなかった。

翌日の朝一番、渡部と中尾により木内郁夫がふたたび連行されてきた。昨日にも増して表情は硬く、透き通った白い肌に血管が浮き出ていた。逃亡の恐れがあるとして木内は緊急逮捕され、二俣簡易裁判所に捜査員が出向いて、逮捕勾留の手続きが行われた。昼すぎには令状が発布された。罪状は昨年十二月二十七日、二俣吾妻町の吉田方から上着二着を窃取、ならびに一月八日、近所にある野中下駄工場の靴を盗んだという罪状だった。今度は二階の宿直室ではなく、裏手にある土蔵に連れ込まれた。厳しい取り調べがはじまった。

昭和二十五年二月二十四日のことだった。このとき、木内郁夫は十八歳。こののち、昭和三十一年九月二十日まで、六年半、浜松、東京、そして静岡刑務所の未決監で過ごす羽目になるとは、夢にも思わなかったはずだ。

10

二月二十七日。

陽の射さない日が続き、寒さは厳しさを増していた。朝、火鉢の炭をとりに物置に行ったとき、横手にある土蔵から唸るような声が聞こえた。またはじまったと吉村は思った。

毎日、朝の九時、冷え切った留置場から中尾が郁夫を外に出し、署の奥にある土蔵へ連れ込む。

そして、渡部と堤が交代で尋問に加わるのだ。土蔵は一メートルほどの高さの石垣の上に作られている。二階造りで床は板張りになっていて、鉄格子のはまった小窓がある。壁は分厚く、二重になった入り口の黒い鉄扉を閉めれば、外に音が洩れることはほとんどない。

土蔵の中で行われていることは容易に想像がつく。警察署のまわりを二俣警察署の署員が巡回して人を寄せつけないようにしている。

そっと土蔵に近づいてみると、弱々しい声が聞こえてきた。

「……犯人じゃないです」

木内郁夫の声だ。

「舐めるのもいい加減にしろ」中尾の声だ。「おれたちは町のやさしいおまわりさんとは違うんだ。わたしがやりましたって言うまでは許さんぞ、おい」

はたくような音がして、呻き声がした。

それ以上聞いていられなくなり、建物に戻った。

事務室では、小楠が調書作りに励んでいる。毎日、土蔵で行われた厳しい取り調べのあと顔を出し、自白した中身を調書にまとめるのだ。拷問についてはいっさい触れず、順序正しく書き記していく。結果的に任意の告白として扱われ、一見して信憑性の高い自白調書ができあがる。

二階に戻り、火鉢の炭をつぎたした。

「ありがとう」

回転椅子に腰掛ける赤松から言葉がかかる。

「いえ」

ひとつおいた席に座る。すきま風が身に沁みる。

黙って犯罪統計を書き込む。先月も空き巣が四件、暴力事件が六件あった。二俣町内で起きた事件は二俣警察署員が受け持つのだ。捜査本部の隅には、県内の警察署から贈られた見舞いの日本酒が溜まっていた。百本近くある。

赤松の吸うタバコの煙が漂う。

二日前、県本部の刑事部長がやって来た。木内郁夫について報告を受けるためだ。刑事部長は木内郁夫の顔を拝んでから、赤松とともに北磐田地区署に移動した。そこで何が話されたのか想像できた。犯人は木内で行くと申し合わせたに違いなかった。

「赤松主任」吉村は声をかけた。「ほんとうに犯人は木内郁夫なのでしょうか?」

赤松は灰皿に灰を落とし、怪訝な表情で、首を左右に傾ける。

「何か、あるのかね?」

「証拠が少ないので……」

少ないのではなくないのだが、いまとなっては強く言えない。

「新刑事訴訟法は、証拠第一主義をとっているから、ややもすると現場鑑識にたよりがちになる」赤松が口を開いた。「だが、過去に起きた凶悪犯罪を見ればどう思うかね? どれをとっても、完全犯罪に近い。巧みに行われているだろ。今回の事件も然りだ」

「完全犯罪ですか……」

そうは思えない。

「昔と違って、いまの時代の被疑者は法の利点を利用することに長けている。これと向き合うために、われわれ警察官はどうするべきだと思うかね？」

「……ひとつでも多く証拠を集めるしかないと思いますが」

「それでは足りん。現場に残された無形の証拠物を見つけなければならんのだよ」

「無形の証拠物、ですか？」

「そうだ。これにもとづいて合理的な推理捜査を展開すれば、おのずと犯人に結びつく」

赤松がよく口にする推定証拠の話になりそうだった。

「今回、無形の証拠物というのは、たとえば、現場の柱時計が十一時二分を指して止まっていたことなのでしょうか？」

赤松はしたり顔でうなずく。

「時計の止まった十一時二分は犯行時間帯と思われますが、このとき、木内郁夫は麻雀荘にいました」

赤松がとろんとした目を吉村に向けた。

「どうして、犯行時間が十一時二分と決めつけるのかね？　違う時間帯でもおかしくはないだろ？」

「はあ……かりに犯行時間が九時とすれば、犯人は時計の針を故意に進めたとも取れないことはないですが」

そのようなことをするはずはないが、赤松は真剣な面持ちで腕を組みじっと考え込んだ。

「きみが言うのも一理ある」

しばらくしてようやく口を開いた。

「いえ、わたしが申したのはまったく仮定の話ですから」

赤松が穴の開くほど、じっとこちらを見つめた。

「おいおい、まさかわたしの言うことが信じられないのかね？」

疑い深い顔で片眉を撫でる。

「いえ……しかし、土蔵での取り調べはどうかなと思いまして……」

つい口にしてしまい、ヒヤリとした。

「取り調べはどこでだっていいんだよ、吉村くん。取調官と犯人の息がぴたっと合えば、必ず落ちる。どんな凶悪犯人でも、向き合って『おまえ、父さん母さんと会いたいだろ』って言ってやれば、わっと泣き崩れて『わたしがやりました』と泥を吐くのがたいていの犯人なんだから。きみだって取り調べの経験はあるんだろ？」

「……はい」

「そのときは、犯行を隠していてさぞかし苦しかっただろうと心の中で思えばいい。わたしなんか犯人を抱きしめて、罪の恐ろしさを感じながら一緒に泣いてやりたいくらいだよ」

目を細めて言う。冗談ではなく本当にそう思っているようだった。

「吾人微動だにせず、だよ。吉村くん」

赤松がよく使う言葉がまた出た。

話はそこで終わりになった。

吾妻町にある木内郁夫の家に足を向けた。ここ二、三日、ラーメンの屋台を引くチャルメラの音が聞こえなくなり、つい心配になったのだ。遊郭を過ぎてしばらく行く。大正座のあった土地は空き地のままだ。木内郁夫の祖母の持ち物だった芝居小屋だが、二俣の大火で全焼した。一家は窮乏し、父親とともに郁夫はラーメン屋台を引いて、どうにかやりくりしていたのだ。

路地の奥にあるバラック建ての二階屋はひっそりとして、人の出入りもない。

声をかける勇気はなく、引き返して、署に戻った。すると入り口から白衣姿の男が看護婦とともに出てきた。仲町病院の院長だ。

目を合わせず、通りを渡って向かい側にある病院に行ってしまった。

「布団巻きをやられたみたいですよ」

と心配顔で見送っていた中里が言った。

「土蔵で？」

「息をしなくなったらしくて、あわてて院長を呼びつけたんですよ」

そこまで、ひどいことをしているのか。

院長は二俣警察署の公安委員会の委員長もしている。しかし、国警の連中には苦言ひとつ洩らせないのだろう。町警の公安委員会など、名前だけの存在だ。

捜査本部に戻った。どやどやと階段を上がってくる音がして、堤と中尾が姿を見せた。小楠もあとを追いかけてきた。

「野郎、吐きましたよ」

堤が顔を上気させて言った。

「そうか、落ちたか。よくやった」

両手をぎゅっと握りしめ、赤松がその肩を叩く。

「軽く頭を撫でてやったら、すぐのびちまって」

中尾が付け足す。

「くすぐったりしても反応がないんですよ」堤が続ける。「タコみたいにぐにゃぐにゃした男で、ろくに返事もしないし。まあ手こずりました」

「そうですよね、髪も女みたいにさらさらだし」

小楠が言う。

「調書はうまく取れたかね？」

赤松が小楠に訊く。

「はい、万事ぬかりなく」

「よし、原口検事に連絡を入れよう」と赤松。

その晩の捜査会議で、木内郁夫が犯行を認める自白をしたと報告がされ、一同はざわめいた。詳しい供述内容は、明日の捜査会議で触れるということだった。

家宅捜索で押収された木内郁夫のズボンとジャンパー、ハンカチ、白ズック靴が披露され、東京の科学捜査研究所に送られることになった。ほかの容疑者については触れられなかった。

会議のあと、茶碗酒がふるまわれた。ひとまずの区切りがついたような安堵感が広がった。笑いながら、郁夫を落としたときの自慢話が続く。

郁夫が犯人であるはずがない。事件当夜、ラーメンの屋台で父親とふたりで仕事をしている郁夫の姿を目にしている。しかしこのままでは、木内郁夫が犯人にされてしまう。

迷った末、明くる日の捜査会議で吉村は声を上げた。

「木内郁夫が犯人であるかどうかについて、考えていることを申し上げたいのですが……」

幹部席の赤松が口の端を曲げ、わきを向いた。国警の刑事たちが面白くない顔つきになる。二俣警察署の署員は吉村を見ようともしない。

「木内の足の大きさは十文（二十四センチ）ほどで、現場に残されていた足跡と比べて非常に差があります。一月六日、当夜のアリバイについても、わたしがたまたま本人を目撃しておりまして、事件に関わった様子はないと思うのですが……」

反論する者がない。

「それから、犯人は寝ている片桐夫婦の首めがけて短刀を滅多突きしています。ことに民子は頸動脈を切られて、血が天井まで飛び散り、布団も血まみれになっています。しかし、本日押収された木内の着衣には、まったく返り血が付着していません。これはまことにおかしいと思います」

赤松の強い視線が吉村に向けられていた。

「吉村くん、きみの意見はそれだけか？」

「はい、そうなりますが」

「参考意見として承知した。では、事件発生時の郁夫の足取りについて、明日以降、鋭意捜査に邁進してもらいたい」

自分の意見は無視された。郁夫が短刀や手袋をどうやって入手したのかなど、細かな捜査の割り振りを、赤松が下命した。

高井署長も、早川署長もまったく反論しない。

操り人形のように赤松の言葉をメモする捜査員らを見て、吉村は絶望的な思いがふくらんでいった。こうなったら仕方がない。真犯人の名前を出すしか残された道はない。

翌日の晩の捜査会議で、吉村は同じ反論をした。

赤松をはじめとして、捜査員の反応は芳しくなかった。ことさら無視されたので、意地になり木内郁夫は犯人ではないと繰り返した。

「じゃあ、ほかに真犯人でもいるのかね？」

と呆れ顔で高井署長に訊かれた。

「はい、おります」

吉村が言うと、赤松が睨みつけた。

「誰なんだ？」

「永田辰弘です」

「被害者の兄じゃないか」

「はい。ですが、かねてより有力な容疑者として目をつけておりました」

部屋が静まった。

「永田と片桐さん一家は昔から仲が悪かった。それにいま木内郁夫が犯人に間違いないと、永田はことさら言いふらしております」吉村は続ける。「いずれにしても、片桐さんが亡くなることによって、もっとも利益を受けるのは永田です」

「利益といったって、金なんかないぜ」

「決定的な証拠があります。事件直後、永田が現場に駆けつけましたが、その際、不審な言動を取っています」

幼女の死体のありかを知っていたことを説明する。

捜査員が小声でしゃべり出した。やはり、思うところがあるようだった。

「それでいいのかね、吉村くん」

不承不承、赤松が声をかける。

「はい、わたしの思うところは以上になります」

吉村は腰を下ろした。

しかし、それ以上、赤松が永田の話題を上げることはなかった。

11

三月三日。よく晴れた日になった。吉村のとなりにいる赤松は、朝から新聞に目を通していた。昨日、静岡の国警の県本部で記者会見が開かれ、木内郁夫検挙の第一報が報告された。二月下旬から取り調べが行われていたが、新たな窃盗について自供したため、二俣簡易裁判所に逮捕状を請求し、勾留したと新聞にはある。郁夫は去年の夏から麻雀に耽り、足繁く麻雀屋に通うようになって、一月六日の犯行後からは急に金遣いが荒くなった、などと県本部の発表をそのまま記事にしている。

奇妙なのは、事件当日の郁夫の足取りや短刀などの物証固めに全力を注いだ結果、警察はきわめて有力な物的証拠をつかんでいる、と書かれている点だ。そんなものはあるはずがない。

赤松の関心は、同じ社会面にある幸浦事件の公判記事に向けられていた。

昨日行われた公判では、四人の容疑者の家族が証人として呼ばれた。そのうち、容疑者の妻が法廷で語った中身が詳しく書かれている。それによれば、取り調べの刑事から「おまえの夫は浮気しているぞ」とうその話を吹き込まれ、それを信じて、自分の夫に対する不利な証言をしてしまったと告白したそうだ。

幸浦事件についてはこの手の話ばかり出てくる。

「よかったな」赤松が口を開いた。「渡部くん、リンゴの気持ちはよくわかる、だな?」

つられるように、国警の捜査員たちの口から歌が洩れだした。

……リンゴ可愛や　可愛やリンゴ
何のことかわからなかったが、居心地が悪くなって、吉村は一階に下りた。聞き込みに出る。

ぽかぽか陽気のせいか、町は買い物客で賑わっていた。現場近くの西町通りを歩いていると、吉村さんと呼びかけられた。水野(みずの)鮮魚店の主の春司(はるじ)だった。三月はじめなのに、白シャツ一枚に前掛けをつけているだけだ。奥座敷に引っ張り込まれ、折りたたんだ新聞紙を見せられた。木内郁夫逮捕の記事が掲載されている紙面だ。

「ほんとに郁夫が犯人なのか?」

不機嫌そうな顔で訊かれる。

「いや、そう言われても」

吉村は顔をそむけた。

「郁夫は気がちっちゃいよ。あんな大それたこと、とてもできないって近所では言ってるし、わしもそう思う。どうなんだい？」

「水野さん、木内と何かあるんですか？」

「わしが世話人になって、郁夫の妹を清水家へ養女に出したんだよ。そっちの本家の親父が、犯人の妹だから離縁しろってきかないんだよ」

「木内に妹がいたの？」

「生まれてすぐ養女に出したから知らないかもね。いまはバスの車掌をしてる」

思い出した。知っている。色白のきれいな娘だ。

「親子三人で泣いてる。どうしてくれるんだよ。ほんとに郁夫が犯人なのか？」

吉村は言葉に詰まった。

情けない。国警の横暴で無辜の人間が犯人に仕立てあげられ、その係累にまで禍が及ぼうとしている。こんなことは断じて許されない。

吉村は包み隠さず、木内郁夫が逮捕されるまでの過程を説明した。

「……そんなことがあったのか」

「そうなんです。町警のわたしらじゃ、手に負えんのです」

「ひどいじゃないか。犯人でもないのに」

「でも、いまのところは犯人としておかないと、収まりがつかないんですよ。そうしないと、国警のやつらはいつまでたっても居座って、この町の人たちを痛めつけるでしょう。申し訳ない。このとおりだ」

頭を下げる。

「まあ、そういうことなら、話はつけられるけどさ」

渋い顔で答える。

「そうしてやってください。ただ、わたしがいま喋ったことは内緒でお願いします」

「うん、わかった、あんたも頑張ってくれよ」

聞き込みを続ける気もなくなり、買い物客を避けるように署に戻った。

その晩の捜査会議でも、吉村は木内郁夫の無罪について主張した。しかし、誰も取り合わなかった。へこたれてはならない。郁夫にかかった疑いを晴らせるのは自分しかいない。

明くる日も天気はよかった。新聞に木内郁夫逮捕の続報が出た。色白の痩せ形、近眼メガネをかけた弱々しい子で、あの子がやったのか、と町民は驚いている。被害者の片桐家とのつながりもわからず、大いに疑問があると書かれていた。現場に犯人が逃走したときの足跡がなかったのは、犯人が入ったときの足跡の上を注意深く踏んで戻ったため、となっていた。

夕方、吉村は思い切って木内郁夫の家を訪ねた。

奥で話し声がして、母親の晴子(はるこ)が姿を見せた。かつては女優として舞台に立っていたらしいが浴衣に腰紐(こしひも)を締めただけの姿はひどく寒々しい。

「町警の吉村と申します。最近、お父さんが屋台を引く様子がないのでどうしたのかなと思いまして、訪ねさせてもらいました」

それだけで、晴子がはらはらと泣き崩れた。

「郁夫が逮捕されて仕事ができなくなりました。殺人犯の父親のラーメンなんか食えないって……石をぶつけられたりして」晴子はうっと洟らし、襟元をきつくかき合わせた。「服も家財道具も売ってしまって、食べるのにも事欠くような有様です」

　黙って見つめるしかなかった。

「……息子はほんとうに人を殺したんですか？」

　絞り出すように訊く。

「殺してなんかいません」

「でも逮捕されたんでしょ？」

「われわれ町警は国警に逆らえないんです。連中がそうだと言えば何でも通ってしまうんですよ。郁夫さんは人殺しなんかじゃありません。知らない人は好き勝手なことを言うと思いますが、どうか息子さんを信じてやってください。このとおりお詫びします」吉村は深々と頭を下げた。

「これからは裁判になりますが、裁判官は必ず正しい判断をしてくれますから、そのときまで、辛抱してください。どうかお願いします」

　晴子は思いつめたような顔で、

「もしそうじゃなかったら？」

　吉村はとっさに、

「そのときは、わたしが警官の職をなげうってでも無実を晴らしますから。どうか我慢してください。生活の方はわたしのほうで何とかします」

　それだけ言って、木内家を辞した。

　となりにある中華料理屋の暖簾をくぐり、主人を呼び出した。開店のとき、吉村が世話をしてやった店だ。

事情を話すと主人はひどく驚き、毎日、木内家に食事を届けると請け負ってくれた。

それでも吉村は焦慮（しょうりょ）にかられた。日が落ちて、通りには人気（ひとけ）がなかった。事件が起きてから、夜間は誰も出歩かなくなっている。あそこならばと思い立ち、同じ吾妻町にある居酒屋の松本屋（まつもとや）に寄ってみた。テーブルにいた主の松本が吉村の顔を見た。手前に二俣町の収入役の小山（こやま）と町会議員の青島（あおしま）がいる。三人が囲むテーブルには料理の小鉢ひとつ出ていなかった。

「何の用ですか？」

松本が強ばった表情で訊いてきた。

「松本さんに頼みたいことができて」

吉村が申し出ると、松本は怪訝そうな顔で酒を注いでテーブルに置き、座るように促した。

松本は満州帰りの苦労人だ。二俣に四軒飲み屋を持っているが、一時は容疑者として名前も挙がっていた。小山と青島も昔なじみだ。三人とも甘党なので酒を口にしない。

言われた通り、席に着く。

「吉村さん、じつはさ、木内郁夫について話していたんだよ」松本が小山と青島の顔を見て続ける。「昨日の朝刊には有力な物的証拠があると書いてあったけど、夕刊ではそんなものはないとなっていたし。短刀の入手先だってわからんみたいじゃないか」

「そうですね」

県本部の発表を受けて、二俣警察署に記者が大勢やって来た。その場で赤松が物的証拠について否定したのだ。

「状況証拠があるとなってるけど、事件の日、郁夫が、ただ外に出ていただけの話だろ？」

「そうなりますね」

「なあ、吉村さん、ほんとに、あの郁夫が犯人なのかい？」

「いや、違いますよ。犯人じゃない」

吉村の答えに、三人はぎょっとして互いの顔を見合わせた。

「新聞は赤松さんの言ってることを鵜呑みにして書いているだけですから」

吉村は郁夫が逮捕された経緯やその後の取り調べの詳しい中身について洗いざらい話した。拷問があったことも説明した。

「そんなことだろうと思ったが」小山が残念そうに言った。「じゃあ、郁夫は人柱じゃないか」

「そのとおりなんですよ。このご近所の吾妻町の皆さんだけでも、木内郁夫の無罪を信じてやってもらえませんか」

「おう、信じるとも。あんなやわい子が人殺しなんてできるはずがねえ」

青島が言った。

「ありがたい。ただ、わたしが言ったのだけは、秘密にしてください」

「うん、承知した」

三人はそれぞれ、木内家への衣類や布団類の提供を申し出てくれた。

店を出ると肩の荷が少し下りた気がした。

その翌日から、天気はぐずついた。そぼ降る雨の町中に郁夫無罪の噂が広まった。

それについて、捜査会議でさっそく取り上げられた。赤松はひどく苛立っていた。噂の出所についてて、突きとめるように指示が出され、町単位で担当が決まった。

翌日、土砂降りのなか、松本屋の主人と収入役の小山、そして議員の青島が署に出頭させられて取り調べを受けた。吉村は肝を冷やした。しかし、三人は口を割らなかったようだ。

その晩の捜査会議でも引き続き、噂の出所についての捜査を行うように指示が出された。捜査員のいなくなった席で、赤松がふと、

「町警はだめだな」

と洩らした。

「だめですね。何でも洩れちゃいますから」

渡部がそれに応えた。

「幸浦ではこんなことはなかった。ほんとに町警はだめだ」

背筋がヒヤリとした。捜査本部で反旗を掲げているのは吉村だけだ。洩らした張本人であると露見しているかもしれない。裁判で郁夫は無罪を勝ち取ることができるのか。

浜松への身柄移送の前日、三月十日の朝刊に事件の全貌と題された記事が掲載された。明くる三月十一日、木内郁夫の身柄は浜松の検察庁に移され、浜松刑務所に収監された。四人殺しという大事件は、警察の手を離れた。二俣警察署にはとりあえず落着の安堵感が漂った。

三月十七日、木内郁夫は起訴された。これからは正しい裁判が行われるように祈るしかなかった。もともとが強引で誤った逮捕だから、遠からず郁夫は釈放されると思われた。毎日顔を合わせる新聞記者たちも、木内郁夫が犯人ではないと思っている。

三月三十日、幸浦事件の公判があり、検察は三人の被疑者を真犯人と断定し、死刑を求刑した。同日、吉村は捜査から外され、四月に入って外勤係に回された。しかし、折に触れて聞き込みに

回ることだけは忘れなかった。
明けの空で金星がひときわ輝きを増していた。

第二章　証言

1　令和二年三月二十六日

本田宗一郎(ほんだそういちろう)ものづくり伝承館は、二俣城址のある城山の麓にある。旧二俣町役場を改装した瀟洒(しょうしゃ)な建物で、向かいに清瀧寺がかまえている。雲ひとつなく、暖かい日だった。わたしは駐車場に車を停めて、少し緊張して伝承館に入った。受付で名乗ると、横手のドアからマスクをつけメガネをかけた小柄な男性が現れた。受付の女性に片桐紀男先生です、と紹介された。

「安東と申します」

軽くお辞儀をする。

「待ってましたよ。ここじゃあれだから、上に行きますか」

穏やかな口調で訊かれ、胸に安堵感が広がった。

二俣事件で犠牲になった片桐家の長男だ。八十歳になるはずだが、マスクを外した顔は若く見える。

「はい、お願いします」

「ここは来たことある？」

「はじめてです」

「じゃ、ちょっと案内しようかね」

伝承館はホンダを創業した旧天竜市出身の本田宗一郎の業績を讃えるためにできた施設で、NPO法人が運営している。片桐紀男はそこの理事長だ。一階には本田宗一郎の年譜や写真、遺品、初期のバイクなどが展示されている。

わたしの高校時代には旧天竜市の図書館として使われ、よく利用していたが、伝承館になってから来たのははじめてだった。

二階は図書コーナーやイベントスペースになっていて、ちょうど河合正己の絵画展が開催中だった。

「河合さんは昼頃来ると言ってたけどね」

「そうですか」

前もって二俣事件について訊きたい、と河合正己から伝えてもらっていた。このあと、伝承館の前で清瀧寺の元住職の牧野と待ち合わせている。吉村刑事の永田犯人説について納得がいかず、それについて話をしてみたかった。

水彩画を見てから、大きめの木机に案内された。改めて名刺交換をし、わたしは近著の文庫本を差し出した。

「安東さんの本はいくつか読んだことがあるよ」

かねてからの知己のように、気安い感じで言ってくれたので、緊張がほどけた。

「そうですか、うれしいです」

「新宿を舞台にした刑事物の人、なんて言ったっけ？」

「『新宿鮫(しんじゅくざめ)』の大沢在昌(おおさわありまさ)さんですか？」

「そうそう、その人に一度講演に来てもらったことがある」

「へえ、そうなんですか」

「ずいぶん、前だけどね。あなたも二俣高校でしょ？」

「はい、先生と同じです」

「うん、中学も二俣だよね」

「ええ」

小学校から高校まで同じだ。歳を訊かれたので六十四歳と答えた。

「あなたが中学の頃は、わたしは下阿多古中学で教えていたな」

「うかがっています」

二俣高校時代の同級生の中に下阿多古中学出身者がおり、片桐が担任だったと話していた。その同級生の名前を出すと、片桐はよく覚えているよと言った。五年ほど前にそのクラスの同窓会に出席したとも。

片桐は天竜市の小中学校で教えたあと、教育委員会に移り、教育長にまでなった。その経歴を話してくれた。

二俣高校を卒業して静岡大学の教育学部に入った。ノーベル物理学賞を取った朝永振一郎にあこがれ、彼が教授職でいた東京教育大学も受験して合格したが、けっきょく、金のかからない地元の大学を選んだという。高校までは伯父、つまり永田の家で過ごし、そのあとは大学のある浜松に移った。運良く金持ちの家の家庭教師になり、それだけで生活をやりくりできたと語った。

そのあとも、本田宗一郎や二俣についてあれこれ話した。温厚な人柄に引きつけられ、まるで恩師と接しているような気分になり、すっかりリラックスした。

「取材に来た新聞記者もけっこういたけどね」と片桐は言った。「取材の意図がわからない人もいた。事件を扱ったドラマがテレビで放映されたりね」

吉村刑事の手記に基づく再現ドラマが数年前、民放のバラエティ番組で放映されたと河合から聞かされていた。それは動画サイトでも見られるのだ。

「先生もご覧になったんですね?」

「そのときは知らなかったけど、町の人から『あんた、許可したのか』と言われて、あとで見たんだけどね」

「テレビ局から打診はなかったんですか?」

「ないない。見て驚いちゃった。被害者のわたしらは呼び捨てだし、伯父が犯人扱いされてるでしょ。そりゃ、怒ったよ」

「困ったものですね。吉村刑事の手記は読まれましたか?」

「自分のうちの事件について書かれているのは、読まないようにしていてね」

どきりとした。やはり、事件の衝撃は大きかったのだ。

「すみません」

「あれを書いた人は自分が見たままのことを言っていると思うけど、そこから解釈を拡大して、自分なりのお話を作っちゃってるんですよ。だから、おかしなところが出てきたりして」

「そうなんですか……」

「拷問したのは間違いないですよ。そのことだけで終わってりゃよかったんだけど……」

「浜松事件についてはご存じですか?」

わたしは話題を変えた。

「いや、知らない」

戦時中、浜松で起きた連続殺人事件について簡単に説明し、赤松刑事について尋ねた。

「二俣で拷問を指図した人でしょ。当時、会っているはずだけど、なんせいろんな人から話を訊かれたし、写真やら何やら見せられたでしょ。顔なんか覚えてないなあ」

「ですよね」

二俣事件当時の片桐家の様子について訊いた。

「とにかく間口が狭くて、奥に深い家だったよ」片桐が言う。「あの時分は火事で焼けちゃって、家財道具もないし、父親も失業してほんとに苦しかったんです。ちょっと前までは、代用食で一日二食だったしね。代用食ってわかります？」

「サツマイモとかパンとかですか？」

「パンなんてない。二俣は狭くて土地がないでしょ。終戦直後はだいたい、一食あたりジャガイモがふたつくらいですよ。腐ったやつなんかも、ゆでると腐った部分が溶けてなくなるので、そのあとに残ったデンプンで食べるものを作るんです。当時はジャガイモが嫌で嫌で、口に入れると吐き気がしましたよ。いまじゃ、好きだけどね」

「学校の給食は出たんですか？」

「出ませんよ。給食はないから、昼になると子どもらを家に帰らせるんです。それでも、事件の前の年くらいから、ようやく一日三食になったかな。麦飯だけどね」

食糧事情は一部を除いて依然として厳しかったようだ。

「裏に庭があったと思いますけど」

「庭っていうか、裏は、よその家とぜんぶつながっていたしね。どの家も戸口に錠なんかかけなかった。小さい頃から、よその家に勝手に上がり込んで遊んでいたよ」

「亡くなられたお父さんは、気さくな方だとお伺いしていますが」

「おっとりしていたかもしれないね。大火のときなんかも、最初は吾妻町の方で火が出たでしょ。そっちに知り合いがいたもんだから、手伝いに行ったんですよ。そのうち、大正座が燃えだして、それから西町の方に燃え広がってきて、気がついたときはもう手遅れ。押し入れの引き出しを運び出すのがせいぜいだったね」

二俣事件の現場に押し入れの引き出しだけがあったのは火事が原因だったようだ。

「もとは、和菓子屋さんだったんですよね？」

「そうですよ。店舗兼用の二階建ての家でした。親父は餅をつくのが上手だったんですよ。昭和二十五年当時はようやく砂糖が入ってくるようになってね。親父もそろそろ、和菓子屋を再開しようかなって言ってたところに事件が起きてね」

「それは残念でした」わたしは言った。「事件のあと、先生とご家族はどうされましたか？」

「伯父の家に居候しました。祖母はその翌年に亡くなってね。わたしは高校を出るまで厄介になっていました」

やはり永田宅に住んでいたのだ。

「ふたりの弟さんもですか？」

「うちの母親の実家が御嶽教だったのは知ってる？」

「はい、存じてます」

御嶽教は十九世紀後半にできた神道のひとつで、長野と岐阜の県境にまたがる御嶽山に由来する三柱の神々を信仰対象としている。

「榛原の川崎に御嶽教の信者がいて、ふたりの弟はそっちのほうの別々の家に、養子に入ってね。上の弟は掛川の建設会社に入ってそこの社長になったよ。いちばん下の弟は苦労してね。中学を卒業してすぐ家を出ちゃって、あちこち転々として静岡市で自動車修理工場を作ってね。高級車の板金なんかをやって、そこそこに成功してるよ」

「そうだったんですか」

「わたしも御嶽教の人には世話になってね。高校時代は豊岡にある教会に通ったときもあった」

「教会はこの近くにあったと聞きましたけど」

「ああ、そこそこ」片桐は山側を指した。「諏訪神社の横を上がったすぐそこにあったんだ。二俣事件のあった晩は寒の入りだったでしょ？　御嶽教の神主だったわたしの祖父が、寒行の祈禱で町中を三人くらいで回るんだけど、夜の八時頃だったかな。わたしたちは銭湯から帰ってきたばかりで、表で音がしてさ。『じいじがご祈禱に来てる』って家の中で言ったりしてました」

さすがによく覚えているようだった。

河合正己の母親が事件当夜、表で甲高い物音を聞いたというが、その祈禱だったのだろう。痛ましい。祖父が寒行に訪れ、家の前で安寧を祈った。その直後に一家が襲われるとは……。

「うちの父親は兄姉がたくさんいて、末っ子だったんだけどね」片桐は続ける。「いちばん上の兄が早くに亡くなって、両親の面倒をうちの父親が見るようになってね。祖父はわたしが生まれる前に亡くなったけど、祖母とは一緒に暮らしましたよ。わたしが生まれたときには膝に乗せてくれたそうだけど、あとは歩けなくなって寝たきりだったな」

「永田さんはお父さんのお兄さんですよね？」

事件直後、駆けつけてきた人で、吉村が犯人と名指しした人物だ。

「そうだよ」片桐は声を潜めた。「伯父は芸者だった女性と仲よくなってさ。亡くなったいちばん上の伯父がひどく怒って勘当しちゃったんだよ」

「それでそちらの家に入ったわけですね？」

「そう」

世間ではそのひとつをとって、両家は仲が悪いと思ったのだろう。それについて尋ねてみると、片桐はすぐに否定した。「二俣の大火で焼け出されたときには、一家全員、伯父の家で面倒を見てもらっていたもの」

そうだったのか。家族同然ではないか。

「永田さんはどんな方でしたか？」

「当時は保険の外交をやってたみたいだけど、いっこくな人で、口うるさかったな。でも、わたしも高校出るまで、ずっと厄介になっていたしね。夫婦でよくしてもらいましたよ。とくに伯母の加代さんには、事件の前からずっと可愛がってもらいました」

「そうだったんですか……」

「伯母の子どもは生まれてすぐに亡くなったんだけど、たまたまその直後にわたしが生まれたもんだから、わたしがその子の生まれ変わりだと言って、小さい頃からとてもやさしくしてくれましたよ。わたしが世話になった時分に、家を二階建てに建て増ししたりしてね。いとこも大勢いるけど、いまでも親しくしてますよ」

「そうだったんですか。で、事件の起きたとき、先生は永田さんの家にすぐ飛んでいったと聞いていますけど、そうですか？」

「そう。わたしひとりで走って行って、伯父を連れてきたよ。それで家の中を見てもらって」

「近所の人が来る前に？」

「そうですよ」

やはり、吉村の永田犯人説には無理があるようだ。布団の下にいた次女の里子にも、当然永田は気がついていた。何より、家族同然の深いつきあいをしていた弟夫婦に手を出すはずがない。

「事件について、もう少し」わたしは言った。「当時の家の裏に侵入した足跡が残っていましたけど、出ていった足跡はなかったみたいなんです。消去法で考えると、犯人はごく近くに住んでいた人じゃないかと思ったりするんですけど」

「そう言う人はよくいたよ。でも、なにしろ当時の我が家は日本一の貧乏所帯だったでしょ。ご近所なら、この家には何もないっていうのがわかってるからね」

「なるほど、そうですか」

もっともだった。トタン板一枚隔（へだ）てているだけで、互いの家の物音は筒抜けだったのだ。

「呉服屋の人だってよくしてくれたし、となりの外山さんは、その後、天ぷら屋をはじめてね」

「知ってます。コロッケなんかも揚げてましたよね」

「うん、そう。二俣高校に通うときも、あの家の前を通るでしょう。そうするとおばさんに呼ばれて、『わたし麦飯が食べたいから、あんたの弁当をちょうだい』って言われるんです。かわりに、白米と天ぷらの旨い弁当をくれるわけ。ほんとにご馳走でしたよ。父親からずっと、おまえは十一月二十三日の新嘗祭生まれだって言われてたんだけど、外山のおばさんは、あなたはほんとは二十四日生まれなんだよって教えてくれたりしたしね」

「となりだからよく覚えてるんですね」

「うちの親父の届け出ミスだったと思うね。とにかく、そのおばさんや伯父さん一家、それから学校の先生方にはずいぶん世話になりました。そうやってわたしは、まわりの人から大事にされて、いまがあると思っていますよ」

「大変な目に遭ったけど、大勢の方の力を借りていまに至るわけですね」

「そのとおり。事件は出合い頭の交通事故のようなものだったんじゃないかな」そう言うと、探るような視線を天井に向けた。「どうして、うちのような貧乏な家が狙われたのかわからん」

わたしは言葉が継げなかった。

「事件の起きた晩、母親が湯豆腐を作ってくれてね」しみじみした口調で片桐は続ける。「寝る前は、翌朝の七草がゆの支度をする母親の姿を見て布団に入りました。目を覚ますと天井が、こう真っ赤に染まっていて……白い雪を蹴って伯父の家にすっ飛んでいったんです。そのあとの記憶は霞がかっているようで、あまりないなぁ」

気安い口調で語りかけてくれるものの、わたしは心の中で襟を正した。事件当夜の晩ご飯のおかずも翌朝の食事の支度も、はっきり記憶しているのだ。それほど、重大な出来事だったのだ。

わたしはしばらく間をおいてから訊いた。

「その後、吉村さんからは何か連絡がありましたか？」

「いや、ない。たしか、奥さんから一度電話があったきりだったよ」

「そうですか」

「当時、わたしの家の裏には柿の木があったんですよ」片桐は言った。「柿の実を取りに泥棒がよく来てね。盗む音がすると、親父は『黙ってろ。持ってきゃ、いいだ』って言う人だったね。みんな、食うものがなかった時代だったし」

犠牲になった父親は、心根の優しい人だったようだ。

訊くこともなくなり、礼を言って席を離れた。

いくつかの疑問が解けて、気分が軽くなった。伯父の永田が犯人だったとする説も消え去った。しかし、時を隔てても事実は重いと改めて思った。

入り口で挨拶し、表に出る。駐車場に停めたクリーム色のコンパクトカーから、清瀧寺の元住職の牧野利正が降りてきた。スラックスにブルゾンという軽装だ。午前十一時を回っていた。

「会えたかね？」

と牧野は伝承館を見て言った。

「はい。詳しく聞けました。中に行きますか？」

「いや、いいよ。片桐とはいつも呑んでるし。暖かいから、ここでいいか」牧野は木のベンチに腰を下ろした。正面に清瀧寺へ上がる急坂が見える。「この前はどこまで話したっけ？」

わたしもその横に座った。風はなく、春めいた日差しが心地よかった。

「拷問で自白させられた木内郁夫が犯人ではないと吉村刑事が反論して、捜査から外されたあたりです。昭和二十五年三月の末くらいだと思いますけど」

そのあたりから、吉村の手記は半年ほど空白があるのだ。

「吉村さんの手記は誤りもあるからね」

「そうですね」

二俣の大火があった年も違うし、真犯人としている永田の名前も、手記には永田ではなく長田と記されている。

「五十年近くあとになって書いたものだから、記憶違いもあるだろう。仕方ないな」

「そう思います。町警と国警、同じ町に警察がふたつあったんですから、混乱しますよね」

「ああ、二重行政も甚だしい」

「警察が事件現場に駆けつけたのも、ひどく遅かったし」

「近所の人が大勢現場に踏み込んで混乱していたからだよ。すでに誰かが警察に通報しただろうって、お互い思い込んでいたようだ」

「みんな兄の永田さんが通報したと思っていたのでしょう。吉村さんが現場に入ったとき、町医者がいたじゃないですか。あれは近所の誰かが連絡したんでしょうね」

「そう、だから警察より早く来た。ほんとに死んでるかどうか、わからなかったから医者を呼んだんだよ」

「そうですよね。ぼくの場合、二俣事件を主に調べてきましたけど、事件が起きた昭和二十五年は並行して幸浦事件の公判が続いているんですよね。当時の新聞でも赤松や部下の名前が頻繁に出てくるし、彼らが拷問したことも大きく取り上げられて、世間に知れ渡っている時期じゃないですか。二俣事件の捜査で、少しは自制しようという気持ちにならなかったんですかね」

「多少なりともあったと思うよ。木内郁夫の身柄を検察に移送する直前、医者に身体検査をさせているからね」

「どうしてそんなことを？」

「幸浦事件の公判で被疑者たちが拷問されたって騒いだでしょ。裁判所はそれを確かめるために医者に鑑定をさせることにした。けっきょく、うやむやにはなったけど」

「木内郁夫の身体検査で拷問の証拠は出なかったのですか？」

「拷問を受けた痣とか傷はなかった。正座させて、太ももをかかとで蹴るとか、髪の毛をつかんだりとか、眠らせないとか、傷が残らないよう巧妙にやったから」

「そうなんですね」

「それに、並行していたのは幸浦事件だけじゃないな。二俣事件で木内郁夫を起訴した二月後には小島事件が起きてるよ」

「そうでした。懲りないものだ」

　昭和二十五年五月十日の深夜、いまの静岡市清水区小島町で就寝中の女性が斧で殺害された事件だ。赤松らが駆けつけて一月後には被疑者が挙がり、激しい拷問の末、でたらめな自白調書が作られて起訴された。

「赤松の弁護をするわけじゃないけど、戦中までの警察にはいまとは比べものにならないくらい権力が集中していたんだよ。思想を取り締まる特高からはじまって、警務があるだろ。それから電気水道風俗を扱う保安、労政や公衆衛生、戦時中は経済関係を取り締まる経済警察や消防を担う警防課がもてはやされて、刑事部門はその中に埋もれていた」

「幅広い行政権限を抱えていたわけですね」

「そうだね。いまでいえば警察は保健所や消防署がやる仕事を引き受けていたわけだ。地道な捜査がいる刑事司法部門なんて、人気がなくてね。ところが戦後は特高が解体されたり、経済警察は闇市を取り締まる側になって煙たがられたりした。そこに刑事部門が伸張してきたというのが正しいかな」

市民の安全より、治安維持に重きを置く時代であったのだ。

「傍流だったのが主役に躍り出て、暴れ出したわけですか？」

「そう言ってもいいだろうな」

「注目される存在になって、結果を出さなきゃいけなくなった。でも簡単にはいかないから、手っ取り早く犯人を作って、自白させるわけですね」

それが拷問による取り調べを生む土壌となったのだろう。

「赤松ってどんな人だったんですかね」わたしは訊いた。「当時の雑誌なんかには、生い立ちを含めて、おもしろおかしく書かれていますけど」

幼少の頃、雨が降って難儀していたとき、警官が傘を貸してくれたのに感激して警官を志望するようになった。昭和初期、憲兵試験を受けて合格したものの、済南事件が起こり志願兵として従軍した。除隊後に警官になり、浜松警察署に配属された。外勤警察官としてわずか一年四ヶ月のあいだに犯人逮捕などで十件の表彰を受け、その後の三年間で、犯人検挙などで百十二件の表彰を受けている。熱海警察署に異動し、管内で起きた宿屋荒らしの捜査で大殊勲を上げ、部長刑事に特進した。熱海でも三年間のあいだに百三十三件の表彰を受け、そのあと十人が殺された浜松事件でも功績を挙げて、内務大臣賞や検事総長賞などを受賞し、押しも押されもせぬ静岡県警強力班の旗頭になった。赤松が受け持つ事件で解決しない事件はない、とされたのだ。

「酒好きだったのが功を奏したんだね」

「どういうことですか？」

「部下はみな年下だよ。なかでもベテランと腕っ節の強い若い刑事をそろえていた。事件が解決すれば自宅に招いて茶碗酒をふるまうし、情に厚くて部下を可愛がる。まぁ、よく面倒を見るわけだ。しょげていれば酒を呑ませて激励する。赤松部隊の強さはそのあたりだね」

「情に厚いですか……全員イエスマンですよね」

「そりゃ、表彰三百五十回を超える親分にはたてつけないだろ」

「無一文の人に財布ごとやったり、戦時中は他人の疎開に奔走(ほんそう)したりしたような逸話が残ってますが、ほんとうですか？」

「それに近いことはしていただろうね。パチンコ屋を開店したい人の世話をしたとか、聞いたことがある」

「本当に面倒見はよかったんですね」

「だろうね」

「そのあたりが、逆に弱点だったかもしれないですよ。二俣事件でも容疑をかけた人物から賄賂をもらったりするし。賄賂を知った渡部なんか、ふてくされてるようですから。赤松部隊は一枚岩でがっちり固まっていたように見えるけど、内情はいろいろあったのかもしれない」

「個人個人はいろいろ思うところがあったはずですよ。してはいけないことをしているという認識は全員、共通していたと思う」

「うしろめたさを抱えながらも、拷問や自白調書の捏造は二俣事件のあとも続きますよね？　一蓮托生ってことかな」

自分も加担しているから、公に認めるわけにはいかなかったのだ。

「赤松本人はいつも部下を呼んで酒を呑ませていたが、別の見方をすれば、そうやっていつも部下を監視せずにはいられなかったんだろうね。部下がつい、拷問について外部に洩らしてしまうのを恐れていたと思うよ」

「それはあるでしょうね。でも、けっきょく、ひとりも内部からの通報者は出なかった」

「やっぱり、赤松個人の力が大きかったんだろうと思うよ。新しい憲法や警察法ができて、刑事はみな戸惑ったっていう時代背景もある」

「でも拷問や証拠の捏造は許されないことでしたよ」

「もちろんそうだ。でも、幸浦事件はその年施行の新刑事訴訟法の下ではじめて審理された事件だったからね。裁判所も手探りだった。検事も弁護士もだ。赤松らは高をくくって、その混乱に乗じたんだろうな。そんなときに二俣事件が起きて、吉村刑事や城戸孝吉が反旗を翻した」

わたしは身を乗り出した。

「いよいよ城戸孝吉のお話ですね？」

「そうだね。城戸孝吉がうちの檀家にいたことは話したよね」

城戸の写っている写真を見せてくれた。

夜、フラッシュを使い、二俣の町中で撮られたもののようだった。

四人写っていて、いちばん左にいるダブルのスーツにネクタイを締めた背の高い男が城戸のようだった。黒の革靴を履き、首も顔も長く、額も広い。後ろ手に組み、丸メガネ越しにカメラのレンズを見る目は精悍（せいかん）そのものだ。その横にいる白いワイシャツに草履履きの若い男が木内郁夫だ。その横に中年の男を一人はさんで、右端にはバッグを抱えた母親の晴子が笑顔を見せている。

城戸はほかの三人より、顔半分ほど上背がある。

「彼は十代のとき、桑名（くわな）でメソジスト派の牧師から洗礼を受けていてね」

「クリスチャンですか」

「あの家で彼だけはね。謹厳実直な性格で、肌に合っていたのかもしれない。彼の祖父の命日に当時住職だったわたしの祖父がお経を上げに城戸の家を訪ねたんです。そのとき、祖父は二俣事件をどう思うかって城戸に訊いてみたいと思ってたそうなんだがね。そしたら、逆に和尚さんはどう思うかって言われて、ひどい拷問があった、と答えたんです。城戸は『わたしも拷問があったことは知ってる、ほかにも重大な証拠を握ってる』と、こう言ったんですよ」

「重大な証拠というのは何ですか？」

牧野は清瀧寺のある城山を見上げて、おもむろに口を開いた。

2　昭和二十五年四月十二日

午後一時半。よく晴れた日だった。窓を通して、明るい日差しが法廷の隅々まで届いていた。法壇横の扉が開き、薄い色メガネをかけた細身の男が刑務官に連れられて入ってきた。手錠をはめられ、浅黄色のジャンパーとズボンを身につけている。悪びれた様子もなく、被告席に着いた。城戸は二列目の傍聴席から、その様子を見守った。憮然とした横顔が見える。この日、裁判所は百五十枚の傍聴券を配り、先着順に入場させたのだ。法廷には顔見知りの刑事が何人かいた。

根本（ねもと）裁判長が手錠を外させ、男を証言台に立たせて、名前と生年月日を尋ねた。男は「昭和六年六月三日生まれ、木内郁夫です」とよく届く声で答えた。続けて本籍と住所地を問われた。

「わたしは満州営口（まんしゅうえいこう）生まれだそうですが、本籍地は東京牛込袋町（うしごめふくろちょう）になっています」

明瞭な口調で答えたので、城戸は身を乗りだした。気が弱いと聞いているが、それを感じさせなかった。

根本に促され、左手の検察官席にいる法服姿の原口検事が立ち、強ばった声で起訴状を読み上げる。整髪料で固めた前髪の一部が額（ひたい）に垂れる。

「被告は昨年二月から本年一月にかけて窃盗七件を働き、一月六日夜八時半頃、片桐光利方へ窃盗の目的で裏出入り口から侵入、主人光利の枕元にはいつくばって寝息を窺い、光利が目を覚ますや、短刀で頸動脈を数回突き刺し即死せしめ、さらに妻民子の枕元に寄って十回も短刀で首を突き刺し、続いて長女久恵、二女里子をつぎつぎに殺害の上、家屋敷を物色して現金一千三百余円その他を強奪したもので、窃盗、住居侵入、銃砲刀剣等所持禁止令、強盗および殺人罪を犯したものである」

硬い表情で前を見つめる郁夫に、根本が、

「被告は何か言うことはないか」

と問いかけた。

「検察官の調書にある数件の窃盗事件はわたしがやったのに間違いありませんが、片桐さん一家を殺した覚えはありません」

一語一語はっきり答えたので、城戸は驚いた。

「覚えがないのかね？」

問い返され郁夫の様子が変わった。華奢(きゃしゃ)な肩が盛り上がったかと思うと、

「そんな人殺しはやっていない、覚えがない」

大声で叫んだので、満廷がどよめいた。左右に張りついた刑務官が郁夫を押さえにかかる。城戸も雷に打たれたような驚きを覚えた。郁夫は前もって、公判ではっきり無罪を主張しようと決意を固めていたのだ。

「落ち着きなさい」

根本の言葉にも、郁夫は興奮冷めやらない様子だった。

問題があると思っていたが、第一回の公判でここまで否認するとは夢にも思わなかった。つい先日、郁夫が殺人を否認する上申書を検事宛に提出したというのは聞いている。その真偽をただすために、担当の原口検事が二俣警察署にやって来たとも。しかし、法廷ではその上申書について取り上げないようだった。

元警官でもあり、六歳年下の赤松とは戦中、同じ署に勤務した。お互い酒好きなこともあり、よく呑み、女遊びをした間柄だった。浜松で起きた連続殺人事件もともに捜査に携わった。二俣事件の捜査本部には、かつての部下や同僚も何人かいて、署に出入りし、彼らから情報を得た。捜査報告書や木内郁夫の自白調書にも目を通したばかりだった。

郁夫の父方の祖父は大正時代から、松旭斎天馬を名乗って活動していた人気奇術師だった。天馬は一座を率いて全国を巡業し、彼の妻ルイーズは当時としては珍しいフランス人で一座の花形として活躍した。一座が縁で結ばれた郁夫の両親も同様に一座で働き、郁夫自身、幼い頃から浅草で舞台に立った。祖父母は晩年、一座から退いて二俣の大正座を買い取り、細々と営業を続けていた。天馬は終戦の年に亡くなったものの、一座は巡業を続け、郁夫も照明係として両親とともに働いた。昭和二十二年に一座を脱退し、家族は二俣のルイーズ方に身を寄せた。しかし、大正座が焼け落ちてしまい、ルイーズも昨年病没した。その後一家は窮乏の一途をたどった。そんな一家に突然降りかかったとんでもない事件……。

郁夫の反応など、まるでなかったように、原口が朗読する。

「被告は麻雀賭博に熱中しており、探偵小説や探偵映画を好み、小遣銭に窮して七回にわたり窃盗を働き、侵入する時間は、夜の七時より九時までのあいだと決まっている。発覚を防ぐため、偽装し同一手口で行っている。片桐方へ侵入したときも八時半頃で、生き残った次男、清が見た犯人の人柄着衣が被告と同じであり、また血痕検査の結果からも動かぬ証拠があがった。ついては被告の供述調書および証拠書類を提出する」

右手から席を立つ音が響いた。坊主頭の官選弁護人、久保弁護士だ。現役時代からよく知っている。悪いことをほんとうにしたのなら、したとはっきり言えという潔さが信条の弁護士であり、よく呑み、女遊びもする庶民派だ。

「裁判長、供述調書については、いちじるしく任意性を欠いておりますため、提出には異議を申し立てます。さらに証人申請をしたいので、本日はこの辺で中止してもらいたい」

と申し出た。

根本のもとに久保と原口が歩み寄って、合議をはじめた。

犯行時間帯が問題だと思った。検事は自白調書のとおり、一月六日の晩の八時半頃と決めつけた。しかし、実際は違うのではないか。現場の壁時計が十一時二分を指して止まっていた。犯人が何かの拍子で時計に触れてしまい、止まったとしか考えられない。新聞にも出ており、犯行はその時間帯にあったとほとんどの町民は思っているのだ。

先月十一日、郁夫の身柄が検察へ送致されたあと、城戸は仕事の合間を縫って聞き込みに精を出した。現場近隣や郁夫の実家、出入りしていた関係先、知り合いなどすべてだ。

森下麻雀荘の主人や木内郁夫の父親の証言から、一月六日の夜十一時、郁夫は麻雀荘にラーメンを出前し、三十分ほど油を売ってから自宅に帰って寝た、という動かしがたいアリバイに行き着いた。この事実があるために、警察は犯行時間帯を早めたとしか思えなかった。こそ泥を働いていたのはたしかだが、彼を知る人間は、「郁夫は気が弱い、力仕事もできない、あんな大それた犯行など、できるはずがない」と口をそろえている。郁夫は無実であるはずだった。

合議が終わり、次回公判は五月二十四日午前十時開廷と決まった。一時間とかからず、第一回公判は閉廷してしまった。刑務官に引き立てられて、奥に消える木内郁夫の背中を見送るしかなかった。

事件が起きて以来、元刑事として城戸は深い関心を抱いていた。赤松の行状の悪さは知っていたが、二俣事件、そしてできるなら幸浦事件についてもその口から聞いてみたかった。城戸が警察を離れて三年あまり、懐かしさも手伝い、事件が起きた翌週の日曜の朝、三河屋にいる赤松を訪ねた。

　玄関に現れた赤松は、城戸を一目見るなり相好を崩し、二階奥にある自分の部屋に誘った。火鉢にあたって体を温めながら、ねぎらいの言葉をかけ、しばらく昔話に花が咲いた。そのあと事件の話になった。

「城戸くん、この二俣は町警だもんで、警察官が十人しかいない」と赤松が言った。「刑事に関してはみな、ヒヨッコ同然でね。きみもひとつ、外部で手伝ってくれんかね？」

「いいですよ。協力しましょう」

と城戸は答えた。

　町民として、警察に協力するのは当然の義務だと思っていた。

「じつは気になっていたので、事件の翌日、現場をこの目で見てきたところですよ」

　城戸はさらに言った。

「さすが、城戸くんだ。心強い。ひとつよろしく頼みます」

「心得ました」城戸はひと呼吸置いてから口にする。「赤松さん、幸浦事件はうまく挙げましたね。どういう端緒だったんですか？」

　昨年来から公判が続き、気にかけていた。

　赤松はうん、と小さくうなずいてから、

「あれはなあ、ぼくは最初からこそ泥なんかをやる村のやつだと睨んでたんだよ。そこへ村の駐在所がチンピラをふたり引っ張ってきた。それで即座に膝を叩いて『こいつらこそ正しく真犯人である、ぼくの目に狂いはない』と言ったんだが、案の定、犯人だったんだよ」

城戸は唖然(あぜん)とした。

何の証拠もないのに、見ただけで簡単に犯人としてしまう神経を疑った。新聞も書いているとおり、典型的な見込み捜査ではないか。そのうえで腕力にものを言わせて、犯人にでっち上げた……。

戦時中に起きた浜松事件を思い起こした。目立った功績もないのに殊勲者にあげられた赤松は、金の絡んだ醜い二件の不祥事を起こした。しかし、おとがめもなく、事件を解決した名刑事として祭り上げられ、それがいまの威勢につながっている。

適当に相づちを打ちながら、赤松の自慢話に耳を傾けるしかなかった。身動きの取れないような息苦しさを感じた。赤松はこの二俣で同じことをしようとしている——そう思うと、九年前の浜松事件のことがよみがえった。あのときも、無実の人を半年近く留置して責め抜いた。その人の家族から、釈放してほしい、という手紙をもらったが、一介の刑事であった自分には為す術がなかった。しかし、民主主義の世の中になったいまでも、同じことがまかり通るとは！

裁判所の外では、郁夫の両親が記者のカメラの餌食(えじき)になっていた。バスにも乗らず、ゆるい坂を急ぎ足で下るふたりに声をかけることはできなかった。

3

翌朝もまたよく晴れた天気だった。朝食を早々にすませ、電柱につけるランプの傘を作る仕事に精を出した。午前中、三つできたところで、城戸は二俣警察署に足を向けた。

署の一階事務室に、刑事たちの顔が見えた。しかし、署内に足を踏み入れるのははばかられた。気がつけば、仲町と新町の境にある三河屋前に来ていた。二階にはまだ、赤松が宿泊しているはずだった。しかし、顔を合わせる気にはなれなかった。

あらためて事件現場に向かった。これからが思いやられると思った。木内という青年がいくら無実を訴えても、このままでは、無実の罪をかぶせられて刑を申し渡される。おそらくは死刑を。自白調書に書かれていることも、ほんとうかどうか、確認しなければならない。

事件直後にも、片桐家の近所の聞き込みをした。事件を通報した文具店の店主から話を聞き、隣家の呉服屋とうどん屋を回った。うどん屋の主人の奥さんによれば、事件当夜は出前の注文があり、午後九時半頃まで起きていた。片桐家では七草粥の菜っ葉を刻む音が聞こえた。その片桐家のラジオで九時の時報を聞いたという。

静岡地方裁判所浜松支部の根本裁判長は、城戸が在職中から知っていた。正しい判断ができるよう、事件の真相を伝えなければならない。手紙を書くしかないだろうと思いながらも、日はどんどん過ぎていった。

義祖父の命日に当たる四月二十八日になった。昼前、大降りの雨をついて、清瀧寺住職の牧野円上(えんじょう)がやって来た。がっしりした小柄な体に袈裟(けさ)をかけ、仏壇の前で阿弥陀経(あみだきょう)を唱えはじめる。そのうしろで、義父の三郎、妻のハル、二十歳になったばかりの長女、由美子(ゆみこ)と四人で読経を聞いた。読経は長かった。寺は質素で、贅沢を嫌う人柄は近隣でも有名だが、お勤めはいつもどおりの丁寧さだった。袈裟を脱ぎ、帰り支度をすませた円上を茶でもてなした。

「悪い天気になりましたな」

円上が外を見る。

「小降りになるのを待ったほうがいいですよ」

「そうさせてもらいますか」円上は茶をすすった。「しかし、赤狩りはひどいですな。うちの檀家にも組合の活動家で、勤めていた会社を馘（くび）になったのがいますよ」

「うちの町内でも、赤のレッテルを貼られて便乗解雇されたのがいます。いまに共産党は非合法化されますよ」

米ソ冷戦が本格化して、反共一色になった。ソ連の動向が新聞に載らない日はない。

「ちょっと前まで、共産党はちやほやされたのにね。ところで、城戸さんがこっちの家に来て何年になるかな？」

「結婚したのは昭和四年ですから、かれこれ二十年になりますね」

「そんなになるのか、早いもんだな」

「そうですね」

三重県員弁郡（いなべぐん）の嘉例川（かれいがわ）（現・桑名市）に生まれ、昭和三年に静岡県警に入った。二俣警察署配属になり、その年から代々板金業を営む城戸家に下宿した。昭和四年、城戸家の長女のハルと結ばれて養子になり城戸を名乗るようになった。

「商売はどうですか？」

「ぼちぼち、雨樋（あまどい）の注文があるくらいで」

「まあ、どこも不景気だからね」

「組合の方から来る仕事で、何とかやりくりしてますよ」

ここ何年かは、払下げのドラム缶を買い、タガネとハンマーでストーブを作り売っていた。ストーブはそこそこの値がついたのだ。

「佐久間ダムの建設も決まったことだし、二俣は景気がよくなるよ」

二俣町の北二十五キロほどの天竜川の渓谷(けいこく)に、巨大ダムを造る計画が発表されたばかりだ。

「そうですね、日本一の規模だそうだから」

「うん、天竜材も東京向けのが値上がりしてるそうで、材木屋もほっとしてる。まあ、城戸さんの腕はたしかだから、あちこち家も建ってるし、仕事には困らんでしょ」円上が由美子を見る。

「ずいぶん立派になったね。いまはどちらに?」

「家の手伝いをしていますが、近々洋裁学校に行こうと思っています」

「そうか、もういつでも、お嫁さんに行けるね」

由美子は顔を赤らめ、ハルに視線を送った。

「まだまだ、子どもですから」

城戸があいだに入る。

「城戸さんは、警官をやめてどれくらいになる?」

「終戦の翌年の八月だから、もう三年半になりますかね」

「お父さん」

ハルが横から口を出す。三郎が不機嫌そうな顔つきだった。

三郎は昔から警官嫌いだった。結婚するときも、警官をやめるなら許すと言ったほどだった。

「ときに城戸さん、二俣事件の木内はどう思うかね？」

さりげなく円上が訊いた。

木内が犯人ということに疑問を抱いているようだった。

気を利かせて、ハルが三郎と由美子を連れて隣室に引き取った。

ふたりきりになり城戸は、

「和尚さんはどう思っていますか？」

と訊き返した。

円上はぎこちなく袈裟を包んだ風呂敷を手元に寄せ、

「これはあなただから話すけど、あれにはひどい拷問があったからな」

とつぶやいた。

「拷問があったことは聞いています」

「うん」

多くの町民が知っているのだ。

「木内郁夫は犯人じゃないと思いますよ」

城戸の言葉に円上がすぐ反応した。

「それはまたどうして？」

「木内が自供した犯行時間は事実ではないんです。郁夫にはアリバイがあります」

城戸が森下麻雀荘で聞き込んだ内容を話すと、円上は考え込むように、両袖に手を突っ込んだ。

「やっぱりそうだったんだな」

「何か?」

「ほかでもないんだがな、城戸さん」円上は声を低める。「山東の笠原和一、知ってるな?」

「ええ」

気性が荒いので有名だ。家も近い。

「二月中頃、あれの息子の照夫が警察に引っ張られて、土蔵でさんざんな目に遭ってな」

「泥棒でもやったんですか?」

息子の悪い噂は聞いていない。

「それがな、野良犬の子を家に持ち帰ったのが窃盗とされたらしくてな。中尾っていう若い刑事にさんざん殴られて、警察から逃げて寺に来たんだよ。うちだってかくまえないだろ。山東の家に帰る途中でまた捕まって、もっとひどいことをされてな」

清瀧寺は二俣署の裏手にあり、走れば二分とかからない。

「どんなことをされたんですか?」

「正座させられて、太ももに刑事が乗る。思い切り体重をかけて何度もやられるから動けなくなっちゃってさ。ほうほうの体で家に帰っていったらしい。それで驚いた親父が署に怒鳴り込んで行ってな。その一週間後だよ、吉村という警官知ってるかね?」

「知ってますよ。この近所に下宿してますから」

何度か挨拶をしている。

「その刑事が寺に来て、一部始終を話してね。あの人はまともだな。笠原への見舞金として千五百円を置いていった。わたしが保護司や民生委員をしているから、相手方に話が通じると思ったんだろうね。金はその日の夜に持って行きましたよ」

「笠原のオヤジは何と？」

「なんとか矛を収めたけどね。ほかにも、二、三人、同じような目に遭った若いのがいるよ」

「……やっぱり、拷問の噂はほんとうだったんですね」

あちこちで聞いている。郁夫が犯人ではないという噂も。

城戸は暗澹（あんたん）たる気分だった。

すべては赤松警部補の暗黙の了解のもとに行われたに違いない。拷問など何とも思っていない。自白調書すらも、捏造している。このまま裁判が進めば、結果は目に見えている。無辜の人が死刑宣告を受けるなど、あってはならないではないか。

4

翌日は雨も上がって、好天になった。午後、吾妻町の木内家を訪ねた。着物姿の母親が玄関に姿を見せた。整った顔立ちに警戒の色を隠さなかった。城戸は車道で板金屋を営んでいるが、かつて警官だったこともあり、二俣事件には関心を持っており、今回、逮捕された息子さんについては無罪であると思うと伝えた。すると母親は改めて、「晴子と申します」と頭を下げ、奥から夫を連れて来た。夫は和義（かずよし）と名乗った。髪の多い、面長（おもなが）な男だった。

「微力ながら、息子さんの釈放に向けて、お手伝いさせていただければと参上しました」

ふたりは少し困惑した表情で、頭を下げた。

「さっそく、お伺いしたいのですが、警察に連れて行かれたのはいつになりますか？」

「二月の二十四日の朝早くに」晴子が言った。「まだ郁夫は寝ていたので起こしました。朝食を食べさせますから、と言ったのですけど、何でも急いでいるからと言って連れて行かれました」

「すぐ、戻って来たじゃないか」

和義が晴子を見る。

「戸が開いて、あの子が顔を出して『母ちゃん、手ぬぐいを持ってこいって言われた』と口にしたもんですから、すぐに新しい手ぬぐいを渡したら、行ってしまって。心配でお昼に警察署へ顔を出したんですけど、もう少しかかると言われて。夕方にも出向いたんですよ。でも、まだ話が進まないって言われて……それが最後になってしまった」

晴子は目頭を赤く染めて、指を当てた。

「そうでしたか……それで、たしかめておきたかったんですが、郁夫さんは新聞にあったような盗みは働いていたんでしょうか？」

「それは、はい」和義が正座したまま恐縮して言った。「ほんとに申し訳ありません。小さい頃から一座で働かせたりして、苦労させたものですから」

大正座や天馬一座については、二俣に住む者で知らない者はいない。

「大正座が焼けてしまって大変だったでしょう。さしつかえなければ、最近の郁夫さんについて、お話を聞かせてもらえないですか」

「はあ、うちの前の下駄工場に勤めてましたけど、続かなくて。わたしがやってるラーメン屋台を手伝うようになりました」

「麻雀はしますか？」

「あまりやらんと思いますけど、友だちに誘われるようなのは、あったかもしれないです」

「ふだんから森下麻雀荘で遊んでいましたか？」

「さあ、どうか……」

「あなた」晴子が袖を引いた。「お正月に友だちが呼びに来たような覚えがありますけど」

「そうか？」

覚えている様子はない。

「わかりました」城戸があいだに入った。「お宅さんたちご一家は、ずっと二俣にお住まいですか？」

「いいえ。ただ、戦時中に一度、浜松から疎開していました」

郁夫が学齢に達したので、巡業から身を引いて浜松に住んだが、空襲がひどくなり、祖父母のいる二俣に疎開したこともあったという。

「郁夫は三歳のとき浅草で初舞台を踏ませました」和義が続ける。「女の子みたいに色白で、あどけない顔をしてましてね。フロックコートを着てタップを踊ったり、歌を唄ったりして、けっこう人気があったんですよ」

「そんなに小さいときから働いていたんですか」

「はい。一座の四十人と全国を歩きました。でもやっぱり、見知らぬ土地で友だちもできないし、引っ込み思案になってしまったかもしれません」

そのせいもあり、内気で気弱な性格に育ってしまったのだろう。

「小学校の頃はとても勉強ができて先生にほめられたんですよ。学校を出てまた一座の巡業に加わったんですけど、腸チフスにかかって、家族で祖母のいた二俣に戻ってきました。でも、火事で大正座が焼けてしまって、食うや食わずの生活になりました。それでわたしの仕事を手伝わせていた矢先でした」

「わたし、おばあちゃんには何度か挨拶したことがあります」城戸は言った。「去年亡くなられたんですよね？」

「はい、十月に」

公判で見た色白の青年の、幼い日の姿を思い描いた。四人もの人を手にかけるなど、想像できなかった。だが赤松のような狡猾（こうかつ）な人間には、格好の餌食になる。少し痛めつければ、どうにでもなる弱い人間と判断されたのだ。しかしいざ公判のふたが開くと、幸浦事件と同様、被告は完全に否認した。幸浦事件は四人の共犯とされているが、二俣事件は郁夫ひとりだ。

木内家を辞して西町に足を向けた。路地から小柄な巡査が歩いて来るのが目にとまった。円上が話していた町警の吉村だった。二俣署では数少ない刑事として熱心な仕事ぶりで知られている。挨拶すると、吉村も頭を下げた。

「きょうは外勤ですか？」

声をかけてみる。

「そうなりました」

と照れ臭そうに言った。

「いま、木内郁夫の家に行ってきましたよ」

そう言うと、吉村の目の色が変わった。

「あ、どうでしたか？」

心配そうな顔で近づいてくる。

「元気なかったですよ」

「そうですか……」

なぜ、木内宅を訪ねたのかは訊いてこない。

「わたし、先日の公判を傍聴したんですがね」城戸が言う。「ところであなた、清瀧寺の和尚のところに、笠原家への見舞金を置いていったでしょ？」

吉村はぎくっとしたが、すぐ元に戻った。

「わたしがお願いしました」

あっさりと認めたので、驚いた。それならばと思い、

「拷問があったみたいですけど、実際どうだったんですか？」

吉村が目をきょろきょろやり出したので、さすがにここでは口を開けないのだろうと思った。

勤務が終わったら、一杯やりませんかと声をかけると、吉村は承知した。

二時間後、大明神の敷地内にある酒屋に行った。吉村は私服に着替えて、先に来ていた。奥まった席で改めて互いに自己紹介する。吉村は戦時中マラリアに罹って耳が少し遠いですと言った。

「ご近所のよしみで、まあ一杯」

二級酒をコップに注いで酒を酌み交わした。

小皿に載せたさばの煮干しをひとつかみ、口に入れる。

「城戸さんは何度か、署でもお見かけしましたね」吉村に訊かれた。「警察をやめて、長いんですか?」

「もう三年半になります。今回は国警の人から捜査協力を依頼されて、足を運んでます」

「現場に行かれましたか?」

「発生翌日に行きました」

吉村は驚いたようだった。

「そうでしたか……」

「裏には足跡が残っていて、瓦でふたをしてありました」

「ああ、そうでしたね」

旨そうに酒を呑む。吉村は蠅帳(はいちょう)から、いわしのはんぺんを取りだして、前に置いた。この店はすべて自分でやるのだ。

「木内の家はどうでしたか?」

改めて吉村に訊かれた。

「仕事もしてないし、ふたりとも元気がなかったですよ」

「やっぱり……わたしも何度か激励に行ったんですけどね。こんな調子じゃ屋台も出せないって言うだけで」

「警官じゃ、なかなか行きにくいでしょう?」

「いや、わたしは木内郁夫の無実を信じてますから」

きっぱり言い切ったので驚いた。

「町民の多くも、そう思ってますね」

「そのはずです。郁夫が犯人であるはずがないですから。新聞記者だって、みなそう思っていますよ」

　吉村は木内家の家内事情や郁夫の人となりを話した。

「吉村さん、ひょっとして郁夫の無実を町中に広めたのはあなたじゃないですか？」

　訊くと吉村は、まじまじと城戸の顔を見た。

「捜査報告書も供述調書も目を通しました」城戸は続ける。「供述調書は訂正だらけで、どこまでほんとうなのか、さっぱりわからん」

「ぜんぶ作り話ですよ」

　驚いた。現職の刑事の口から出た言葉とは、到底思えなかった。

　この人間は信じてよいのかもしれなかった。

　吉村は息を深く吸い込んだ。

「犯行時間帯には、麻雀荘にいて確実なアリバイがありますから」

「知っています」

　城戸が正確な時間帯を口にすると、吉村は目を見開き、髪をかき上げた。

「あなたも森下麻雀荘に行ったんですか？」

「行きました。郁夫は犯人じゃありません」

　吉村の顔が紅潮した。

「そのとおりです。犯人じゃない」

「郁夫は拷問されたんでしょ？」

吉村は手にしたコップをテーブルに置いた。

「土蔵でひどくやられました」

「笠原照夫と同じように？」

「はい」

「上の……赤松警部補の命令ですね？」

吉村は唇を噛んだ。

「あの人しかいない」

こめかみに血筋が浮かぶ。

城戸は赤松と自分の関係、そして幸浦事件についても、拷問や証拠の捏造が行われていたことを承知していると話した。すると吉村は情けない顔で、いまは署内で郁夫が犯人ではないと主張するのは自分だけで、捜査からも外されたと言った。

「それは辛いですね」

「はあ、でもまあ、ここだけの話ですけど」酒を飲み干し、コップに注ぐ。「国警以外の人間は、署長も含めて、裁判で郁夫が無罪になると思っているんですよ」

「そうなんですか？」

「いくらなんだって、いまのまま、有罪に持ち込むのは無理がありすぎると思うんですけど」

甘いのではないか。

「ところで、吉村さん、ほんとうの犯人の心当たりはありますか？」

「まあ」

口をとがらせ、うなずいた。

「あちこちでそれらしい名前は聞きますけど、事件翌日にバスに乗って逃走した男ですか？」

「あれは違う。永田はご存じですか？」

「その名前も挙がっているみたいですが、どうしてですか？」

吉村は事件発生直後、現場に来た永田が奇妙な言動を取ったことや、飲食店を開くために金が要ることなどを細かく話した。

「そうだったんですか……」

だが実の兄が弟一家を手にかけるのは、無理がありすぎるように思える。ほかに、真犯人がいるかもしれない。

「幸浦事件も、無実ですよね？」

「そう思います」

あっさり言う。

「でも、死刑判決が出ましたよ」

「拷問なんか平気でやるし、自白の捏造なんて、お手の物なんだ」吉村は憮然とした顔で言った。「主犯が死体を埋めた場所を自白したなんて、うそっぱちです。被害者の赤ん坊のオムツが落ちていたあたりを警察が掘ったら、遺体が見つかったんですよ。でも、犯人はいないから、作るしかない」

「新聞の話は、ほんとうだったのか……」

被告は公判で、警察が示した場所を掘らされた、と言っているのだ。

「その場所は警官が見張って、立ち入り禁止にしていたんです。で、別件逮捕した男をそこに連れて行って、掘る真似をさせた」

「それが、『誰も知らない場所を被告が指示して、その結果、死体が見つかった。だから、犯人だ』となってしまったわけですか?」

「そうです。それだけじゃないんです。いったん犯人と決めたなら、あらゆる手段を使って有罪に持ち込みますから」

「手段というと?」

「色々ありますが……そうだな、『リンゴの唄』かな。三月はじめに幸浦事件の公判があったんですが、裁判の傍聴から帰って来た刑事が、赤松主任に裁判の報告をすると仲間内で、『リンゴの唄』を歌いだしましてね」

「何ですかそれは?」

「主犯格の米山有造の兄が証言台に立ったのですが、この兄は事件が起きた時間帯に有造の家にもらい湯に行っているんですよ。警察にもこの話はしていたんですが、大きなアリバイだから、裁判で証言されたらまずいじゃないですか。それで、前もって刑事がリンゴのカゴを持って兄の家を訪ねているんですよ」

この先はわかるでしょ、という顔で城戸を見た。

「もらい湯に行っていないと証言するよう脅しに?」

「そうです。あの日は風が強くて、弟の家では風呂を焚かなかったし、訪ねてもいないというように言えと強要したんですよ」

「そこまでやるのか……」

拷問や供述の捏造だけでは足りず、関係者をこっそり脅すとは、なんという悪辣さか。

「これは、相当な覚悟が要りますな」

城戸が言った。

「はい」

「地検の原口検事はどんな人ですか？」

「土曜になると部下を連れて三河屋に来るんですよ」吉村が答える。「その相手をわたしがしなきゃならん。仕事そっちのけで、大酒を食らって帰りますから」

「二俣支部の小林副検事は？」

元警官で、城戸もよく知っている。

「あの人は来ないですね。原口さんは酔った勢いで、裁判のことなんかも洗いざらい話してくれますよ。原口さんは最初、木内郁夫に、検事と警察官は違うから、やってなければやらなかったと言ってもらってもいい、どっちなのかと訊いたそうなんです。そしたら二、三分考えて、ようやく罪を認めたようなんですよ」

「原口検事は若いし、こんな大きな事件ははじめてでしょ？」

「ええ。でも、拷問があったことを知ってる」

「……郁夫は警察と同じように、検事からもひどい目に遭わされると思ったはずですよ」

「たぶんね。原口さんは、犯行に使われた短刀を見せたそうです。そしたら、『自分が拾ったときより、柄が短くなっているように思う』とか郁夫が言ったらしくて。その短刀、わたしが捜査のときに必要があって、柄のところを三センチくらい切り取って、短くしてしまったんですよ。でも原口検事は、これこそ犯人しか知り得ない事実だとか言って、検事調書を作ってしまったくらいですからね」

「あの短刀の写真は新聞にも掲載されたじゃないですか。誰が見たって柄が短いと思いますよ。検事も警察と一蓮托生か。それじゃあ、だめだ」

「はあ」

しんみりして、吉村は自らのコップに酒を注いだ。

「これからが思いやられますね」

「でも裁判所ですから、公明正大に裁いてくれるはずです」

「そうなればいいが。どうかしましたか？」

吉村はテーブルの隅にじっと目を当てている。

「いや、木内郁夫が移送されたときの姿を思い出して……髪が乱れて、抜け殻のようになってしまったのを、ジープに乗せて行きました」

城戸もその情景を思いながら、コップ酒をあおった。いつもの旨さは飛んでいた。

5

五月二十四日。この日もよく晴れた。午前十時の開廷とともに、木内郁夫の父親の和義が証言台に立った。宣誓をすませ、事件のあった一月六日夜について根本裁判長から尋ねられると、丸めた背中を伸ばすように前を見た。

「六日は……郁夫はわたしたちと一緒に、午後の七時頃、自宅で夕食を食べました。そのあと風呂に行って……十一時頃まで……仕事を手伝って帰って来ました」

言葉の端々がうまく聞き取れない。被告席の郁夫が心配そうな顔で見ている。

「もう少し大きな声で」根本に促される。「家には何時に帰って来たの？」

「たぶん、十一時半頃に」

「たぶんじゃ困るな。もっと正確に言ってくれませんか」

「はい……十一時半だと思います」

「被告はひとりで風呂に行ったんですか？」

「……弟たちも一緒だったかもしれないです」

「どっちなの？」

「一緒に行ったり、ひとりで行くときもあるし……」

はっきり、覚えていないようだ。

「夕飯は、いつも家族一緒で食べるのかね？」

業を煮やしたように根本が尋ねる。城戸も耳を澄ました。

「一緒のときが多いです」

「その晩は何の料理だったの？」

「……ちょっと、覚えがなくて」

和義は首をかしげる。

「被告は仕事を手伝うというが、どんなことをするんですか？」

「麺をゆでたり、出前したりします」

「声が小さい。もっと大きく、はっきり言うように」

和義はしきりと頭を下げ、

「はい、あの晩は出前をしたりしました」

「森下麻雀荘に、持って行ったんですね？」

坊主頭の久保弁護士が立ち上がって訊いた。

「行ったと思います」

「ほかは行かなかったのか？」と根本。

「うーん、どうだったか、行ったかもしれないし」

聞いていて、城戸はやきもきしてきた。まったく郁夫を助ける証言になっていない。

根本がほかになにか言いたいことはあるかと訊くと、

「はい、郁夫は人を殺すとかそんなようなことをする人間じゃないです」

と口にした。

「そんなことを訊いているのではない。六日の晩、被告はどうしていたかを訊いてるんだ。なにか、ないのかね？」

「あまり記憶がなくて……」

代わって母親の晴子が証言台に立った。

気丈そうに着物姿の小さな体を裁判長に向けた。父親と同じことを訊かれる。ほぼ同じ答えだった。六日の晩の料理は、里芋を煮たと思いますと答えた。六日夜の郁夫の行動についても、似たような答えだったが、「息子は友だち仲間でも人気があるし、親にもやさしくて、とてもいい子です。絶対に人を殺めることなんてできません」と母親らしい思いをこめて言った。

「六日の晩、家族以外の人が訪ねて来たか？　親戚とか友だちとか」

「はい。友だちがよく来るものですから、どうだったか……」

こちらの証言も、あまり心証がよくない。

続けて廷吏とともに、背広姿の赤松が控え室から現れた。きちっと髪をとかし込んでいる。胸を張り、ひとつ咳払いしてから、宣誓をすませた。名前と所属を訊かれて、

「国警県本部刑事課強力班、赤松完治警部補です」

と場慣れした口調で言った。

「まず、捜査活動について話してもらいたい」

根本が声をかけた。

「自治警並びに国警を通じて、捜査員合計延べ六十四名、取調人員三百四十名、短刀凶器の押収したもの数十振、捜査日数六十四日の一大捜査活動を展開したものであります」

「被告人木内郁夫が犯人である理由は何か？」

「はい。事件発生直後から、二俣町とその近辺における盗犯の洗い出しを行い、大小を問わず洗いざらい捜査に当たりましたが、大部分は本件犯行時である一月六日のアリバイが明確に成立しました。ところが被告人木内郁夫については、当夜のアリバイの主張が虚偽に満ちておりまして、

さらには同人の過去の窃盗がいずれも宵の口から午後十時前後に行われたものであり、いずれの場合も犯跡の隠蔽に子細な注意を払っていること、さらには残虐なことも平気でする性質であること、これらのことから同被告に対して最大の疑惑を持つに至りました」

メモを読み上げるように、スラスラと答える赤松の態度に目を見張った。

赤松は続ける。

「まず窃盗犯人として逮捕状を執行し、勾留の上その取り調べに当たったところ、数日を出ずして一切の犯行を自白し、しかもその自白内容がきわめて微に入り、犯人でなければ到底陳述し得ない状況まで述べるようになり、さらにはわれわれ捜査官として知り得なかった、新たな事実も判明する如き状況に達したのであります。そのほか各種の関係証拠から、被告人木内郁夫を窃盗並びに住居侵入、強盗殺人の真犯人と確信するに至りまして、本件公訴に及んだ次第であります。つまりは六日夜の本人の動きや動機、すべてにおいて犯行を裏付けるものであります」

「具体的には？」

「木内郁夫は昨年来、七件に及ぶ窃盗を繰り返しております。また賭け麻雀に凝っていて、日頃から麻雀荘に出入りしておりました。負けることも多く、どうしても遊ぶ金がほしいと思いつめて六日夜、犯行に至りました」

「いきなり、押し入ったのか？」

「夕食後、まず自宅前の野中下駄工場の下駄を盗むつもりで縁の下に潜り込んだところ、短刀と手袋を見つけ、これを使えば人の家に押し入ることができると思い立ったわけです」赤松は証言台の縁に両手をかけ、身を乗り出した。「そのあと午後八時半頃、西町付近をうろつき、金はないが麻雀をやりたいので、どこか盗みに入る家はないかと思いながら歩いて行くと、二俣農業協同組合南側にある小路を見つけて、そこに二十メートルほど立ち入った。平屋のバラック小屋のような家に突き当たったが、そここそまさに本件の被害者、片桐宅でありました。被告木内郁夫は額を寄せて家の中の様子をうかがうが、話し声もしないし、しかも無施錠だった。そっと侵入し、ズック靴を脱いで上がった。見れば一家は就寝中で、主の光利の枕の下に手を入れたところ光利が目を覚ましたため、短刀で首を刺して即死させた……」低くよく通る声で続ける。「横で寝ていた妻民子が目を開け、布団から抜け出ようとしたので、その首めがけて何度も突き刺した。民子はもがき苦しみながら、血の海の中に沈んだのです。その際民子の懐にいた次女の里子の上におおいかぶさる形になり、里子を死に至らしめた。脇に寝ていた長女久恵も声を上げようとしたので、首を絞めて一気に殺害した。……これが殺害行為の全貌になります」

法廷にいる全員が固唾(かたず)を呑んで聞き入っていた。まるで、惨劇の一部始終を目の当たりにしている錯覚に陥るほどの迫力だった。弁護人の久保は薄く口を開けたまま呆然とした表情でいる。

証言席のうしろにいる郁夫は、あごを突き出すようにして不遜な感じで聞いていた。

「枕の下に手を入れた理由は？」

ようやく、根本が口にした。

「枕の下によく金を入れておくのがあると聞いていたので、そのようにしたと被告人は語っております」

「そのあとはどうしたのか？」

「光利の枕の下に、二つ折りにしてあった百円札十枚、そして千円札一枚を窃取しました。そのあと、壁際に積まれたタンスの引き出しを上から順に調べてみたが、めぼしいものはなかった。ついで、壁の棚にあるラジオが放送劇をやっていたのでダイヤルを回して止めた。そのとき、壁にある柱時計に目がいった。針は九時半を指していた。被告人は以前、二俣会館で見た映画『パレットナイフの殺人』を思い出した。悪事を働いた時間をごまかすため、時計の針を進めておいて、実際の犯行時刻よりあとで犯行が行われたように見せかける、という偽装工作が描かれているのですが、これとそっくり同じことをしたわけです。右の人さし指で長針を二回、回して、十一時ちょっと過ぎのところで止めた、と被告人は自供した。被告人はこのとき、時計に文字盤の覆いガラスがはまっていなかったと言うではありませんか」

赤松はいったん言葉を止め、法壇を見た。

三人の判事は固まったように、赤松の言葉を待っている。傍聴人席は静まりかえっていた。

「そのとき、取調官はどう対応したのか？」

根本が訊いた。

「はい、学校に行っている片桐光利の長男と次男を呼びつけて問いただしたところ、昨年の秋に室内でキャッチボールをしている最中に、柱時計に当たってガラスが割れてしまったという事実が判明しました」

まるで、種明かしされた仕掛けそのものに驚いたように、根本も久保も口を開けた。

「いずれにしましても、この告白には取調官も驚きました」赤松は言う。「警察も検察もわかっていないことであるし、現場に行った者でしか知るはずがないことでありまして、犯行の決定的な推定証拠となったわけです」

疲れひとつ見せず平然と言ってのけ、赤松は肩の力を抜いた。

法廷にいる全員が赤松の一挙手一投足を見守っている。まるで魔法でもかけられたように、咳払いひとつしない。城戸もそのうちのひとりだった。

「『パレットナイフの殺人』というのはどんな映画かね？」

根本に訊かれて、赤松は胸を張る。

「江戸川乱歩の書いた推理小説、『心理試験』が原作になります。さらに被告人は自分がいじったラジオを九百キロサイクルで止めたと言っておりますが、これも実際、そこで止まっておりまして、犯行を行った者にしかわからぬことであります」

根本は感心したように、何度も首を縦に振る。

「そのあと、被告はどうした？」

「犯行後は次男が目を覚ましたので、新聞紙を広げてとっさに顔を隠したと申しております。ズボンを盗んで裏口の土間に降りたものの、手に血がついているのに気づいて短刀を巻いてあった布で血を拭き、ズボンはその場に残した。血のついた布はその場でマッチを使って燃やした。タバコは吸わないが、窃盗の際は灯火代わりにするため、いつもマッチを携行していると申しております」

「裁判長、異議あり」いたたまれない様子で、久保弁護士が椅子から立った。「被告人はまだ、それらの供述をしたと認めていない」

根本は煩わしそうにふっと息を吐き、赤松に視線を戻した。

「いいから続けてください。犯行後、被告人はどうしたのかね？」

「家を出る間際、まだ手に血がついているのに気づいて、窃取した百円札で血を拭き、それを角火鉢の上に置いて、九時半頃家を出た。足跡がつかないよう北隣にある外山家の雪の積もっていない軒下を歩き、裏手へと逃げた、と申しております。そのとき、外山家の裏にある小さな祠につまずき、蹴り倒したようです。そして二俣農業協同組合の塀に短刀と手袋を置き、小路を出た。そこで学芸会の練習をする子どもらの声を聞いています。そのあと大正座の跡地北側の道を歩いて二俣川まで出て、河原で手を洗ってから、十時過ぎ吾妻町でラーメン屋台の営業をしている父親の手伝いをして、十一時頃、森下麻雀荘まで出前を持っていって、代金八十円をもらった。そして何食わぬ顔をして自宅に帰った。……以上が犯行当夜の状況になります」

ようやく、呪縛が解けたように傍聴席から息が洩れた。

「六日の晩は雪が降っていたはずだが、どうか？」

根本が続けて訊いた。

「押し入る直前の午後八時前にはやんでいました」

「しかしこれだけ大勢の人を手にかけて、近所の人は気づかなかったのかね？」

赤松は少し体を斜めにして続ける。

「その点ですが、わたくしどももいささか驚いている点ではあります。素早く一気に襲って、死に至らしめたというのが実態だと思われます」

「わかりました。では原口検事、改めて被告の供述調書の提出を求めたいと思うがどうですか？」

根本が訊くと、久保弁護士が間髪を入れず立ち上がった。

「被告の供述調書は任意性が疑われますので、提出はやめていただきたい」

根本は不承不承それに同意し、昼休みの中断のあと、午後も引き続いて赤松が証言した。二時過ぎ、同じく国警県本部刑事課の渡部が証言台に立った。取り調べをしたときの木内郁夫の様子や犯行時の状況を事細かに話した。現場の裏に残されていた足跡が、木内郁夫の足よりも大きいのではないか、との久保の質問に、「雪に残されたその外郭を写し取っただけで、雪であるため温度と時間の推移によって、大きくなったものであります」と答えた。

城戸はこの日はじめて違和感を覚えた。

時間が経つに従って、足跡が大きくなるものなのか。しかし裁判官たちは少しも疑っている様子がない。根本がどうして手袋と短刀を農協の塀に残していったのか、と質問すると、渡部は、「被告人は平時より、貸本屋から推理小説などを借りて読んだり、探偵映画も好んで多く見ています。先に証拠として提出しておきました甲賀三郎著『支那服の女』の一節に、犯人が警察の目をごまかすために、他人の凶器と手袋を現場に置いていったというものがありまして、被告人はこれを覚えていて、そのようにしたと言っております」と答えた。

傍聴人席から、感心するような声が上がった。

「被告は犯行現場の見取図を書いているが、内容はどうか？」

「細かいところまですべて一致しています。この点から見ましても、木内郁夫が犯人であることは間違いありません」

傍聴席がざわめいた。木内こそ犯人だ、という声があちこちから聞こえてくる。

渡部に続いて二俣警察署の稲葉が証言台に立った。こちらも、供述調書を書いたときの状況について訊かれた。赤松や渡部と違って、途中言葉に詰まるところもあり、不慣れな様子だった。

木内郁夫の着衣に血液は付着していたかと訊かれて、「多くはないですが、被害者の血液型に近い血が付着していました」と答えた。それからも細かく訊かれ、公判が終わったのは午後四時を回っていた。三人の証言について、はじめて耳にすることが多かった。細部にわたり実際の犯行を裏付けるものばかりで、新聞記者も傍聴人も圧倒される思いで閉廷を迎えた。木内郁夫による犯行の線は動かしがたいという雰囲気に包まれた。

釈然としない気分のまま、城戸はバスと遠州鉄道の電車を乗り継いで帰途についた。

確信に満ちた赤松の声が頭の中で渦巻いていた。大きな岩に、行く手を塞がれた気分だった。どうやって赤松に立ち向かえばよいのか。

それからの二日間は看板作りの仕事に励んだ。三日目の朝刊に、静岡市の北東、庵原（いはら）郡小島村で、主婦が斧により撲殺された事件の続報が載った。物盗り説が有力となっている。

この事件が起きた日の深夜、赤松たちはただちに現地に急行した。幼女が犯人を目撃していたが、犯行直後に大雨が降り、足跡は消えてしまった。庵原地区署に捜査本部が設けられ、本格的な捜査がはじまった。室内が物色され二千五百円が盗まれていることなどもわかったが、犯人は依然として不明のままだ。中尾や渡部も赤松に同行し、彼らはそちらの事件で手一杯のはずだった。赤松としても二俣事件はすでにカタがついた事件であり、いまさら何というわけでもないというのが本音だろうか。

できあがった看板を届ける途中、諏訪町で清瀧寺住職の牧野円上と出くわした。

城戸が、三日前に浜松の裁判所で木内郁夫の公判を見てきたと言うと、円上はぱっと顔を輝かせた。着ていた作業服の裾を引かれ、道の隅に寄った。

「じつはその件でな、きのう久保弁護士と会ってきた」

と円上は言った。

「浜松まで行ったんですか？」

「木内の件が気になるので、鴨江の事務所まで行ってきた。それで久保さんと話していたら、あなたの話になってな。あなたは警官時代からよく久保さんを知ってるそうじゃないか」

「存じ上げてますよ」

「うんうん、久保さんもあなたとは心やすいと言ってたよ。それで是非あなたに、木内のため証言に立ってくれんか、とこう言うもので。どうだ？　引き受けてはくれんか」

「わたしが証言に？」

「ほかにいないだろう。どうだろう、請け負ってくれないか？」

返事ができかねた。

警察から恩給をもらっている身でもあり、二俣事件の応援に入った警察官の中には元の同僚や部下だった人間もいる。自分が弁護に立ったりしたら、彼らはどう思うだろうか。

「城戸さん、あなたしかおらんのだよ。無実の人間を監獄に入れっぱなしにするのは、酷すぎるだろ。そうじゃないか？」

「それは思いますが」

自分には養う家族もいる。警察の反発を食らっては、仕事に差し障りが出てくるかもしれない。

「わたしも応援するでな。どうか、このとおりだ」

深々と頭を下げられて、恐縮の極みだった。

九年前の浜松事件で、ひどく苦しんだ川上一家のことが頭をよぎった。おそらくこのままでいけば、木内郁夫には死刑判決が下る。そうなったときは、本人もそうだが、あの純朴そうな両親や弟たちの苦しみは並大抵のものではない。それを阻止するために、少しでも力になれたらという思いが、みるみるふくらんできた。

「和尚」城戸は言った。「わかりました。わたしも警察には十八年おった。今度来た連中の中にも友だちや部下がおって、正直辛い。年金だってもらう身だし。誠に心苦しい……しかし、無実の者が死刑になるというのは黙っておられん。わかりました。証人に立ちましょう」

円上は破顔し、城戸の両手を握りしめた。

「そうか、それはありがたい。是非ともよろしくお願いします」

「心得ました」

看板を届け、自宅に戻る道すがら、証言に立ったときのことを考えた。どんなことがあろうと、木内郁夫は犯人でないと言うつもりだ。しかし、原口検事がそんなことを鵜呑みにするはずがない。自分は元刑事だったこともあるから、逆に検事から偽証罪で訴えられる可能性もある。

自宅に着いてすぐ、妻のハルにそのことを伝えた。

ハルはピンときていないようだった。最悪警察に捕まって刑務所に入れられるかもしれない、と説明してやると、その顔に恐怖が走った。

「……それはとても困ります」

「いや、自分はなにも、木内郁夫のためにだけ証言するわけではないからな。正しい裁判をしてもらうためには、どうしてもわたしが証言台に立たなきゃならん。なに、二月や三月帰れなくたって、心配する必要はない」

ますますハルは困惑したようだった。

しかし、城戸の心は定まっていた。

万が一未決監に入れられたところで、それまでだと思った。原口検事に事件の真相を伝えるべきであるし、むしろ未決監に入れれば、検事を説得する機会も訪れるに違いない。そう思うと、いても立ってもいられなくなった。ただ、自分だけでは足りないかもしれない。二俣警察署で拷問を受けた笠原照夫もこの際、証言に立たせるべきだと思った。彼は実際、ひどい目にあったのだ。明日にでも、浜松の久保弁護士事務所に行かなければならない。

その晩は気持ちが昂って、なかなか寝付けなかった。このようなとき神は何を為すべきか教え、導いてくれるだろうか。枕元に置いてある聖書に手を伸ばした。読みかけていたルカ伝福音書の箇所を開き、細かな字を目で追いかける。強盗に襲われ重傷を負った人を、同胞は助けず見て見ぬ振りをした。しかし、日頃は軽んじられているサマリア人の旅人がこの人を助けた。あなたも行って、同じようにしなさい……とイエスは説いていた。いまが、そのときだろう。

6

六月九日から降りはじめた雨は十日あまり続き、明治以来四十年ぶりの大雨になった。静岡県全域で堤防が決壊し、二千六百戸が浸水した。遠州平野から天竜川の水がまだ引かない六月二十五日、朝鮮半島では、北朝鮮軍が越境して韓国側を攻撃し、動乱が勃発した。株は大暴落し、七月に入るとマッカーサーが警察予備隊の創設を命令した。

たった一月で騒然とした世の中になった。そのなかで二俣事件の公判は続き、七月二十七日に第六回公判が開かれた。

この日はよく晴れた。法廷の窓はすべて開けられ、風が通った。それでもじめじめした暑さは消えない。

発言を書き留めるための画板を膝に置いた国警の刑事たちが、傍聴席に陣取っていた。冒頭、根本裁判長は木内郁夫の供述調書の提出を命じた。久保弁護士が再度異議を申し立てたが、認められず、検事による供述調書の朗読がはじまった。

二十分経過したところで、核心となる殺人の供述部分に入った。すると、暑さにもかかわらず木内郁夫は顔面蒼白になり、わなわなと震えだした。その様子を城戸は傍聴席のいちばん前の席で見守った。

一時間かかって朗読が終わると、傍聴人は全員退廷を命じられた。そして十四歳と十一歳になる木内郁夫の弟ふたりが証言に立った。

昼前に終わり、城戸は久保弁護士から証言の様子を聞いた。

「いや、暑いですなあ」久保はハンカチで首から垂れる汗を拭う。「ふたりとも立派に話してくれましたよ」

「何を話したんですか？」

「事件当日は午後八時半頃、双葉湯（ふたばゆ）に行ったが、兄の郁夫はもう風呂に浸かっていた。そのあと、父親のラーメン売りの手伝いに行ったと言ってくれた」

「警察が言う犯行時間帯は銭湯にいたわけですね。風呂から帰って、すぐ手伝いに出たんだ」

「そうなるかな。ただ、麻雀に関係して、本人の記憶がちょっと曖昧なところもあってね」

「麻雀はしていなかったと思いますが」

「たまに、打つときもあったようでさ。もう半年も前のことだから、本人もあまり覚えていなくて厄介だよ」

それはそうだろう。半年前の夜に何をしていたかなど、ふつう覚えてはいない。

「で、われわれの証言はどうなりますか？」

「昨日、認められましたよ。八月十二日に判検事とわたしが二俣に出張して、そのあと、二十五日の第七回公判でやると、ようやく決まりました」

「それはよかった。三人全員？」

城戸の証言に加えて、二俣警察署で拷問を受けた笠原照夫と渡辺久吉のふたりの証言も申請していた。これまで、裁判長の根本には二回も棄却されていたのだ。

「最後の手段を使った」久保が声をひそめる。「今度棄却したら、裁判官忌避を申し立てると脅してみたんだよ」

「その手がありましたか」ほっとして、城戸も額にハンカチを当てた。同時に緊張を覚えた。法廷に立てば、その日から、慣れ親しんだ警察を敵に回すことになるのだ。後戻りできない。「しっかり準備してくださいよ」

「わかりました。ふたりにも伝えます」官選弁護人であるにもかかわらず、よほど腹が立っているのだろう。「これ、読むかね」

久保が見せてくれたのは、木内郁夫が検事宛に提出した否認上申書の写しだった。

〈私は先月の十二日に、検事さんにお調べを受けました時に、検事さんが「お前さんは、警察で殺人をしたと言っているが、間違いなくやったのか」と聞かれました時に、私は「二俣ではひどくされましたのでそう申し上げましたが、実は事件のことなど何も知りません……」〉

しっかりした文章で書かれている。〈おそろしいから、何事も調べる人の都合の良い風にいう〉〈公判の時には、「人殺しをしたことなどありません」とはっきりいうつもりです〉〈不幸にして身のあかしを立てる事が出来なければ、母はきっと私を失った悲しみのため死んでしまうと思います〉

「書いたのは四月七日になってますね」

「実際は四月はじめ、母親が面会に来た日、小さな紙切れに書いたのを看守が見つけましてね。紙をやるからきちんと書けと言われて、その看守に提出したものですよ」

「親切な看守ですね」

「その通り。ジェームズ・スチュワート主演の映画で『出獄』ってご存じ？」

「知りません」

「母親が必死になって息子の冤罪を晴らす映画だそうですが、検事は面会のとき、母親がこの映画のことを郁夫に話して勇気づけたとか言ってますよ」

「それはないでしょう」

検事は、母親が息子をあおって上申書を書くようにそそのかした、としたいのだ。

「わたしもそう思うよ」

「それより午後はいよいよ被告人質問だけど、木内郁夫の様子はどうですか？　国警の刑事たちを気にしてるでしょ」

「顔を見ないようにしろと伝えています。自分がやられたことを、しっかり、喋ればよいと言い聞かせてありますから」

「心強い」

それでも、傍聴席から無言の圧力をかけてくるだろう。


午後いちばんで、久保弁護士が被告人質問に立った。

「あなたは二月二十三日に、二俣警察署に任意同行されたが、それに間違いないか？」

「はい、その日でした」

風がなくなり一段と暑くなった法廷で、郁夫は答えた。

傍聴席から拷問を加えた刑事たちが、カマキリのように目を細めて郁夫の背中に視線を当てていた。

「警官を覚えているか？」

「はい、渡部さんと中尾さんです」

傍聴席にいる中尾の顔がゆがんだ。渡部は平然としている。

「その日はどこで取り調べを受けたか？」

「二階の宿直室です」

「誰から取り調べを受けた？」

「赤松さんです」

傍聴席に赤松の姿はない。

「その日は自宅に帰され、翌日また連行されて逮捕されたわけか？　その日の取り調べはどこで行われた？」

「裏手の土蔵です」

「取調官は誰か？」

「それも、渡部さんと中尾さんです」

今度はふたりとも、申し合わせたように脇を向いた。

「土蔵の中は、どんな様子だったか？」

「いつも入り口の戸や小窓が閉められていて、暗いので電灯がつけられていました」

「土蔵の一階で取り調べを受けたのか？」

「そうです」

「二十四日から拷問を受けたのか？」

原口検事が驚いたように立ち上がった。

「異議あり」

根本が久保に続けるように促した。

「もう一度聞く。二十四日から拷問されたのか？」

「怒鳴られたり、小突かれたりしました。どんどんひどくなって、三日くらいすると、正座しているももに刑事がかかとを打ちつけたり、顔や頭を殴られました」だんだんと声がうわずっていく。傍聴席にいる刑事たちを気にしていない。「髪の毛を引っ張られて振り回されたり、うつぶせにされて脇の下をくすぐられたりして、気を失いました」

国警の刑事たちがいるあたりで床を蹴るような音が響いたので、郁夫がびくっとした。

「それは二月二十七日か？」

「その日です」

「次の日もまた拷問を受けたか？」

「はい。鼻の穴に指を突っ込まれて、あちこち引きずられました。痛くて苦しくて、また気を失いました」

「拷問を受けていてどう感じたか？」

「頭がぼーっとしてきて、あまり考えられなくなってしまって。気力もなくなって、もう、いくら言ってもだめだと思いました」

「その日あなたは罪を認めたわけだが、どうしてか？」

郁夫は肩で息をつき、久保を見つめた。

「これ以上殴ったり蹴られたりするのが恐くて、それで認めてしまいました」

中尾がハンカチで顔を拭き、渡部はうつむいたままだ。

「わかりました。この日以降も暴行を受けたか？」

「はい、受けました」

久保は満足げにうなずき、席に着いた。

じっとしていた国警の刑事たちが、いっせいに席を離れた。

7

八月二十五日は雨模様の天気になった。公判は午前十時にはじまった。あいにくの天候にもかかわらず傍聴席は一杯で、その三分の二は開襟シャツ姿の国警の警官たちで占められていた。画板を膝に置く警官も増えて四人ほどになった。

まず笠原照夫が証言台に立った。拷問された日や、誰にどのように拷問されたかなど、細かく話した。続いて出廷した渡辺久吉も同様に説明した。昼前、証人待合室にいた城戸も呼ばれ、背広の裾をただして法廷に入った。柵で囲われた被告席に、生気のない木内郁夫が看守にはさまれて座り込んでいた。

宣誓の後、根本裁判長から自己紹介をするように促される。

「城戸孝吉、四十八歳、静岡県警察の部長刑事をしておりました。現在は二俣町で板金業を営んでおります」

「証人、あなたは木内の無罪を信じているというが、何か根拠でもあるのか？」

「多くあります。誓って木内は犯人ではありません」

根本は机に張りつくように頭を低め、敵意をむき出しにした顔で睨みつけている。窓に稲光が走り、しばらくして雷が落ちる音が床を揺らした。それがやむといきなり、

「おまえはいまでも刑事のつもりでおるのか？」

と冷やかな調子で口を開いた。

城戸は不意打ちを食らったように、言葉が出なかった。国警の刑事たちの視線が背中に集まっているのを感じる。

「わたしはそんなつもりではおりません」ようやく城戸は言った。「ただ木内郁夫が犯人じゃないので、それだけを申しあげようと思っています。郁夫くんはあの夜、十時半頃には麻雀荘に出前を持っていって、十一時半には家に帰って寝ているのです」

根本はいらついた目で、

「証人はその晩、被告と一緒に寝たのか？」

耳を疑った。

「何が言いたいんですか。寝るわけがありません。とにかく犯人でないことだけはあきらかです」

国警の刑事たちから、失笑が洩れる。

「証人は被告が犯人じゃないと思うなら、ひとこと犯人じゃないと言えばよい。よけいなことを口にせんでもよろしい」

傍聴席から、そうだ、という声が伝わった。

「犯人じゃないと言うにしても、その具体的な証拠をひとつずつ申しあげるために証人がいるのではありませんか。わたしはそのためにここに来た」

根本は黙り込んだ。国警の刑事たちからも言葉はなかった。

代わって原口検事が反対尋問をはじめた。

「あなたは事件直後に現場を見たというが、何を見たのか？」

「四人の死体を見ましたし、足跡などもこの目でたしかめました」

「ほんとうに足跡を見たのかね？」

「見ました。現場の裏手の瓦の下にありました」

事件後、現場に行ったとき、裏手には瓦をかぶせられた足跡が残っていた。

「いつ見た？」

「事件の翌日」

原口は手元の資料をめくった。国警の刑事たちが内緒話をする。

「ぼくは翌日行ったけれども、そんなものはどこにもなかったぞ」

原口の言葉に、ピンとくるものがあった。原口は自分を偽証に陥れようとしている。よけいなことは言わないほうがいい。そう思っても、言わずにはいられなかった。

「足跡は雪が残っているうちに鑑識がガラスに写し取っています。わたしが行ったとき、おとなりの外山うどん屋の主人が瓦をどけて見せてくれました。ズック靴のように見えました。わたしはうそは絶対に申しません」

一気に言うと、原口もそれ以上追及しなかった。

それに代わって、面白くなさそうな顔をしている根本が壇上から、

「もういい、証人。帰れ」

と不機嫌そうに言い放った。

意味がわからなかった。公正中立であるはずの裁判長が、ここまで検察側に立ったような態度をとるとは。これで裁判といえるか。

「わたしは証人だ。ありのままの事実を申し述べるためにここに来たんです。正しい裁判が行われるように、ただそれだけを望んでこうしているのに、どういうつもりですか」

根本も原口も顔をそむけ、口を利かなくなった。傍聴席が静まり返る。

証人待合室に帰る足は重く、背中に鉄板を入れられたような気分だった。口惜しかった。郁夫の背後に並んだ刑事たちの顔を思い出すたび体が震えた。このままでは許さん。どうやってもおまえたちの悪行を暴く。そう心に念じながら、雨の降りしきる外に出た。湧き上がる怒りを代弁するように、遠くで雷の音が響いていた。その日の夕刊に公判の記事は載らなかった。

翌日も天候は回復しなかった。朝一番で新聞を開くと、一面は朝鮮の動乱の記事で埋まっていた。〈多富洞（タブドン）で激戦続く〉とある。国連軍は北朝鮮軍により、釜山（プサン）周辺に追いつめられつつあった。社会面に肝心の公判の記事はなかった。新聞記者は何人もいたのになぜだろうと思った。

雷鳴を聞きながら、ブリキを叩いて煙突作りにはげんだ。動乱勃発以降、大口の注文が入るようになって本業が忙しい。それでも、木内郁夫の冤罪をどう晴らすかで頭は埋まっていた。

8

二俣警察署の吉村刑事がやって来たのは、十月に入ってはじめての日曜日だった。雨樋を組み立てる手を止めて、奥の間に通した。吉村の表情は暗く、沈んでいるようだった。

「忙しいところ申し訳ありません」

座布団の上でかしこまり、吉村が頭を下げた。

「いや、なにも。このところ注文が多くて、日曜も仕事を休めませんから」

「それはよかったです。町の木工場も木箱やら輸出向けのスプーンやら作るのに大忙しで、半年前がうそみたいです」

「そうだね。朝鮮動乱のおかげじゃないですか。進駐軍用木材なんかも生産が追いつかんそうですよ。物の値段も上がって困りますがね」

「ええ、町で遊んでる者なんかおりゃせん」

不機嫌そうに洩らす。

足を崩すように言うと、吉村はあぐらをかいた。

「それはそうと、原口検事はどんな様子ですか？」

城戸が訊くと、吉村は苦しそうな表情を見せた。

「困ったことに、裁判で木内郁夫の供述調書が認められるようです。もう動かしようがない」

「あれ、ぜんぶを？」

「最初から最後まですべてを」

「じゃあ、来月にでも求刑ですか？」

「そうなるかと思います。ほかの被害者や城戸さんにも証言に立ってもらったが、検事も判事も鼻にもかけない」

「……残念ですな」

「力不足で申し訳ない」吉村が頭を下げた。「じつは城戸さんが証言した日の夜、原口検事が二俣警察署に来たんです。ひどく怒ってまして、赤松主任や渡部らと話して、『城戸は元警官のくせにふとどきなやつだから、偽証罪で逮捕する』と、息巻いておったのです」

「そうだったんですか……」

言葉が続かなかった。

やはりあの日の直感は当たっていたようだ。

「小林副検事も同席していましてね。あの人が『あれが犯人でないのは、二俣の人はみな知っている。ここで城戸を逮捕したら、かえって町民の反発を招く』と言ったものですから、それきりになりました。わたしもその場ではなにも言えませんでしたが、とにかく安堵しました」

考えてみればみるほど、身体がうそ寒くなった。未決監に入って検事を説得するなど、夢のような話に思えてくる。

「ところで、小島村の事件はその後いかがですか?」城戸が訊いた。「捜査は赤松主任らがやってるんでしょ?」

事件から一月ほどして被疑者が捕まり、すぐ容疑を認める自白をしたと新聞に載った。

「よくわかりませんが、どうもまた同じ連中が暴力を振るっているみたいです」

「またですか……」

開いた口が塞がらない。幸浦、二俣と拷問による取り調べが新聞に載り、問題視されている。にもかかわらずいまだに鉄拳を振るっているとは。

「それできょうは何か?」

城戸は訊いた。

「わたしも木内郁夫が犯人でないことはじゅうじゅう承知しています。しかしこのまま裁判が続けば、木内の死刑判決は免れません。それを阻止するためには、わたしが木内が無実であると裁判で証言するしかなかろうと思っています」

「あなたが証言を？」

辞めた自分ですらこんな目にあっているのに、現役の警察官の身分で起訴された被疑者の無実を訴えるなど、正気の沙汰ではない。

「われわれ警官の使命は、国民の生命財産を守ることであると日頃から心得ております」太ももにあてた両手に力をこめ、こちらを見据える。「それをいまこそ、やろうと心に決めました。ここまできたら、木内の無罪を証明できるのはわたししかおりません」

奇想天外な告白に驚き、同時に小躍りしたい気分も湧いた。

自分や拷問を受けた男たちの証言が、郁夫の無罪を勝ち取る決め手になるとは思えなかった。このままではほんとうに死刑判決が下される。そう確信しているからこそ、吉村の言葉は千金に等しかった。だがそう簡単にいくだろうか。

「ありがとう、吉村さん。だがな、現職のまま無罪を訴えるとなると、赤松たちが黙っていない。わかってるのか？」

吉村は短い首を折った。

「覚悟はしております。じつは心当たりの新聞記者に話して、木内の無罪を訴える記事を載せてもらうよう、お願いしようと思っています」

「あなたの名前で？　どこの新聞に」

「読売です。警察の職をやめてからやろうかと思いましたが、記者にそれでは弱いと言われて決心しました。判決まで間がありません。いまやるしかないんです」

固い決意を秘めた顔で言った。

心意気に打たれた。もう引く気はなさそうだった。それでもまだ、鵜呑みにはできなかった。警官の身分でそのような記事を載せれば、赤松どころか警察全体を敵に回すことになる。

「吉村さん。あなたの心中は了解しました。とても正しい。しかし警察が相手だ。あなただってわかるでしょ。よほどの覚悟がなければ、やり通せるものではないですよ。生活だってしなければならんし。そこのところ十分わかっていますか？」

吉村はにじり寄り、畳に手をつき、

「もちろんです。城戸さん、どうか信じてほしい。先週、春野の家に帰って家族に話しました。子どもも、十一歳の長女を頭に赤ん坊まで五人おります。あと五年おれば年金も出る。でも女房から、お父さんのやりたいようにしてくれと言われました。木内の無罪を勝ち取るまで、どんなことがあろうとやり抜く覚悟でいます」

「……わかりました。そこまで言うならわたしも一緒に闘いましょう。ただし、やるなら最後までやりなさい。途中でくじけるくらいなら、最初からやめたほうがいい」

吉村が決意をにじませた顔でうなずき、唇を嚙みしめた。


論告求刑のあった十一月八日は、雨続きの小寒い日になった。ジャンパーを羽織った木内郁夫が神妙な顔つきで様子を窺っている。傍聴席では、国警の刑事たちが余裕すら感じさせる様子で待機していた。午前十時、根本裁判長から論告を促され、原口検事が席を立った。

原口は片桐家で犯行に及ぶまでの経緯を読み上げてから、「被告はふだんから甲賀三郎の『支那服の女』を愛読しており、今回の事件で現場付近から発見された凶器と手袋の凶行後の措置は、この探偵小説の内容とほとんど同一で、被告の供述もこの点、明らかになっている」と続けた。

郁夫は原口を睨みつけたが、できるのもそこまでだった。

「凶行当夜、着用していた茶色のジャンパーとハンカチにも少量の血液が付着し、これは被害者の血液B型と同一で、さらに現場の足跡と被告の履いていた白のズック靴ともぴったりと合致し、証拠は十分である」

城戸はじっと聞くしかなかった。

「ことに凶行現場の見取図を書かせても、ほんとうの犯人でなければわからない点など、細かく書き入れている」自信たっぷりに原口が続ける。「さらに時計にはガラスがなかったとか、ラジオで放送劇をやっていたとか、逃走時に学芸会の練習をする子どもの声が聞こえたなど、同夜の状況をはっきりと申し立てていて、自白の任意性には疑う余地がない。柱時計の針を十一時二分まで回して、自己のアリバイを作った点なども、映画の『パレットナイフの殺人』を真似たもので、被告が真犯人であることは一点の疑いもない」

赤松の申し立てたとおりだ。すべて絵空事なのに、疑問を差しはさむ余地などどこにもないように感ぜられる。

「公判廷で否認したのは、被告が開廷直前、刑務所で会った母から外国映画『出獄』のストーリーを教えられ、主人公の母と同じ気持ちで無罪を信じていると言われ、感激のあまり否認したものと考えられる。以上、総じて被告は被害者に対して、悪いとか、申し訳ないとか、そのような道義心を一片も持ち合わせていないことは明白であり、相当法条を適用の上、死刑に処するのが断固相当と思料する」

郁夫は腰を浮かせかけたが、刑務官に押さえられた。

城戸は呆れてものも言えなかった。来るものが来たと思うしかなかった。

9

〈二俣事件の真相暴露〉との記事が読売新聞遠州版の夕刊一面に大きく載ったのは、十一月二十三日。予定されていた最終弁論公判日の前日だった。木内郁夫と吉村刑事の顔写真が並べて掲載されていて、城戸もまさかここまでやるとは思っていなかった。手記は久保弁護士と読売新聞本社へ送られたものとなっており、〈拷問による自供　取調の巡査が投書〉と見出しが躍っている。新憲法下、いまなお人権を無視した拷問により、罪をなすりつけたものである、と吉村の言葉が前書きされていた。

事件の詳細の説明のあと、事件後四十九日経った日、赤松主任は木内郁夫と会い、その際の第一印象で〈彼が犯人だ〉と判定し、証拠集めを指示したとある。取り調べは土蔵で扉を閉ざし、国警の中尾、渡部、堤などが拷問、誘導尋問を行った、等々実名入りで細部にわたって書き連ねられていた。

これほどの記事が載ってしまった以上、吉村は警察からどう扱われるのか。城戸も予想できなかった。午前中はブリキを叩いて過ごしたが、気になって二俣警察署を覗いてみた。吉村の姿は見えなかった。その足で吉村の下宿に向かい、表から名前を呼ぶと、本人が階段を降りてきた。

「自宅待機を命じられたのですか？」

二階に案内され、座るなり城戸は訊いた。

吉村はかしこまったまま、

「お察しの通りです」

と頭を掻いた。

覚悟の上とはいえ、事の重大さに、吉村自身の考えが追いついていないように見える。

「午前中、うちの高井署長が次席と北磐田地区署にすっ飛んでいって、帰ってきたら、『しばらく休んでくれ』と言われました」皮肉っぽく吉村が口にする。「理由を訊くと『ほかのものが仕事がやりづらい』と言われたんで、引き下がりました」

「これだけの記事が出たんだから」城戸は新聞の記事に指を当てた。「ここまで大きく載るとは思わなかったんじゃないですか？」

「写真はよけいだと思ってます」

「ここのところ、よくわからなくて」記事に指を滑らせた。「自白を誘導した証拠として、被害者宅の柱時計が十一時二分で止まっていたことがあげられるが、これは警察側の犯行推定時刻が午後八時半となっているので、犯人が偽装アリバイを作るために故意に時計の針を回したものとわたし（吉村）が発言したのをそのまま信用し、木内郁夫が針を回したとさせる供述調書を作成した、とありますが、これはそうなのですか？」

「事実です」吉村が答えた。「わたしは単に、偽装するならという前提で赤松主任に申しただけなのに、それを供述調書に入れられてしまったんです」

「それはあなたのせいじゃない。最初からそうやろうとしていただけだ」

「かもしれないです。柱時計は調べました。まっすぐにして長針を回せば、正時で鐘を打ちました。でも傾けてしまうと、その場で時計が止まってしまうんです。つまり、事件当夜は犯人が時計に触れてしまって斜めになったので、そこで時計が止まってしまったわけです」

「そうでしょうな。それからここも」また記事を指す。「木内が自白した二月二十七日の晩、捜査本部では『三度きりきり舞いをさせたら、ノビてしまったので心配した』とありますが、これは誰が言ったんですか？」

「中尾ですよ」

「あの若いのが……」

「赤松の一の子分気取りでいる。頭に血が上ったら、最後までとことんやらかす。始末に負えん。もうひとり小笠地区署から来た小楠という若いのもいて、こっちは一見おとなしそうに見えるが、どっこいしたたかで頭脳派だ」

「渡部さんはどうなんですか？」

城戸が現役のとき、浜松事件で一緒に仕事をしたことがある。尋問で容疑者を痛めつけるようなことはなかったはずだ。

「あの人だって拷問に加担しますよ」吉村は腹の虫が治まらない様子で言う。「それなりの分別はあると思っていたけど、似たり寄ったりだ」

「片桐家の生き残った子どもたちの証言によれば、犯人は午前三時か四時に逃走していったはずだが、供述調書にはいっさい書かれていない——これはどういうことですか?」

「次男坊が夜、ジャラの音で目が覚めたとき、新聞を読んでいる犯人を見ています。その時間帯が午前二時半頃になるんです。部屋にはタンスの引き出しが積み重ねられていましたが、犯人はこのいちばん下の引き出しまで、丹念に物色しています。長時間、居座ったはずなんですよ」

「わたし、ちょっと不審に思ったのは、被害者の民子さんがメガネと足袋を着けたまま、亡くなっていたでしょ。起きていたときにやられたんではないですか?」

「それですがね、おばあちゃんが夜中に起きてトイレに連れていけとせがむので、毎晩そうして休んでいたそうです」

「なるほど」

「いちばんわかりきってるのは、雪についた足跡の大きさです。犯人のは十一文なのに、木内は十文なんですから。これに限らず、木内に有利な証拠はことごとく抹殺している」

「連中ならやりかねないですよ」

吉村は腕を組んで唸った。

これからこの男はどうなるのだろうと思った。

警察にはもういられるはずがない。免職ですむだろうか。

「赤松主任は国警本部の長官賞を授与されましたよ」

吉村が指を小刻みに動かしながら言う。

「こんなときに?」

「今月の一日付で。セイコーの腕時計を見せびらかしています」

そこまで賞詞にこだわるのか。

「警部にも昇任したし、まったく開いた口が塞がらない」吉村が続ける。

城戸の危惧は翌日の最終弁論公判廷で現実になった。

来る十二月十五日、久保弁護士は吉村の証人喚問を申請し、原口検事はそれに対抗するため二俣警察署の高井署長の喚問を申請した。根本裁判長はこれを了承した。事実を争うため現役の警官同士が法廷でぶつかり合うなど、前代未聞の話だった。吉村に勝ち目はあるのだろうか。

10

十二月十五日。午前九時。

初冬のよく晴れたすがすがしい天気だった。新聞への投書は大きな反響を呼び、〈投書事件〉と騒がれるようになった。一躍話題の主となった吉村刑事と、その相手方の二俣警察署長が証言に立つとあって、静岡地裁浜松支部前は大勢の人であふれていた。先頭近くにいた城戸は傍聴券を受け取り、建物に入った。

法廷では芝居がはじまる前の劇場のような光景が繰り広げられていた。床にコードが這い回り、マイクの設置に男たちが駆け回っている。よくよく見ると国警の刑事たちだった。法壇、弁護士席、検事席、そして被告席の横と慌ただしくマイクテストをする。それぞれ大きな東京通信工業のテープレコーダーの箱がつながっていて、不慣れな手つきで調整に励んでいる。

警察は一字一句を洩らすことなく、すべて記録に残そうと躍起になっているようだった。こんなことが許されるのだろうか。

　開廷時間の十時には、傍聴席の三分の二は刑事たちで埋め尽くされていた。

　根本裁判長により第十一回公判の開廷が宣言され、刑務官とともにジャンパー姿の木内郁夫が被告席につかされた。続けて証人待合室から現れた吉村が、郁夫のすぐ前にある証人席についた。宣誓のあと根本から身元と氏名を問われ、「二俣警察署の刑事で吉村省吾と申します」と答えた。吉村は間髪を入れず、

「わたくしは、マラリアを患ったため耳が遠いです」

　と申し出たので、根本はあわてて、

「そんなことは訊いておらんが、いつの病気かね？」

　と訊き返した。

「中支戦線に従軍していたおり、罹りました。除隊後のいまでも、続いています」

「マラリアで、そんなのが残るとは聞いたことがないが」

「耳鳴りがひどいのです。うまく聞き取れないので、前もって申しあげようと思いました」

「変な気を回さなくてよろしい」根本は薄ら笑いを浮かべて訊いた。「あんたは神経衰弱じゃないのかね？」

　困惑した面持ちの吉村に、傍聴席の刑事たちはにやにや笑い、噴き出す者もいる。

「いえ、悪いのは耳だけです」吉村は気をとりなおした。「頭はまったく問題ありません」

「では、本論に入りますから」根本はひとつため息をついた。「あなたは読売新聞に被告拷問の投書をしたか？」

「しました。私が名乗りを上げれば、木内の無罪ははっきりするからです」間を置かず、その理由について口にする。「一刑事としてわたしが申し出ることは問題ですが、木内が死刑の求刑を受けたので、新聞に投書して掲載してもらえれば、裁判所をはじめとして、警察も検察も再調査をするようになると願って、投書したわけです」

「どうして、求刑後に投書したのか？」

「捜査に不満があったからです」

根本は身を乗り出した。

「それはあなたの口から言うことか？　警官であるなら、なぜもっと堂々とした手を打たなかった？」

吉村はまったく動じなかった。

「上層部に話すなり、やり方はいくらでもあったんじゃないかね？」

「そうしても意味が無かったので、投書しました」

「きみは自分が絶対だと思ってるようだが」根本は語気を強めた。「被告が無実であると知っているのか？」

「確信を持っています」

「それはきみの意見か？」

「捜査の状況を説明していけば、自然に無実であるとわかります。一月七日の早朝、片桐家で人が死んでいるという通報を受けて、わたしは部下を現場に派遣し、静岡の国警本部や北磐田警察署にも報告して、すぐに来てもらうように依頼しました……」

吉村は訊かれてもいないのに、証言台の柵を両手でつかんで、事件当日の細かな模様を猛烈な勢いで喋りだした。

根本があわてて、「そんなことを聞いているのではない。やめなさい」と制止した。

「わたしは、あるがままについて、お話しようと思っているだけです。捜査本部ができて、ようやく現場検証になったのですが……」

「だから、聞いていない」

途中で制されて、吉村は肩を怒らせ、身を乗り出した。

「ひとつひとつ順を追っていかないと、説明がつきませんので」

「やめなさい。証人吉村巡査は興奮している。こちらから訊いたことだけに答えなさい」

ようやく、吉村が口をつぐんだ。

「話を元に戻します。証人は被告が無実だと言っているが、その具体的な理由についてのみ話しなさい」

「わかりました」吉村は目を閉じた。「まず第一には、現場に残っていた足跡です。これは十一文だったが、木内の足は十文です」

「それだけか？」

「いえ、犯人が逃走した時間帯も午前三時前後になります。しかしながら、木内は前夜の九時から十時までは父親の仕事を手伝っていて、十一時半には自宅に帰っております。このことはたしかなアリバイがあります。どうか、これについてご一考していただきたいと切に願います」

「ほかはどうだ？」

吉村は柱時計が十一時二分で止まっていた理由をはじめとして、ラジオのダイヤル、犯人が腕力に優れている点、木内のズック靴に血痕が付着していない点、そして激しい拷問を受けたことなど、新聞に掲載されたのと同じ内容を二十分近く話し続けた。録音テープの回る音と画板の上で筆記する音が不気味に響いた。その後、原口検事による質問が行われた。

原口は供述調書の記述をもとに吉村のすべての証言を否定し、証言力が乏しく、取るに足らないことばかりであり、前回の死刑求刑に変わりはない、と結んだ。これに対して久保弁護士が、

「供述調書は常に被告の自白前に作成されており、書類を作ってから自白させたもので、供述調書の証拠力は何もない。いっさいは作り事である」

と反論した。

しかしそこまでだった。

そのあと、久保による証人質問が行われた。

「木内が引致される前に木内以外の容疑者を調べたか？」

久保が訊いた。

「何十人も調べました」

「それらの人に対する取り調べが行われた場所はどこか？」

「刑事室と宿直室です。素直に取り調べに応じないものは、畳を敷いて道場にしている裏の土蔵の中で調べました」

「木内は主にどこで調べられたのか？」

「最初は宿直室、勾留状を得てからは土蔵で調べました。土蔵の中にはいつでも取り調べができ

るよう、電灯を引き込んであります」

「土蔵で調べたのは、はじめてか？」

「いえ、以前朝鮮人を調べましたが、ひとりは町警の土蔵で、もうひとりは国警の道場で調べました。国警の道場では、ひいひいいう音が外に洩れて具合が悪かったので、土蔵で調べるようになりました」

　木内以外の容疑者を調べたり、逃走されたことなどを付け足した。

「木内が犯人とされたのはどうしてか？」

「赤松主任が木内を直接調べたとき、主任の思っている犯人像と木内がぴったり合っていたので、正しくこれが真犯人である、と決めつけました。でも証拠がないので、慎重な捜査をやらなければならない。そう述べてから、連絡のために部下を県本部に送り出しました」

「そのあとどうなったのか？」

「捜査会議の席で、赤松主任が木内は犯人に違いないが、正直に言うような人間ではなく、白状するようなこともないから相当やらねばならない。それについては後日間違いがあっても、諸君には迷惑をかけないという捜査課長の了解を得ているから徹底的にやれと言われました」

　昼休みの休憩をはさんで、午後一時から二俣警察署の高井署長が証言台に立った。型通りの手順のあと、根本から吉村巡査の人となりについて話せという指示があった。高井ははじめての経験らしく、緊張を隠しきれない様子だった。

「はい、申しあげます。吉村巡査は日頃から映画や探偵小説が好きで、一口に申せば変質的といってよいと思います」

思わず城戸はこぶしを握った。

「変質と言っても、いろいろあるはずだが」

「はい。あまりに勤務ぶりが悪いので、次席が注意したところ、その翌日に勝手に診断書を出して三ヶ月も休んだあげく、月給だけは取りに来るような、そのような誠に身勝手な男であります。またある当直の晩は、今晩は大火事がありますようにと祈ったり、今晩は監督者がいないから大事件が必ず起こる、などと常日頃から不安を煽るような言動を取っておりました」

根も葉もないことばかりだ。

「それだけか？」

「ほかにも数々あります。自分の気に入らない客が署に来ると、お茶の中に唾を入れて自分で接待に当たるなど、とにかく非常に変わっておりました」

続けて原口検事の尋問に移った。

「一月六日の事件発生当時、吉村刑事はどこにいたか？」

「警察署にはおりませんでした」高井が答える。「車道の下宿におりました」

「吉村刑事に与えた捜査上の役割は何か？」

「凶器班を命じましたが、その報告は自分の想像を交えたものとなり、途中からやめさせました。それ以後、吉村のことはまったく問題にしませんでした」

午後二時半に閉廷し、城戸は外で久保弁護士と会った。

「おかしい、吉村さんがいないんだが」

困惑した顔で久保が言う。

「証人待合室にいなかったのですか？」

「いない。高井署長の反対尋問に立たせようと思ったんだが、いなかった。困ったものだ」

興奮して裁判所を出てしまったようだった。

「吉村さん、高井署長から、辞表を書けと強要されたみたいですね」

「そう言ってるよ。拒んだら勤務停止を命じられたらしい」

「読売の記者は、何か言ってますか？」

「それがだよ。記事を撤回して謝罪した方がいいとか、そんなことを吉村さんに言ってるようなんだよ」

「いまになってですか」

「ああ」

吉村が証言しても被告側に不利な状況は変わらず、このままでは吉村が抜き差しならない立場に追い込まれると思っているのだろう。

久保と別れてあちこち捜したが、けっきょく吉村の姿はどこにも見当たらなかった。

二俣に帰る道すがら、事件についてあれこれ考えた。

すべてはあの赤松警部による、でっち上げの果ての裁判だった。赤松さえいなければこのようなことにはならなかった。赤松はなぜここまでしてありもしない犯人を作り出そうとしたのか。その発端は、城戸自身も捜査に参加した九年前の浜松事件にある。あの暑い夏の日々を思い起こすと、しびれるような冷たいものが肩のあたりに下りてきた。

暮れも押し迫った十二月二十七日、静岡地裁浜松支部で最終公判が開かれ、根本裁判長から、「被告は強盗殺人の事実を否認しているが、押収品その他の証拠から有罪と認める」と求刑どおり死刑の判決が言い渡された。これに対して久保弁護士は直ちに控訴（こうそ）した。

同日、吉村刑事は偽証罪で逮捕され、浜松拘置所に収監された。翌二十八日の読売新聞朝刊二面には浜松発として、〈静岡四人殺し　警官は偽証で逮捕〉と大きく報道された。年が明けた一月初旬、吉村は名古屋拘置所に移送され、精神鑑定を受け、こののち妄想性痴呆症の診断が下された。偽証罪は不起訴になったものの、釈放されたのは二月に入ってからだった。

判決から半年後の昭和二十六年六月五日、東京高等裁判所第二刑事部で控訴審がはじまった。新たに市川（いちかわ）弁護士が加わり、二俣の現場への出張や証人尋問が行われた。五回目で結審となった。判決内容は検察と検察側証人の証言がすべて採用され、拷問があったとする被告側の陳述はいっさい認められなかった。控訴は棄却され、木内郁夫に再度死刑判決が下された。

城戸の落胆は底知れぬほど深かった。現職の刑事が職をなげうって無実を訴えたのに、一顧だにされなかった。城戸自身の証言に至っては無きに等しかった。

このままでは終われない。誤った裁判で下された死刑判決で、無実の人間が刑場の露となって消えてしまうのはなんとしても阻止しなければならなかった。同じ遠州地方で起きた幸浦事件でも、昨年、静岡地裁で三人の無実の人間が死刑判決を受けた。弁護士の三人はただちに東京高裁へ上告し、手弁当で裁判を続けた。明くる二十六年、高名な政治家で弁護士としても優秀な清瀬一郎が弁護団に加わったものの、五月には控訴が棄却されてしまった。いまは最高裁への上告を検討している。

清瀬の名は、新聞にもたびたび載っていた。大物弁護士でありながら無報酬で熱心に弁護しているという。この人なら郁夫を救えないだろうか。その思いが募り、年の明けた昭和二十七年一月末、城戸は祈るような気持ちで清瀬一郎宛に、二俣事件の弁護依頼の手紙を書いた。十日ほどたった二月はじめ、受任する旨の手紙が届いた。思わず天に向かって手紙を掲げ、感謝の念を捧げた。

11　令和二年三月二十六日

牧野利正の話を聞きながら、浜松の中心部から西に外れた丘にあった裁判所が頭に浮かんだ。いまは浜松駅近くの近代的なビルに収まっているが、当時は木造のみすぼらしい造りだった。

「赤松警部がどうやって無実の人間を罪人に仕立て上げたか、少し理由が呑み込めました」

わたしは感想を口にした。

「二十五年五月の第三回公判が決定的だったと思いますよ」

「第三回というと……郁夫の両親と赤松以下の刑事たちが証言した日？」

「木内郁夫こそ犯人である、と毫も疑われないような赤松の圧倒的な証言があった。判事や聴衆、郁夫の犯行を疑っていた記者たちも全員が感心して、心から納得したんだと思いますね」

赤松は犯行のすべてを微に入り細をうがち、証言した。その内容はいちいち納得でき、驚くべき内容であったために、判事も新聞記者も傍聴人もただただ聞き入るだけだった。見守る者たちの脳に、木内が犯人であるとすり込んでしまった。これこそ、赤松の真骨頂と思われた。

「判事も聴衆も、部下の警官たちさえも眩惑されたんだ」

「新聞記者もころっと騙された」

「うん、探偵小説からヒントを得て、捜査官も驚く手口で犯行が行われたと記者はそのまま書いてる。たしか記事の結びで、『捜査官があとで調査して、なるほどとうなずけることが多く、舌を巻いた』とあったよ」

「記者も完全に術中にはまっていたわけですね」

「そうだ。ましてや判事なんか、この日を境に心証は真っ黒になっただろうね」

まだまだ自白偏重の時代に、作文した供述書を振りかざし口先三寸で煙に巻くやり口は、赤松のなかですっかり定着していた。それは部下にも代々受け継がれていったのだ。

「取り調べで拷問があったとしても、一度容疑者が犯行を認めればそれは真実に他ならない、というのが当時の裁判官の論理だったみたいですね」

「うん。いまは取り調べで拷問が露見すれば自白はすべて帳消しになるけど、当時は拷問に対する考え方が恐ろしく甘かったんだよ」

拷問による取り調べについては、もう一度、じっくり考えてみる必要がありそうだ。

「赤松って、裁判所では千両役者ですね」

「名探偵そのものといったほうがいいだろう」

「ぼくもそう思います……とにかくあの日の吉村刑事の証言がなかったら、二俣事件の冤罪は晴らされずに終わりましたね」

「そうだよ。彼がいなかったら、幸浦や小島の事件も闇に葬られていたかもしれない」

「吉村さんは警察をやめさせられて、苦労したんでしょ？」

「五人も子どもがいたからね。故郷の春野町で当時珍しかった車の運転免許を持っていたから、そっちで稼ぐはずだったんだよ。でも、いざ戻ってみれば村八分にあってね。電気を止められたり、子どもも幼稚園でいじめられたりした。親戚も警察に呼ばれて取り調べを受けたりして、親戚の縁を切ると言われたらしくて、それはひどいものだったらしいよ。おまけに精神異常のレッテルを貼られて、車の免許も警察に取り上げられてしまった」

「どうやって生活していたんですか？」

「地元で新聞配達店をやっていた人が、あまりに一家がかわいそうだったので新聞配達の仕事をさせてくれたそうだ。それで細々と食いつないだんだが、なにせ子どもが多いし、長女は高校にも行けずに遠くへ就職したようだ。十年ほどしてとんでもない事件に遭ってね」

「何ですか？」

「不審火で自宅が全焼したんだよ。当時小学三年生だった次男が男が家に侵入したのを目撃したので警察に届けていたら、この次男が火をつけたと見なされて、補導されそうになったりした」

「その男は何者だったんですか？」

「警察はまったく捜査しなかった。けっきょく、コタツの火の不始末で終わってしまった。子どもたちは、禍をもたらす父を恨むものの、一方で必死で家計を支えてね。そのあと、吉村さんは長男の就職先の豊田（とよだ）市に移って、ゴルフ場の雑用係やボイラー技士になって働いた。ご本人は精神鑑定をもう一度してもらって、精神異常者のレッテルを剝がしてもらいたいと熱望していたがかなわなかった。ずっと故郷に帰るのを夢見ていたらしいよ」

「ずっと豊田市に住んでいたわけですね」

「そうだね。でも、晩年は城戸さんと一緒に、島田事件の弁護活動に熱心に参加していたよ」

それだけの仕打ちを受けても、断固として冤罪に立ち向かっていたのだ。

「そうだったんですか。名誉を回復しないといけないですね」

「そうだね」

「吉村刑事だけじゃなくて、無罪獲得には木内郁夫のパーソナリティーもあったと思います。最初から堂々と否認しましたから」

冷静な否認上申書も書いている。

「そのふたりが城戸を動かして、稀代の大物、清瀬一郎弁護士につながるわけだからね」

清瀬一郎は腕利きの弁護士というだけではなく、政治家として文部大臣や衆議院議長を歴任した超大物だ。清瀬が二俣事件の弁護についた経緯についてはまた話すと牧野は付け足した。

ベンチを離れ、右手にある諏訪神社に案内された。短い階段の先に鳥居があり、その奥にある社殿を牧野は指さした。鳥居の二本の柱の後ろに、まっすぐ伸びた太い杉が二本立っている。樹齢二百年はあるだろう。

「あの社殿の屋根、昔は藁葺(わらぶ)きだったんだけど、城戸がひとりで銅板で葺き替えたんだよ」

竹林に囲まれた社殿の屋根が、清らかな緑青色に映えている。

「あれをひとりで……いつごろですか？」

「城戸さんが七十八で亡くなったのは、昭和五十五年だから、その十七、八年前かな。ひとりでこつこつ、丸一年ぐらいかけてやってたよ」

「ひとりで、一年ですか……」

ざっと、六十年ほど前、わたしが小学生の時分だ。

毎年八月下旬に行われる二俣まつりでは、町内の十四台の屋台がこの諏訪神社に集まる。幼い頃から、祭りを待ちわび、とびきりの晩夏の数日を過ごした。その頃、ひとりで社殿の屋根を葺き替えていた城戸の姿を目の前の光景に重ね合わせた。

「車道の秋葉山（あきはさん）の開発をやったのも、彼だよ。車道にちっちゃな山があってさ。それを平らにして、住宅用地にしたんだよ。三十軒ぐらい家が建ったんじゃないかな」

「仕事ではなくて？」

「あの人が自治会長だったとき、音頭をとった。ここの社殿の屋根の葺き替えから十年ぐらいあとかな」

当時は職人でありながら、自分の住む町の将来のために、大がかりな事業を興（おこ）したのだ。なかなか、できることではないと思った。ひとつのことに集中し、とことんやり抜くというのは、城戸の性格だったのかもしれない。

二俣事件当時の生き証人を教えられ、浜松事件についても、詳しい地元紙の新聞記者がいるのでまた紹介しようと言い、牧野は車で去っていった。

腹の虫が鳴った。二俣で昼飯を食べる場所は決まっていた。西町の佐伯（さえき）ラーメンだ。車で向かう途中、別れ際に牧野から教えられた薬局を思い出した。二俣事件のあった片桐家と同じ通りにあり、北に二百メートルほどのところだ。栄養剤の幟（のぼり）が立ち、サッシ戸の上に、春日堂（かすがどう）と記された銘板がついていた。先週もこの近くまで歩いた。駐車場に車を停めて、戸を開けた。

すすけた蛍光灯が暗い店内を照らしている。木製の古い棚に栄養ドリンクや痛み止めの貼り薬などが、何点か置かれているだけだ。声をかけると板敷き続きの奥から、小柄な白髪頭の男が現れた。牧野の名前を出して、「久保田さんですか？」と声をかける。男は鼻から抜けるような声で、「そうですが」と答えた。表情が乏しい。八十五歳と聞いている。身分を明かし、二俣事件について調べていますと付け足すと、久保田はうっすら笑みを浮かべた。

「久保田さんは、二俣の大火の頃の町の地図をお作りになっていると伺いました」

「ああ、うん」

久保田は右手の棚にある巻物を手に取り、キャビネットの上で引き延ばした。

大きさの違う手製の地図が束ねられていた。いちばん下の、何枚か地図を切り貼りした長めのものを広げた。

地図には右から左にまっすぐのびた三本の道路が描かれ、各戸の屋号が手書きされている。春日堂は右上の端にあり、隣家は宿屋と米屋だ。木内家の祖母ルイーズが持っていた大正座が地図の真ん中に、四角い箱の形で描かれている。かつて、ここは二俣でいちばん賑わった通りで、ひと区画下側に、五軒の遊郭が県道沿いに並んでいた。当時の位置関係が手に取るようにわかる。

春日堂の左手から、遊郭のある区画、そして大正座の外側から地図の左手にかけて赤線で囲われている。

「この内側が火事で焼けたところですよ」

と久保田は説明してくれた。

「こちらがですか」

感慨深く眺めた。

西町と吾妻町のあらかたが焼けていた。昭和二十二年三月十三日発生。罹災戸数一〇八戸、罹災世帯一五九、罹災者数七〇九人、被害額一〇〇〇万円と記されている。

「久保田さんのお宅は、難を逃れたわけですね」

「うん、でも、それはひどかったよ。三月の寒い日で」

久保田は、ひとしきりその晩の火事について話してくれた。春日堂は大正十二年に開業したという。二俣事件のあった頃の町の様子を尋ねた。

「あの頃はどの家も、建て直されていたね。バラックのみすぼらしいのだけど」

「銭湯の双葉湯も？」

「うん、あったと思う」

「小さいときから、久保田さんはお父さんに連れられて遊郭に行っていたとか」

「父親はずいぶん遊んだからね。わたしが小さいとき、日本髪結って着物を着た女郎さんが、いつもその辺歩いてた。みなうちの客で、避妊具のペッサリーとかを買いに来てたよ。あの頃は芸者が百人ぐらいいたと思うよ」

「女郎と芸者は別々ですか？」

「戦前は分業、戦後は枕芸者になっちゃったね。二俣は検番があったし、浜松に次いで芸者が多かったよ」

「大火のあと、遊郭も建て直されましたよね？」

「うん」

「大正座は再建されなかったようですが、ルイーズさんはご覧になったことがありますか?」

「よく見た。鼻が高くて、きれいな外人さんだね」

地図を見ながら、二俣事件について訊いた。犠牲となった片桐家や、その兄の永田家についてはそれなりの知識があったが、事件の詳細についてはさほどではなかった。

「犯人は誰かね」久保田がいぶかしげに言う。「片桐さんの家には大金があって、借りた人がいたとか、そういう噂は聞いたことあるよ」

「大金ですか……」

「なんでも犯人の子どもが中学生になったとき、日本脳炎になったらしくてさ。発熱が続いて『きょう、みっちゃーが夢に出てきた』とか、その子が言ったらしいよ。近所の人はそれを聞いて、祟(たた)りだって、ささやきあった」

突然の言葉に驚いた。どういうことだろうと思った。

近所では、真犯人を知っている人がいるのだろうか。

「ちょっと待ってください。その犯人というのが真犯人なんですか?」

「町の人が話していただけで、ぼくはよく知らないよ」

「真犯人はいるんですね?」

久保田は首をかしげただけだった。

「そういやあの頃、よくうちにクスリを買いに来た若い警官がいたっけねえ」

久保田はぽつりと洩らした。

「二俣事件があった年ですか?」

「もう少しあと。刑事だと思うよ」

「どうして刑事だとわかったんですか？」

「うちの父親がそう言ってた。ぼくも見かけたよ。背広着て、片桐家の向かいにある名倉時計屋でよく油売ってたから」

「その方の名前は？」

「思い出せんなぁ。西鹿島かどっかに住んでるって、聞いたことあるけどね」

あれだけの大きな事件だから、現場近くに刑事が出没してもおかしくはないだろう。

大正座や二俣会館で行われた興行や映画についても話してくれた。二俣事件のときは正月だから、浜松から歌舞伎の一座が来て、一晩だけ興行を打っていたのではないかと久保田は言った。

一時を回っていた。また寄らせてもらいますと言って薬局を辞した。

真犯人の存在を町民は知っているのか？　二俣事件について吹っ切れない、もやもやとしたものが残った。

第三章　浜松事件

1　令和二年四月七日

　遠州鉄道浜北駅の改札口に、フィールドジャケットを羽織った男が現れた。ショルダーバッグを肩にかけ、精悍な顔立ち。地元紙静岡新聞の記者、越智章久だ。わたしは前もって、浜松事件に関する昭和十六年当時の新聞記事のコピーを送ってもらっていたことへの感謝を口にした。

「とんでもない。少しは足しになりましたか？」

「おかげさまで、事件当時の雰囲気がよくわかりました」

「浜松事件が起きた昭和十六年は、県下六紙が合併して静岡新聞を名乗った年で。あの程度しか残ってないんですよ」

「報道統制が厳しいと思ったんですけど、あちこちの社でけっこう書かれてますよね」

「途中からぱったりなくなりましたけどね」

「やっぱり統制で？」

「いえ、警察が地元に配慮したようですよ。事件が事件だけに、地元は震え上がっちゃって、恐慌状態だったそうですから」

「そうですか」

　浜松事件は、当時遠州電気鉄道と呼ばれていたこの鉄道の沿線で立て続けに起きた。九名が殺され、六名が重傷を負うという未曾有の連続殺人事件。日中戦争が泥沼化していた昭和十六年八月から、太平洋戦争勃発をはさみ翌年の十月までの一年二ヶ月ものあいだ、地元を恐怖のるつぼに叩き込んだのだ。そして、あの赤松完治が犯人検挙に殊勲を上げたとされる事件でもある。

越智とともに浜北駅をあとにする。事件当時、この駅は貴布祢駅と呼ばれていた。いまは区画整理され、駅の西側に隣接して浜松市の浜北区役所や図書館が入った複合ビルがある。二俣街道との交差点に出た。斜向かいに光陽館という大きな割烹旅館がある。

「ここは昔、駅前十字路とか光陽館十字路と呼ばれていて、旅館から西に向かう道がかつての貴布祢の中心街だったんですよ」越智が言う。「五百メートルほど行ったところに日清紡の工場があって、日清紡通りと呼ばれていたんですけどね」

越智は近くの笠井町生まれなので、このあたりには詳しいようだ。

「光陽館は当時いちばん大きくて、被害者の芸妓もお座敷を勤めていたんですよ」

旅館の説明を聞きながら交差点を渡った。二十メートルほど歩き、越智は洋品店の角を右へとった。狭い路地だ。民家を一軒おいた右手に、庇のついた昔ながらの日本家屋がある。屋根の高さの違う二棟がひとつになった造りだ。軒先に雑草が生え、変色した土壁の一部が剥がれて、木枠の窓や格子戸など、古びた町屋風情を漂わせている。

「ここが、例の大和屋ですよ」

「えっ、ここが」

思わず、家の端から眺めた。板塀は波打ち、二階にある欄干はいまにも剥がれ落ちそうだ。昭和十六年八月十八日午前二時、芸妓がひとり殺され、もうひとりの芸妓は重傷を負った第一事件が起きた場所――。

「当時のままです」

越智が付け足したので、さらに驚いた。

駅から三分とかからない場所に、八十年前に起きた事件の現場がそのまま残っているとは。

通りかかった人に越智が身分を告げ、この建物がかつて浜松事件の舞台となった場所であるのはご存じですかと尋ねた。

「知ってますよ」

七十過ぎくらいに見える小太りの男性が答えた。

「いまでも住んでいる人がいらっしゃるんですか？」

「いると思いますよ」

空き地をはさんで、北側にある料亭でも聞き込みをした。

そこの主人も浜松事件について、そこそこの知識を持っていた。

早めのランチをとることにした。駅前の商業施設に戻り、二階にある洋食喫茶に入った。わたしはトマトソースパスタを注文し、越智はハンバーグプレートを頼んだ。運ばれてきた水で喉を潤すと、越智は事件について話しだした。

2　昭和十六年八月十八日

同僚の赤松完治とともに、城戸孝吉が貴布祢の事件現場に着いた頃には、午前十一時を回っていた。この日、磐田署に出署してすぐ署長に呼ばれた。濱名郡北濱村(はまなぐんきたはまむら)で殺人事件が起きて、非常召集がかかったので、すぐに行ってくれと命令され、列車を乗り継いでやって来たのだ。

よく晴れた蒸し暑い昼だった。赤松は三十三歳。昭和六年に外勤警官になり、一年半足らずで刑事に抜擢され、昨年部長刑事に特進した。城戸は三重県出身で、赤松より三年早く警察入りした。赤松より六つ年上の平刑事だ。

慰問袋を抱えた婦人会の女たちやゲートルを巻いた国民服の男らで、電車内は息苦しかった。目の前の男が広げた新聞には、大東亜建設やら尽忠報国の文字が躍っている。支那事変は深みにはまる一方で、海鷲や陸鷲による重慶爆撃が新聞に載らない日はない。

ふたりは貴布祢駅で降り、駅前十字路を渡った。日清紡通りの人だかりがしている角から北に入った。板塀に囲われた芸者置屋が二軒続き、そのとなりの民家が現場だった。

玄関の引き戸を開けると、検証作業に余念のない署員たちの姿があった。丸メガネをかけた四十がらみの、頬のこけた険しい顔つきの男が采配をとっている。城戸と同い歳の白鳥正一司法主任だ。奥に県警察部の刑事課長や強行犯係の刑事らがいる。

「おう、赤松さん」こちらを認めると白鳥が声をかけてきた。「あなたが来てくれたら心強い」

「とんでもありません」

前晩、酒席があったかもしれない。腫れぼったい目で赤松が奥をのぞき込む。

前任は掛川警察署の刑事係で、犯人検挙などこれまで二百五十件を超える警察表彰を受けている。部内で高い評価を得ているのだ。

「城戸さんもよろしく頼む」

気安く白鳥が声をかけてくる。

白鳥の出身は隣町の山東なので、昔から顔なじみなのだ。

「呼んでもらえて光栄です」

「こっちだ」

白鳥が玄関左手の部屋を示したので、城戸も靴を脱いで覗いた。

六畳間に蚊帳(かや)が吊され、なかに布団がひと組敷かれていた。布団はどす黒く、血と思われるもので染まっている。十燭光(しょっこう)の灯りがついたままだ。

「深夜二時、ここで寝ていた芸妓がふたりやられた。どっちも刺し傷だらけだ。ひとりは即死、もうひとりは意識不明の重傷で病院。両方とも二十歳だ」

即死が豊吉(とよきち)、重傷が小浪(こなみ)。この家の主人の山岡(やまおか)きよは無事という。山岡は近くで大和屋(やまとや)という芸者置屋をやっているが、ここは寝所用の別宅で、ふだんはもうひとり別の芸妓が寝泊まりしているものの、昨夜は旦那と浜松で泊まって留守だった。山岡はいま駐在所にいるという。

「通報は？」

赤松が訊く。

「この奥の部屋で寝ていた山岡がうなり声に気がついて、やって来たらこの有様だった」白鳥が壁に手を当てる。「小浪が『おっかさん』と言ったきり気を失った。山岡があわてて近所の者に助けを求めて、駐在所に通報させた」

「犯人は？」

「山岡が起き出したとき、廊下を便所のほうへ走っていく白シャツ、黒ズボンの男を見ている。顔はわからんかった」

城戸は赤松と顔を見合わせた。

犯人が目撃されているなら、解決は早いのではないか。

「じゃ、犯人はひとり？」

赤松が口にする。

「ひとりだ。一言もしゃべらなかったらしい」

「灯りはついていたんですか？」

城戸は疑問を口にした。

「ついたままだったそうだ」

「やられたふたりの帰宅は何時？」

「まだよくわからんが、ふたりとも座敷に呼ばれて、帰宅は午前零時前後だったようだ」

「灯りをつけたまま寝たのかな？」

天井を見ながら赤松が洩らす。

「たぶん。ふたりともイタズラや強姦（ごうかん）はされていない。金品も盗まれてないよ」

家の中を見て回る。指紋係が指紋や足跡を取っているが、かなりの数があるようだ。玄関右手にある二間は、荒らされた様子がない。二階にも上がったが、同様に物色されていなかった。

山岡きよが営む芸者置屋は、この家から北へ二軒おいた同じ通りにある。そこには三人の芸妓が寝泊まりしているが、異常がないという。

白鳥に案内され、勝手口で靴を履いて裏手に出た。戸板の上に遺体が置かれ、薄曇りの空のもとで、警察医の堀内（ほりうち）医師が解剖に専念していた。それを静岡県地方裁判所濱松支部の予審判事と検事が囲んでいた。

白鳥が尋ねると、堀内が女の左胸にある小さな傷に手をあて、

「深さ十センチもある。心臓までいってるぞ」堀内はみぞおちにある裂け目に手をやる。「こっちも深い。八センチ。たぶん即死だ」

ほかに傷はないようだ。

それを受けて白鳥が病院に運ばれた小浪の被害状況について話した。

「まだ、意識が戻っていないようですが、右腕の付け根と右胸や肩を刺されています。耳も切りつけられています」

「ここが終わり次第、そっちも回るから」堀内が言う。

「凶器は両刃ですか？」

白鳥が死体の創口を見ながら尋ねる。

「わからん。しかしとびきり鋭利なものとみて間違いない。長さ十五センチはあるぞ」

北側にある木戸は、通りに通じる狭い路地と接していて、犯人はそこから出入りしたと白鳥は言い、侵入した際の跡をたどるように、湯殿の脇を通り、便所の外側で立ち止まった。便所の下に、ガラス戸が二枚と風呂椅子が置かれている。見れば便所の上窓が外れており、風呂椅子を使って、よじ登るように侵入したのは明らかだった。

便所の脇の廊下のガラス戸が一本開いていたので、城戸はそこを指し、

「犯行後、出て行ったのはここですか？」

「そうじゃないかな」

「侵入直後にあらかじめ、逃走口を作っておいたんだ」

「こりゃ盗犯だな」

ぼそりと赤松がつぶやく。

城戸もそう思った。

「ところが、家の中はまったく荒らされていなくてな」

白鳥が言う。

「じゃ、女めあてで押し入った？」

城戸が訊く。

「そっちの線だろう。被害に遭ったふたりの芸妓は、売れっ子だし」

「ふたりに怨恨は？」

「女将はまったく心当たりがないと言ってるが、近所じゃ美人の小浪を狙ったような噂が流れてる。豊吉は側杖（そばづえ）を食ったとかな」白鳥はひざまずいて、外されたガラス戸を指した。「ここ指紋らしきものがついているが、薄すぎて採れん」

「ふたりのひいき筋は？」

「豊吉も小浪も、機屋（はたや）のじいさんだ」

そうだろうと思った。

静岡県西部の遠州地域は、織布や染色が盛んで、遠州織の名で知られる日本有数の綿織物の産地だ。工場は七百、賃織（ちんおり）の家内工業も五千戸を数える。女好きの機屋の主人が、稼いだ金を花柳界（かりゅうかい）につぎ込む土地柄だ。二百万近い父や息子が徴兵され、軍人となって外地に赴き、傷つき戦死しても、銃後の色街はあっけらかんとしたものだ。

その場で白鳥から近所の聞き込みに回るよう指示され、現場をあとにした。

「やっぱり窃盗犯でしょうかね？」

ふたりになって、城戸は敬語を使って赤松に訊いた。

「きっちりガラス窓を外したりしてるから、相当な窃盗犯の手口に違いないとは思うけどね」

「でも、どこも荒らされていないのは変だな」

「ふたりとも売れっ子だから、客筋の色恋沙汰で刃傷（にんじょう）に及んだっていう線もあるはずだけどさ」

「どっちだろう」

「そんなに考えなくてもいい」赤松が余裕を持って言う。「もう少し待てばわかる」

城戸も同感だった。赤松がそう言うのだから間違いない。事件が痴情のもつれで起きたとしたら、犯人の目星はすぐにつく。

近隣の家をひととおり回ってから、日清紡通りに出て、呉服店、時計屋と目につく商家に入った。警察を名乗ると誰もが目をそらし、言葉数が少なくなった。犯人が近隣にいるのは明らかで、事件に巻き込まれたくないのだ。

酒屋の主人は歌舞伎の演目を引き合いに出し、「花街の女斬りは振られた客の意趣返し、って相場は決まってますよ」と訳知り顔で言った。振られた客を知っているのかと赤松が訊くと、首をすくめて黙り込んだ。

通りで目についた通行人を片っ端から問いただした。事件が起きた時刻に犯人を見たり、怪しい物音を聞いたという者はいない。日が傾きだすと店を冷やかす軍人が増えてきた。

日清紡通りの真ん中ではっぴ姿の警防団が百名近く集まり、号令をかけていた。非常警戒の配置につくようだった。

　仮捜査本部の置かれた貴布祢駐在所は、現場から日清紡通りを二丁（約二百メートル）ほど西へ行ったところにある。夕刻の六時、小さな駐在所のまわりは、自転車と出入りする警官であふれていた。濱松警察署の佐野署長や県警察部の刑事課長などの幹部が、たらいに浸した手ぬぐいで汗をぬぐいながら、話し込んでいた。

　白鳥によれば、現場には犯人のものと思われる遺留品は見当たらず、指紋や足跡も数が多すぎてこれはというものはなかった。捜査員の大半は、被害に遭ったふたりの女のみならず、他の芸妓の客筋、さらには彼女らが出入りする芸妓店や料理屋の聞き込みに出ているという。

「小浪の意識が回復した」白鳥が続ける。「よく眠っているところに、誰かに触れた気がして起き上がったら、いきなり続けざまに切りつけられて、意識を失ってしまったと言ってる。何を叫んだのか覚えていないし、犯人の顔も見ていない」

「恐ろしかっただろうね」赤松が言う。「ゆうべ出たお座敷は、わかりましたか?」

「光陽館の客で、三方原にある陸軍飛行第七戦隊の一行に招かれて、夜の十一時に戻ってきたらしい。ところが虫歯が痛くて、氷嚢の口金を借りに近くの料亭に行った。その帰りに、別宅前で黒ズボンに白シャツで自転車を押していた男を見ている」

「そいつが犯人?」

　赤松がじろっと赤い目で睨んだ。

「わからん。豊吉はほかの芸妓と一緒に、近くの料亭に行って、午前一時半に帰ってきた。山岡きよも若い情人がいる。明日は痴情と怨恨の捜査に専念する」

その晩は二十名の濱松署員が、夜通しで見張りや聞き込みを続けた。警防団の男たちも町の辻々に立ち、警戒についている。城戸と赤松は自宅に帰り、明くる朝ふたたび捜査に入った。

3

前の日に続いて、陽は燦々と照っていた。静岡民友新聞をはじめとして、静岡新報などの地方紙、そして大手紙が派手な見出しで事件発生を告げていた。〈貴布祢花街の惨劇〉〈芸妓殺傷惨事件当夜の詳報〉〈北濱の芸妓屋に凶漢二名殺傷〉。そのほかの新聞にも逃げる男の姿を見たとの目撃情報が書かれ、住民らは奪い合うように読み、額を寄せて話し込んだ。

城戸は赤松とともに、近隣の聞き込みに汗を流した。住民は恐怖を語るだけで、犯人や不審者の目撃情報などは得られないまま、貴布祢駅まで来た頃には、昼近くになっていた。駅前で青年団や割烹着の女たちの一団が日の丸の旗を振り、羽織袴の年配者が声を張り上げていた。旭日旗が掲げられた脇で、軍刀を帯び長靴を履いた男が白手袋で敬礼している。ひげを生やした口元が動いているが、歓声で聞き取れない。尉官以上の予備兵の出征だろう。ありふれた光景だ。

「あの歳でまた軍隊にとられちゃ、たまらんな」

赤松がぼそりと言う。

「命がいくつあっても足りないですね」

「だいたい、支那派遣軍の八割方が予備役、後備役出身だし。新兵なんてひとにぎりだよ」

従軍経験のある赤松が言った。

いまの軍隊は一度兵役にとられた人間が、二度も三度も召集されて、戦地に出向く。食うや食わずで二年間戦い続け、ぼろぼろになってようやく帰還したふるさとでは、花街がますます栄え、軍人らが遊びほうけている。その一方で、徴兵検査に合格しても入営をまぬがれる男も多くいる。

「そうらしいですね。対上官犯も多いようだけど」

「こないだも濱松の六十七連隊にいた人間から聞いたが、古参兵の命令不服従や暴行、脅迫なんてざらだと言うんだよ」面白がって赤松が言う。「うしろから上官を撃ち殺すような猛者もいたみたいだよ」

「そうですか」

それに似た情報は城戸の耳にも届いている。

「だいたいが現地では略奪や放火、強姦のし放題だし、将校連中にしたって女を連れ回したり遊郭を独占したりしてるそうだ。古参兵も中学卒が増えて、理屈じゃ負けないし。軍中枢にしても、下克上ごときに目くじらを立ててはおれんよ」

軍の指揮官のような口をきく赤松に、城戸はうさんくさいものを感じた。

しかし古参兵は帰還して、どこの町にもいる。留意する必要はあるだろう。

貴布祢駐在所に戻った。佐野濱松署長のもとには、被害者の客筋についての情報がひっきりなしに入っていた。それを耳にはさみながら、そうめんを喉に通して、また聞き込みに出た。夕方、駐在所に戻ると幹部らが色めき立っていた。何事があったのかと白鳥主任に尋ねると、

「豊吉が一昨日の日曜、弁天島に海水浴に出かけた。そのとき一緒に行った芸妓の話だが、豊吉が『とても嫌いな男と会った』と言っていたらしい。そいつは高畑村の機屋の寺田という六十の

じいさんだ」

「その男が何か？」

城戸が訊く。

「こいつは一筋縄ではいかん。豊吉は昔から知っているが、日曜に弁天島なんて行ってないし、豊吉にも会ってないの一点張りだ」

「豊吉が言っていたというのは事実ですか？」

「事実だ。同行した芸妓が、弁天島で豊吉が寺田と会ったとき、横にいた。豊吉は寺田から、『最近はお座敷より、枕稼ぎが得意だそうじゃないか』と言われたらしい」

「それは腹が立つだろうね」赤松が腕を組んで言った。「その寺田、どうするんです？」

「ほっとくわけにはいかん。留置する。いったん本署へ行く」

「叩けばきっと出るな」

「明日わかる」

白鳥はそれだけ言って、幹部らの話し合いの輪に戻った。

赤松は一段落した風情で、駐在所をあとにした。城戸は拍子抜けしたが、単独でこの日三度目になる夜の聞き込みに出た。成果の上がらないまま駐在所に戻り、鍋にあるすいとんの残りをほおばって、奥の間のゴザで横になった。濱松署員は昨日に引き続いて、夜中も捜査に出ていた。蚊帳（かや）がないので好きなように蚊に刺された。股（また）のあたりを叩かれて起こされたのは、寝入ってからすぐだった。表で物々しい人の話し声が響いていた。壁時計は午前二時四十分を指していた。二時間ほどうとうとしただけだ。

ふたりの濱松署員とともに、突っ立っている駐在所の巡査が、電話機の前で非常手配を叫んでいる。署員に尋ねると、

「小松駐在所から、また殺しだ」

と口にした。

けたたましくベルが鳴り、巡査が受話器を取る。

「……はい、現場は小野口村小松の料亭松葉……外にいる者も至急呼び戻して、派遣いたします。はい、了解」

巡査が電話の内容を口にすると、濱松署の部長刑事が、

「おれはこれから、外回りに出てる連中に知らせる」そう言ってこちらを見る。「城戸さん、あんたは現場に急行してくれ」

城戸は了解し、巡査から現場への道順を教わり、自転車にまたがった。

まだぼんやりし、眠気がとれなかった。昨日のきょう、わずか四十八時間おいてまた殺しとは。犯人は何かに飢えているのか。人を殺したいだけなのか。喉が渇いた。町屋を抜け、桑畑の一本道を南に向かった。貴布祢の方へ駆ける警防団員らとすれ違った。声をかけたが返事はなかった。鎮守の森を過ぎ、二俣街道の往還を走った。背中から汗が噴き出してきた。小松の踏切東の丁字路の向こうで、四、五人の警防団員が手を振っていた。案内されるまま民家の角から路地に入る。

板塀にぐるっと囲まれた中に、手入れが行き届いた松の枝が伸び、大きな構えの二階屋がうすぼんやりと浮かんでいる。貴布祢駐在所を出て五分足らず。距離にして、わずか十丁（約一キロ）ほどだ。

松葉という表札がかかった表門から、小径をつたい、竹塀の玄関にたどり着いた。開いたままのガラス戸から灯りが洩れていた。何人かの刑事の動く姿が見て取れた。靴を脱いで土間から上がる。板敷きを進むと帳場があり、右手のガラス戸が十センチほど開いていた。寝室らしく、布団が敷かれている。手前の布団を見て、心胆が寒くなった。墨でも撒いたように点々としているものは、血痕に違いなかった。寝室に足を運んだ。窓側の布団の枕元にある小火鉢が倒れ、ガラス窓が開いている。

何者かがあわてて窓を開けたのか。

先着していた刑事らの声に導かれ、奥の四畳間に足を踏み入れた。薄明かりが照らし出す光景の前に立ち尽くした。素っ裸の男が俯いた姿勢で、血の海の中に倒れ込んでいた。男の頭と交叉するように、寝間着姿の女が反対側に横たわり、こちらも鮮血に染まっていた。血は乾いておらず、畳一面に広がっている。これほどのむごたらしい現場を見るのははじめてだった。

「こいつは親か？」

城戸が男を見て言った。

「わからん」

素っ裸の男の横顔をのぞく。六十から七十歳。痩せている。

細眉で鼻筋が通った女は、器量のいい顔立ちで、あどけなさも残している。料亭でも、売春は行われているが、芸妓ではないはずだ。着ているものからして、この家の娘のようだった。性的暴行を受けた様子はない。

外で呼ぶ声が聞こえた。玄関から飛び出て、寝室のあるあたりを回り込んだ。刑事がいて、その前の地面に倒れている女の姿がぼんやり見えた。仰向けで両足が曲がっている。小太りで、乱れた着物の裾からたるんだ太ももがのぞいている。

「そっちの窓から逃げてきたんだ」

暗がりで刑事が、寝室を指して言った。

寝室の小火鉢を倒し、窓を開け、そこから転がるように、ここまで逃げてきたのか。

女の顔すれすれに近づいた。息をしていない。こちらも、性的暴行は受けていない。一息に殺されたようだ。

表でダットサンの停まる音がして、幹部の一団が入ってきた。

「犯人はまだ近くにいるぞ」

その方角に向かって、城戸は声をからした。ばたばたと土音とともに、白鳥と佐野がやってきた。

「息はあるか？」

白鳥が訊いてくる。

「事切れてます」

「家の中は？」

息を切らしながら、佐野が言う。

家内の惨状を伝えると、ふたりは絶句した。

「警防団員が多く出ていますが、何かあったのですか？」

城戸が訊いた。

「すぐ近くで、不審者が目撃されたので、追いかけてる」

「どっちへ行ったんですか？」

「貴布祢の方向らしい。そっちは警防団にまかせてる」

自分がすれ違った一団が、そのようだった。

白鳥が女の横にしゃがんで、顔を近づけ、

「こいつは女将で、中にいる女は女中ですよ」

とつぶやいた。

「通報したのは誰ですか？」

城戸が訊いた。

「こいつの息子だ」白鳥が倒れた女を見て答える。「小松駐在所に駆け込んできた」

「犯人を見ているんですか？」

「見ている。二時頃、一度便所に起きて、また寝たが、尻のあたりを触られた気がして目を覚ますと、一緒に寝ている母親の布団がもぬけの殻だった。そのとき、となりに寝ていた女中が白シャツと黒ズボンの男に押されて、雇い人の部屋に入っていくのを見たと言ってる。男は口をきいていない」

犯人が話し声を発しないのは、大和屋のときと同じではないか。

「息子は布団の敷布に血がついているのを見て、すぐ一昨日の人殺しだと思ったそうだ。あわくって、飛び出して素足で駐在所に駆け込んできた」

「中で死んでる男は、雇い人の男だな？」

佐野が白鳥に訊く。

「そのはずです」白鳥が城戸を向く。「庭掃除や薪割りをする男だ」

「もういっぺん、非常手配を徹底しろ」佐野が怒鳴り声を上げる。「貴布祢と小松を厳重警戒だ」

白鳥は緊張した面持ちでうなずき、表に駆け出していった。

荒い息で白目を見せる警察署長を案内して、城戸は建物の中に戻った。警防団員が追いかけた不審者は発見には至らなかった。


雲ひとつない東の空に日が昇り、現場検証がはじまった。濱松署の鑑識係をはじめとして、署長、副署長から部長刑事など、十名を超える捜査員が入った。殺されたのは女将の田口ふさ四十四歳、女中の森川ハル十六歳、雑役夫の小野辰雄六十二歳の三人だった。届け出たのは、まだ籍の入っていない杉浦誠という十一歳になる養子だった。

松葉は北向きの二階建てで、売春用の離れまである。犯人は西隣の隣家の敷地から侵入し、便所の上窓のガラス戸を外して押し入った。泥のついた足跡が二階から一階、そして帳場へと続き、ふたりが倒れていた部屋にも残されていた。血のついた敷き布団の上に、二十三センチ強の足跡がひとつ残されていた。風体も侵入手口も大和屋と同じで、犯人は同一であるはずだった。

地方裁判所の予審判事と検事、赤松もやってきて、大勢で現場を見て回った。昼過ぎ、愛知県警察部の池上刑事課長が鑑識係を伴って到着し、女中の敷き布団に残されていた足跡をカメラで撮影した。池上は現場に捜査員が多く入りすぎて、肝心の遺留品がとれないと苦情を申し立てた。

かまどのある広い土間で、警察医の堀内による司法解剖が午前十時からはじまった。

三人の被害者は、いずれも十センチ以上の深い刺し傷が致命傷だった。午後二時過ぎ、名古屋帝国大学教授の小宮喬介博士（実名）が到着し、堀内による執刀を見守った。

小宮は法医学の専門家として、その名は全国的に轟いていた。著名人の来濱は、記者のあいだでも話題になった。

赤松とともに、城戸は近所の聞き込みに専念し、午後三時、電車を使い、ひと駅北にある貴布祢駅で降り、駐在所に戻った。先に帰っていた白鳥は、早くも捜査の編成表を作っていた。掛川署や藤枝署からの応援もあるようだった。

「また刺し傷ばかりですよ」

城戸が声をかける。

「うん、凶器もたぶん同じだ」白鳥が編成表から目を離して言う。「相当腕力のあるやつが、一気にやりやがった。凶器はわかったか？」

「鋭利なものというだけです」

「大和屋と同じか。赤松さんはどう思う？」

「犯人はひとりで、足跡の大きさから見て、さほど大きな体格じゃないでしょうな」スイカをほおばりながら赤松が言う。「そっちは、なにか出ましたか？」

白鳥が口の端に笑みを浮かべ、うなずいた。

「仲間内の芸妓の話だが、豊吉は女将にないしょで、松葉のお座敷を勤めていたそうだ」

「そんなことがあったのか……」赤松が深刻な顔で、口元に垂れた汁をぬぐう。「そうなると、両者は同じ客筋もありますな」

「そうだね。北濱村の国防婦人会科芸班の班長がめっぽう詳しくてな。女将の田口ふさだが、もうかれこれ二十年くらい前だが、麁玉(あらたま)村の村長が、小松の置屋にいたふさを落籍して、いまの店を持たせたようだ」

「たいそう羽振りがよかったんですね」

城戸が言い、スイカを手に取る。

科芸班の班長は気の強い元芸妓と決まっている。日頃から、芸妓や女将に目を光らせているのだろう。

「村長はすっかり蕩尽(とうじん)したらしいが、客ですぐ近くに住んでる機屋の増田(ますだ)っていう男がいてな。そいつが、三年前にいまの店を改築している」

「いまもそいつが旦那？」

「らしい。ところがな、増田の話だと村長ともやけぼっくいに火がついてるみたいだぞ」

「お盛んだな」

たばこを吸う赤松が目を細めて言う。

「それだけじゃないぜ。なんでも、若い頃に知り合った県会議員ともねんごろみたいだ」

「四角関係か。こりゃたまげた」

赤松が頭を掻く。

「この三人を叩けば、なにか出てくるに違いないと思うよ」

白鳥もスイカを手に取る。

「誰が怪しい？」

「さあ、いまのところは」

「女中と雑役夫はどうですか？」

城戸があいだに入った。

「三年前から住み込んでるが、これといったイロはないみたいだぞ」白鳥が言う。「雑役夫の小野辰雄は、秋田出身で窃盗二犯の前科持ちだ」

赤松の太い眉が動いた。

「静岡から流れてきてこのあたりで物乞いをしていたが、二年前に松葉の庭掃除や薪割りをやるようになった」白鳥が続ける。「酒好きで、客の残り酒をやるのが唯一の楽しみだったらしい。そんなだから知り合いなんてひとりもいない」

「住み込みですか？」

城戸が訊いた。

「それがさ、大和屋の事件で、松葉の女将が恐ろしくなって、前の晩から用心棒代わりに泊めさせていたんだよ」

「殺されるために泊まったようなものだな」

「うん、巻き添えだろう」

「しかし、女をどうかしようと思って、押し入ったようには見えない」城戸が言う。「犯人は、女たちの知り合いじゃないような気がしますね」

「どうして？」

白鳥に訊かれる。

「松葉には離れだけじゃなくて、階段の下にも売春用の秘密部屋があるけど、犯人はそっちには踏み込んでないですから」

「よく気がつくね」

料亭での売春は禁止されているが、松葉ではこっそり、なじみ客に女を抱かせているのだ。

「ついさっき、大和屋の女将を締め上げたんだが、事件の十日前から、豊吉が死にたいってほのめかすようになったと言うんだ。ちょうどその日は、松葉で豊吉がお座敷を勤めた日でな」

「その日の客は？」

「まだわかっていない。なにか嫌なことがあったのかもしれん」

「そいつ、弁天島で会った機屋じゃないかね？」

赤松が言う。

「いや、あいつじゃない。アリバイがある。それから通報した養子の杉浦誠だが、大和屋の事件の翌日、母親の女将から『何かあったら、すぐ交番に走れ』と言われていたらしくてな」

「次はうちが狙われるとわかっていた？」

城戸があいだに入った。

「そこまではわからん」

「そうなるとますます、女将の旦那衆が怪しいね」

赤松が確信したように引き取った。

「そっちは、これからとっちめる」

白鳥がスイカをかじる。

「大和屋にしても、松葉にしても、食うものには困っておらんな」赤松が二つ目のスイカに手を伸ばす。「タンスには、けっこうな札束や戦時国債まで収まってるし」

「まったく」

城戸も同意した。

冬には、みそ、しょうゆが切符制になり、この春には米やら小麦粉やらが配給制になった。一般は米も十分食べることができず、代用食で我慢している。しかし、花街の料亭は金にあかせて闇で馳走を買い集め、酒食を提供しているのだ。

白鳥もうなずきながら、

「大和屋と松葉の帳簿を調べたが、和地山（わじやま）の高射砲第一連隊と陸軍飛行第七戦隊の連中がひっきりなしに遊んでる。多いときは週に三度だ」

「軍隊さんは機密費が使い放題だからね」

赤松があきらめたように言う。

「このご時世によっぴいて芸者あげて騒いでるんだから、何ともならんよ。第七戦隊の小関（こぜき）少佐あたりは、夜の連隊長とか呼ばれているらしいぜ」

飯にも着るものにも事欠くありさまなのに、遊郭だけはどんな小さな町にも軒を連ねている。電気統制もへったくれもなく、夜通し灯りをつけっぱなしにして騒いでいるのだ。

「問題は機屋と並んでひいき筋だね。そっちは当たるのかね？」

赤松が尋ねる。

「憲兵でもない限り、無理だろ」

「いや、傷痍軍人とか帰還兵とか、そういった連中の中には不良兵もいるだろ？」赤松が食い下がる。「連中が芸者遊びに狂ってる将校連中を見て、どう思うかだよ」

「おい、滅多なことを口にするな」白鳥が強い口調でたしなめる。「将校だけじゃない。兵卒もちゃっかり、遊びほうけてるけどさ」

「やっぱり無理かな」

さすがの赤松も、軍相手では強気になれない。

「ああ。異常者の線で追うしかないだろう」

「ゆうべ、警防団が追いかけた不審者はどうですか？」

城戸があいだに入った。

「だめだった。いま、人殺しが野放しになってるからって北濱も小野口も積志も、地元は震え上がってるからな。隣組やら青年会やらも、交代で寝ずの番をするらしい」

「捜査の邪魔にならんといいが」

赤松が口を挟む。

「その心配には及ばんよ。第三、第四の犯行があるかもしれんから、うちも、引き続き厳重な見張りに着く」

白鳥が気を引き締めるように言った。

4

夕方、小松駐在所の前が騒がしくなった。解剖を終えた堀内医師と小宮博士が姿を見せ、新聞記者がふたりを取り巻いていた。城戸も赤松とともに、その後列について拝聴した。

「や、子どもを海水浴に連れて行ったりして、すっかり遅れてしまいました」

到着が遅かった理由を訊かれ、悪びれず堂々と小宮は答えていた。

「堀内先生のご執刀を拝見して、つくづく感服いたしました」

その堀内から、三人の解剖所見が簡単に披露された。

「刺しまくられたわけですか」記者のひとりが言った。「凶器は何でしょうか？」

「薄い片刃で、先のとがったものですな」

小宮が答えた。

記者たちから頭ひとつ分抜きん出た体軀から発する声は、よく通った。

「匕首のようなものですか？」

「もう少し長いかな。たとえば、刺身包丁のようなものを想像いたしますが」

堀内の顔を窺いながら、小宮が言う。堀内もうなずいている。

「犯人の予想はつきますか？」

「そうですな。残された足跡から見て、小柄な犯人であると予想がつきます」小宮が続ける。

「大和屋、松葉両事件とも、被害者は何度も突き刺されておりまして、この点から見ましても、相当な腕力のある男の単独犯と見ていいでしょう」

「犯人は被害者の関係筋になりますか？」

「それについてはいささか、疑問がありますね。被害者は寝込んでいるところを、いきなり刺されております。物音も相当あったはずで、知り合いなら声をかけられるなりして、目を覚まし、もみ合いになったりしたはずですが、そうした形跡はありません。料亭には芸妓が客と寝る秘密部屋が複数あります。痴情怨恨なら、この部屋が物色されなければならんのに、一歩も入っていない。これは顔見知りの犯行ではないですな」

ほー、と記者たちのあいだから、感心する声が洩れた。別の記者が手を挙げる。

「知り合いによる、怨恨や痴情のもつれではないということですか？」

「そう申していいと思いますよ」記者のほうを向き、明るい口調で小宮が答える。「犯人は屋内に指紋を残しておりませんから、手袋をはめていた可能性もある。球撞き（たまつき）を好む人のあいだでは、手袋がよく使われますが」

「犯人は球撞きをやる人間、ということですか？」

それまで、発言しなかった記者が訊いた。

「突くという動作に注目して、言っておるわけですよ。考えられる凶器はたとえば、米俵の米を検査するときに使う〈サシ〉がありますよね？　切っ先を鋭くとがらせたやつ。あれをよく使う米屋や検査員なんかも範疇（はんちゅう）に入ってくる」

品質検査のため、米俵に突き刺して、少量の米を取り出すときに使われるものだ。

「細い竹を斜めに切って竹槍のようにしたやつですね？」

「そうですね。太さはいろいろありますが、とびきり細くて、中が中空になっている。あれなんかだと、創口と合いますね」

「犯人は被害者とはまったく関係のない、異常者による殺人というのは考えられませんか？」

記者のひとりが言った。

「殺人狂の線は、十分にありえますな。放っておくと第三、第四の事件が起きますよ」

記者たちが熱心にメモをとる。

冷めた表情で見ていた赤松から、どう思うかと訊かれた。

「殺人狂はないな」

と城戸は小声で言った。

「うん、そう思う」赤松が洩らす。「痴情怨恨の線だって、ぬぐえないぜ」

「芸者置屋を連続して襲ってるんだからね」

城戸も同じ意見を口にした。

日が落ちて、濱松署や静岡、愛知県警察部刑事課の幹部、ふたりの医師も入って、仕出し屋からとった弁当をつつきながら、捜査方針が話し合われた。白鳥が口火を切る。

「ですが大和屋、松葉両事件において共通することが多くあるのは、一考すべきかと思います。まずふたつとも同じ鉄道の沿線で、空き地に隣接している。犯行時間帯も深夜二時前後でありますし、侵入の際に便所の上窓を外し、室内では金品の物色をしていない。被害者の創口が似ていて、ほぼ同じ凶器を使っていますし」

「熟睡中の者をいきなり刺したり、土足のまま上がっているのも似ている」佐野署長が言う。

「大和屋の女将と松葉の息子が犯人を見ておるが、これは有力な手がかりではないか?」

「はい。両事件とも電灯がともった中での犯行と思われます。ふたりの証言を合わせますと、覆面などはしていないし、着衣は白シャツに黒ズボン。また犯人は大男ではなく、老年でもない。強い力で突いている。これから見ますと、若年から壮年までの力のある男の単独犯と見ていい」

味噌汁をすすっていた小宮が、

「ふたりは、被害者の悲鳴を聞いておったわけですね?」

「大和屋の女将は、うなり声を聞いております。松葉の息子は聞いていないようですが、目撃した犯人そのものが、声を発した様子はなかったと、こう申しております。終始無言の中での犯行と言ってよい」

「これはなかなか重要な手がかりだと思いますよ」愛知県警察部の池上刑事課長が言った。「小宮先生、いかがですかな?」

「確認したいのですが、被害者宅以外で、犯人らしき人物の目撃情報は入っておりますか?」

「めぼしいものはありません」

「そこですな。犯人は他所から入ってきておらんのじゃないですか? さっと人をあやめて、すぐさま自宅に逃げ込む。これ以外に考えられませんな」

堀内もしきりとうなずいている。

「しかし、大和屋の事件発生後は、深夜でも濱松署の捜査員や警防団員が大勢警戒に当たって町中に出ておりました」佐野が言う。「こうした中で、犯行に及びますか?」

「通常ではないが、変質者ならやりかねん」

池上が言う。

「たとえば、どんな変質者ですか？」

小宮の質問に、池上は答えに窮して、小宮を窺った。

「芸妓や女将を狙っているから、変態情欲者と言えるんじゃないですか」小宮が言う。「金品などは物色していない点から見ると、殺人狂とも言える。表向きはごくふつうの、二重人格者という線も大いにありえます」

「情欲者というのはあると思います」佐野が言う。「いずれにしても、被害者と何らかのつながりがある者による犯行であると見ていい」

「凶行当時、現場に灯りがついていたのは不可解ですが、とどめを刺していないことから見て、被害者と顔見知りの者ではありませんな」小宮が否定した。「それに、両事件とも顔面を傷つけていないですから、痴情説は考えられません」

あっさり痴情怨恨を否定した小宮に全員が驚いた。それ以上の質問は出なかった。赤松は一言も発せず、苦そうな顔で聞いている。

「本日の午前一時二十分頃、小松踏切の東方丁字路で警戒についていた警防団員により、北の林の中から小柄な若者が近づいてきたが、警防団員を見て引き返していった、との通報がありました」

白鳥が話題を変えた。

「事件の発生する一時間くらい前？」

ぱっと小宮が反応した。

「時間的には、そうなると思います」

「その若い男は、その後どうなったのですか？」

「この夜半に現れたところからみて相当怪しいと思われ、二百名の警防団員を集めて、男の逃走した付近から北へ向かって、しらみつぶしに捜索したと言ってます」白鳥が小宮の顔を見て答える。「北へ六丁（約六百メートル）ほどの鈴木まさ方の十字路付近までは確認が取れましたが、それ以降の足取りはわかっておりません」

「そいつが犯人である可能性はどうです？」

「多くの警防団員がやみくもに追いかけたので、かなり混乱しておりましてな」佐野が言う。

「男の目撃情報も食い違ったりしております」

「小柄で若い男というのは？」

「暗がりで見たもので、犯人と断定するまでには至っておりません」

「警防団にしても、専門家ではなく烏合の衆です」ようやく、赤松が声を発した。「予断は禁物と存じます。変質者による犯行も考えられるが、被害者はいずれも、花柳界の人間であることが何より重要であると考えます」

「侵入の手口から見て、年季を積んだ盗犯の線も考えられないことはないが、これはさすがになかろう」意を得たとばかりに、一歩踏み込んだように佐野が言う。「やはり置屋や料亭を狙ったのだから、痴情怨恨による犯行とみるべきです。ちょっと言葉が過ぎると思いますが、遊郭で派手な騒ぎをしているのを目の当たりにした帰還兵あたりが、かなり不満を持っているのではないかと思料するのですが」

軍関係が俎上にのせられたので、しばらく座が静まった。城戸も黙ってふかし芋やなすの煮浸しを舌に乗せる。

「遊郭に限らず、出征軍人が銃後に対して相当気がゆるんでいる、と腹を立てるのはありますな」池上が言葉を選ぶように言った。「うちの管内でも、そのような人物が刃傷沙汰を起こすのは珍しくはない」

「これは考慮に入れる必要がある」小宮が腕を組んで言う。「どちらにしても、ふたつの事件は同一犯が起こしたもので、なおかつ土地カンがある者による犯行とみていいかもしれない」

「わかりました」佐野が続ける。「犯人はおおむね十八歳から四十歳くらい。土地に詳しく、各被害者に痴情怨恨を有する者の犯行である可能性が高い。この線からすると、花柳界で蕩尽し、なにかいわくがあって、いまは反感を抱く者というのがまず考えられる。加えて凶暴かつ残忍なことから、強盗殺人や強盗強姦、窃盗などの前科者、性的不満を抱える変質者や精神異常者、帰還兵、それから、職業柄、平素から鋭利な刃物を使用する者も怪しむべきであると思う」

そう言って、池上を見る。

小宮の説は無視されたに近かった。

「変質者としましては、まず家庭内に不和を抱える者、それから性的不満を抱えている者、女性に対して反感を覚えている者、それから痴漢ですかな」佐野が言う。「密行と張り込みを十分に行い、犯人の発見につなげないといかん」

班割りが決まり、一班から密行張り込み隊まで、それぞれに四、五名ずつ、総勢約四十名が割り振られた。赤松は貴布祢地域の一般的捜査を行う六班の班長になり、城戸もそこに加わった。

5

翌日、小宮博士の談話が、そっくり読売新聞地方版に掲載された。異常者による大量無差別殺人で、第三の事件が起きるという言葉に地元は驚愕した。噂はあっという間に広がり、町は恐怖のどん底に落とし込まれた。第二事件発生の二日後、静岡県の大庭（おおば）警察部長が、陣頭指揮に出張してきた。警察の最高責任者である大庭は、事件が解決するまで、泊まり込むと言い張った。狭い駐在所は、二十名近くまでふくれあがった。警察は白鳥主任談として怨恨か痴情による犯行で、解決は時間の問題だ、と地元紙に載せ、火消しに回る有様だった。

雨の降りしきる二十四日、捜査本部は小松公会堂に移った。夕方、濡れ鼠のまま、城戸が本部に入ると、大庭が佐野濱松署長から有力情報の報告を受けていた。第二事件当夜、新たな目撃証言が出たようだった。

「その阿部（あべ）という男は、二十日の事件直後に見たというのか？」

丸顔の眉をつり上げて、大庭が訊く。

「はい、阿部は濱松の中澤町（なかざわちょう）の養豚業者で、リヤカーを引いて天竜病院の残飯を取りに行く途中です。貴布祢と大谷（おおたに）（注、架空の町名）の中間にあるニッキの木の下で一服していると、中条道路のほうから男が走ってきたというのです」

「その道路は現場近くか？」

「はい。ほんの二丁ほどです。いったん阿部の前で立ち止まり、すぐに北へ駆けていったので、怪しいと思い男を追いかけたそうです。宮崎という家の付近で西の方へ行ってしまい、あきらめたと言っています」

「惜しいな」

「阿部によると、白シャツに黒いズボン。走りっぷりから若く小柄だったようで、足音からして、ゴム底の靴ではないかと申しております」

「それだけか？」

「はい。時間帯から見て、警防団員が見かけた男と同一人物であると思われます」

「わかった。引き続き捜査するように」

「例の兼田は、その後どうだ？」

随行している県警察部の杉本刑事課長が訊いた。

「内偵を進めている最中です」

仙台刑務所を出獄したばかりの前科四犯の男だ。凶暴な人物で、有力な容疑者のひとりだ。

「なにかわかったら、すぐ知らせるように」

「心得ました」

「しかし第二事件はどうもよくわからん」大庭がいらついた調子で言う。「大勢の刑事や警防団員が警戒に張り付いているのに、あえて凶行に打って出た。これはどう見ればいいんだ」

「まったく、非常識な犯人であります。痴情や怨恨、物盗りのほか、やはり異常者の線も調べる必要があるかもしれません」

「うん、昔の事件も見直せよ」

「現在、白鳥がやっております」
大雨が四日続いた。捜査員は連日捜査に出て、雨の夜も養蚕向けの桑畑のあいだを走り回り、警戒と張り込みについていた。撞球場や米の検査員に対する聞き込みが行われ、不良少年や匕首などが続々と挙げられるが、決定的な証拠はなく時間だけが無為に過ぎていく。

平気で人を殺す殺人狂が、夜な夜な徘徊している。次に襲われるのは自分の家かもしれない。日が経つごとに地元民の恐怖は増すばかりだった。夜ともなれば早々に灯りを消し、固く玄関の戸を閉め、息を殺して寝苦しい夜を過ごす。

縁者が片っ端から引致され、地元民は聞き込みに固く口を閉ざすようになった。痴情怨恨に関する捜査は微細にわたった。第一、第二事件の客筋はひとり残らず引致され、厳重な取り調べを受けた。機屋の寺田は三日間勾留され、芸妓をめぐって噂に上る男たちも例外ではなかった。夫の不義が露見し、家庭争議に火がつく家もあり、厳しい取り調べに精神を病んでしまう者まで出た。犯人を捕まえられない警官を見て、「鼠を捕らぬ猫が通った」と陰口をたたく始末だった。

その中で有力な容疑者が浮上した。元浜在住の盗犯など前科四犯、後藤邦男という二十六歳の男で、盗みを働くときは必ず便所から忍び込む。球撞き好きで、ふだんから撞球場に入り浸っている。しかも第一事件の被害者の豊吉とは春から昵懇だと、仲間内に自慢していたのである。

さっそく引致して尋問がはじまったものの、犯行を否認するばかりだった。アリバイも確認され、釈放された。大庭警察部長は一週間も経たずに静岡に帰った。八月二十九日になっていた。ちょうどこの日は、小雨がぱらつく薄曇りの天気だった。

城戸と赤松が公会堂に戻ると、白鳥が熱心に過去の重大未検挙事件の簿冊を広げて見ていた。

「東京から警保局の吉川技師が来るぞ」

簿冊から顔を上げて、白鳥が言った。

「あの吉川線の技師ですか？」

思わず城戸は訊いた。

絞殺死体の見分で被害者の首に引っ掻いたような傷がある場合、被害者が抵抗して自らの爪で傷をつけることが多い。これを吉川澄一（実名）技師が学会に発表したため、吉川線と名付けられた。指紋制度の創設者でもあり、警察関係者で吉川を知らぬ者はいない。

「内務省も気が気じゃない。警保局から、知事宛に激励電報が入ってる」

時局が時局だけに、国も早急な犯人検挙を待ち望んでいるのだ。

「何を調べているんですか？」

城戸は白鳥が広げている簿冊をのぞき込んだ。

三年前の昭和十三年八月二十二日の深夜、濱名郡積志村西ヶ崎の芸妓置屋、伊勢屋の女将と芸妓のふたりに重軽傷を負わせた事件のようだった。

白鳥が指したあたりを見た。

『十三歳の長男が白シャツに黒ズボンの男を目撃している』

『襲われた女将によれば、犯人は言語を発していない。ただ、「ウーン」というような唸り声だけが洩れた』

とある。

「犯人は物干し台から二階に上がって、一階にいた女将の顔を切りつけた」白鳥が言った。「そのあと二階に戻り、部屋で寝ていた芸妓の背中を切った。女将はびっくりして、大声を出すと、また男が戻ってきて顔や背中を滅多刺しにされた。その後、犯人はあっさり玄関から逃走した」

「三年前か……」

赤松が唸った。

「三年前のいまごろだ。深夜の午前一時五十分、一階も二階も灯りはつけて寝ていた。女将は息子と並んで寝ていたが、肩を叩かれるような気がして目を覚ましたら枕元に男がいて、起き上がったとたん、右頬を斬りつけられた。犯人は腰だめの姿勢で突くように刺したらしい。戻ってきたときも、女将が言うには、『チョンチョン』と耳下や背中を突いた、と書かれている」

「身の軽い野郎ですね」

城戸が言った。

「どうも女めあてじゃない。二階に侵入した部屋には芸妓が四人並んで寝ていたが、金品も物色されていないし、女たちは強姦などされていない。十三歳になるひとり息子が、犯人をしっかり見ている」

城戸はそのあたりに目を通した。

女将の息子によれば、犯人は二十歳前後で小柄、小太りの男。額が狭く、ビリケン風の徳利頭で、白の七分袖シャツに黒ズボンをはいており、顔はむき出しだった、となっている。女将も息子も、犯人が言葉を発しないと口をそろえていた。

「無言というのも似てますね」

城戸が言った。

「うん。土足のまま上がってるのも」

「遺留品は？」

「なかったが、この置屋の前の道を西へ十間行った常夜灯の下に、自転車が置かれていてな。こいつは犯行二日前の八月十九日の夜、小松の日の出座で盗まれたものだった。盗んだのは若い唖者となってる」

白鳥がそのあたりを指さす。

「唖者ですか……」

「当時、近辺の唖者を調べたが、それらしい人間はいなかったらしい」

「犯人はその自転車に乗ってきた？」

赤松が訊いた。

「そうかもしれない。当時の捜査はいまと同じで痴情と怨恨に集中していたから、自転車盗難はそれ以上調べられていない。昨日、当時の女将と芸妓を改めて事情聴取したが、すっかり回復していてな。両名とも当時から痴情怨恨は絶対にないし、犯人は口をきかなかったと証言してる」

「その自転車盗を調べ直してみる価値があるかもしれません」

城戸が言った。

「それもあるが、当時検挙された男たちを調べてみる必要があるよ」

赤松が口をはさむ。

「そうだ。全員、調べなければならん」と白鳥。

「しかし、三年前の話か」赤松が言う。「かなり経ってるな」

「明日にでも日の出座に行って、当たってみてくれんか？」

白鳥が言う。

「城戸くん、ひとりでいいだろう」赤松は言った。「こっちの聞き込みが遅れてる」

「わかりました。わたしひとりで十分でしょう」

6

翌日も、曇りがちの日だった。

日の出座は、第二事件の舞台になった料亭松葉から、南西に一丁（約百メートル）ほどのところにある。映画は田中絹代の『簪』がかかっていた。三年前と同じ、岡本という五十二歳の管理人が応対に出た。若い頃は東京で探偵のような仕事をしていたと言い、三年前のこともよく覚えているようだった。

「新聞なんかは騒ぎ立ててるけど、もう犯人の目星はついてるんでしょ？」

いきなり、わかったような口をきかれる。

第一事件の犯人は大和屋の小浪を狙って犯行に及んだらしい、という白鳥の談話が新聞に載ったせいもある。

「まだまだですよ」

「犯人が捕まらないから、商売上がったりですよ。昨日なんて客は三人だけだったし」

事件が起きて、二週間近く経った。異常者による大量無差別殺人という言葉がすっかり浸透した。地元は息を潜めて、警察の捜査を見守っている。

城戸は三年前の自転車盗について訊いた。

「ありましたよ。覚えてます」岡本が答えた。「すぐ警察に届け出て、自転車は三日くらいして戻ってきたから」

それは間違いない。八月二十日に盗難届が出ているのだ。

「その晩の事情を、詳しく話してもらえませんか」

「自転車が盗まれたのは夜の九時ぐらいだったんですが、その夕方、木戸銭を払わないで、こっそり入場した男を地元の不良が見つけましてね。こいつをわたしのところに連れてきたんです。で、ぽかりと小突いて放り出した。そのとき気がついたんですが、そいつ、匕首みたいなものを持ってましたね」

「匕首……」

「映画が終わる頃、一服してたら、劇場の横の細葉囲いのところから、そっと自転車を持ち出してくる者がいましてね。暗くて顔はよく見えなかったけど、あの男だなって思いましたよ」

「どうして、そう思ったんです？」

「映画が終わって、自転車を盗まれたっていう客がいたもんで、すぐあいつの仕業だと思った。殴られた腹いせに、自転車を盗んだのかなって」

「その男の年格好は？」

「体の小さい、若い男ですよ。唖者でした」

「何歳ぐらいに見えた？」

「うーん、二十歳から、もうちょっとくらい」

「顔とか、ほかになにか特徴は？」

「……本人を見ればわかると思うけど、ちょっと思い出せないな」

公会堂に戻り、白鳥に報告すると、

「唖者か」

と困惑した顔で言った。

「若いように見えたと言ってました。考えてみたんですが、その男が自転車を盗んで二日ほど乗り回してから、あの晩、伊勢屋に行った。犯行に及んでから、自転車だけ置いて、逃げていったという可能性があると思いますよ」

「犯行後、動転して自転車を忘れたとか？」

「若いので初犯だったかもしれません。あわくって逃げ出して、途中で気がついたがさすがに取りには戻れなかったと考えることもできる」

「伊勢屋から、さほど遠くない場所に犯人の家があるかもしれん。どっちにしても、若くて背格好が小さいというなら、第一、第二事件の犯人と一致する。おれの経験からいっても、人殺しをやるようなのはたいてい三十以下だ」

「そうですね。若くて血の気の多いのがやる」

「痴情怨恨がらみとしても、二十くらいの無鉄砲な人間ならやりかねん。それくらいの年齢の唖者を調べてみるか」

「近隣の町、ぜんぶを洗ってみるしかありませんね」

「手間がかかるな」

「早急にやるべきです」

内務省警保局の吉川澄一技師が小松公会堂にやって来たのは、八月三十一日の午後だった。若い随行員をひとり連れてきた。開襟シャツに麻ズボンという出で立ちだった。

城戸と赤松もいた。さっそく佐野濱松署長が、事件の詳しい説明をした。報告書はすでに内務省に上がっているので、時間はかからなかった。吉川は開閉式の奇妙なパイプでゴールデンバットをすっていた。夕方近く、ダットサンで第一事件の大和屋に入った。城戸も自転車で現場に着いた。一行は裏手の便所のところにいて、外されたままのガラス戸を見ながら、吉川が佐野と話し込んでいた。

「入りはこっちの上窓からですが、出たのは向こうですね」

と吉川は便所の脇の、開いたままのガラス戸を指して言った。

「さようかと思います」

佐野が答える。

「侵入時に、錠を開けておいたんでしょうな」

一行は中に入り、詳しい説明がされた。そのあと第二事件の松葉に入った。

日が暮れかけて、灯りをともした。

こちらでも吉川は犯人の入りと出を真っ先に調べた。

佐野はビールの空箱を積んで、便所の上窓を外し、そこから侵入したと説明した。足跡に従って侵入経路も解説し、玄関に立った。

「二階に上がってから、すぐ犯人はここに来たわけですな？」

「はい。玄関に水たまりがあったので、足跡がついていました」

「大和屋と同じですよ」吉川が言う。「犯人は押し入ってすぐ、逃走口を作っておいたわけです」

そんなことにどうしてこだわるのか、城戸には不可解だった。

吉川らの宿は光陽館があてがわれた。翌日は朝から伊勢屋の現場に出向いた。薄曇りの蒸し暑い天気だった。ここでも吉川は犯人の入りと出にこだわっていた。物干し台から上がったのは、盗犯の手口だというのだ。そのあと犯人が目撃された地点を見て回った。夕方、公会堂に戻ってきて、再度捜査の報告をした。佐野濱松署長が、

「過去三回の事件は、いずれも花柳界の人間を狙っての犯行でありますため、被害者の関係する痴情怨恨関係を中心に、鋭意捜査を進めている段階であります」

と胸を張って締めくくった。

吉川はすっていたパイプのふたを閉めて、手元に置き、

「これは痴情怨恨で起きた事件ではないですよ」

とさらりと否定した。

はじめて口にした意見が小宮博士と同じ内容だったので、口がきけなかった。

小宮博士の意見はともかく、幹部も捜査員も犯人は痴情怨恨がらみ以外にないと決めつけていたのだ。

「これは物盗りの犯行です」

ふたたび吉川は言った。

「……犯人の入りと出から見れば、たしかに物盗りの手口ではありますが」

おずおずと佐野が言った。

「三件とも侵入後、ただちに逃走口を作っておりますからな。ですから、物盗りの犯行以外の何物でもない」

「三年前の伊勢屋事件は、便所から侵入しておりませんが」

「通りに面していて見つかる可能性があったから、裏手の物干し台を使ったにすぎません」

「なるほど……しかし、われわれ捜査員は、三件とも、置屋、料亭を狙っておりますことや、全体から見ましても、痴情怨恨以外に考えられないと、こう思っているのですが」

「痴情怨恨は特定人物に対して恨みを持つものですが、この特定の人物が本件でおりますか？」

逆に吉川が問いかける。

「芸妓や女将を狙っているところから見て、やはり痴情怨恨としか思えないのです」

佐野がすぐさま応える。

「痴情怨恨であるなら、特定の者を襲うのがふつうですが、本件はそこに居合わせた者を誰でもやっている」吉川は座を見渡した。「痴情怨恨の場合、恨み骨髄に徹するとばかり滅多切りで、ことに痴情の場合は、陰部まで傷つけることも珍しくない。しかるに本件の被害者の傷は、上半身のみに集中して、比較的単純な傷が多い」

「しかしですな……」

佐野が食い下がる。

「特定の人を狙わず、寝ている人を刺し殺している。これは怨恨だと思いますか？」

佐野は押し黙った。

「わたしが物盗りの犯行と見るのは、手口以外にもあります。まず、本件は景気の良さそうな置屋や料亭など、外から見て裕福な家を目標にしている点ですね。あらかじめ見当をつけておいて、女所帯だから楽にやれるだろうと思ったかもしれない。襲ったのが深夜であること、それに入りと出を巧みに作っている。まったく盗犯の犯行です」

「しかし、犯人は家の中を物色しておりませんが」

赤松が口を開いた。

「犯人は家中を皆殺しにしたあとで、金品を物色しようと思ったのです。寝ているところをいきなり襲ったことから見ても、これは明らかです。ところが犯行中、被害者に騒がれてしまったので犯人は逃げ出してしまった。犯人側から見れば、三件とも失敗した事件であるわけです」

城戸もほかの捜査員も、ますます混乱した。

「金品を物色するために一家皆殺しにするというのは、いささか納得できかねますが」

赤松がたまりかねたように言った。

「事例は数多くあります。東京でも芝二本榎の鏖殺事件や小石川七人斬り、深川の四人殺し、それから、大岡山と千住の三人殺しは同一犯人でしたし、札幌や盛岡、浦和など、たくさんの似た事件が起きています」

「皆殺しですか……それらと今回の事件を結びつけるのは、早急だと思わざるを得ないのですが」

刑事らを代表するように言った佐野に、吉川は顔を向けた。

「ではお伺いしますが、深夜に不法侵入するのはどのような犯罪が考えられますか？」

佐野は面食らいながらも、

「まず泥棒だと思いますが」

と答えた。

「そのとおりですね。ほかには？」

言葉に詰まったので、赤松が、

「夜這いくらいしか思いつきませんが」

と助け船を出した。

「そうですな。ほかは？」

「思いつきません」

苦し紛れに、愛知県警の池上刑事課長が言った。

「そうなると、本件は夜這いですか？」

あっけらかんとした口調で、吉川が訊く。

「夜這いではないです」

「では答えは出ておりますな。夜這いでないのなら泥棒じゃないですか」

一同は煙に巻かれたように、互いの顔を見合わせた。

「それでは、犯人は変質者の可能性が高いと思っておられるわけですね？」

白鳥が訊いた。

吉川は白鳥を向いた。

「変質者？　それは捜査方針になりますか？」

思ってもみない問いかけをされ、白鳥は目を白黒させる。

「殺人を犯すような人間はみな、変質者とみていいですよ。殺人狂というならわかりますが、犯人を変質者とするだけでは、捜査方針とはならないでしょう。それから性的な不満を抱えている者の仕業とも思えないですね。もしそのような人間なら、対象となる女を起こしてから、脅迫するなりして、快楽を得るわけですが、それもしないでいきなり突き殺していますから」

「たとえば二重人格者のように、女を殺して快感を覚えるような人間ではないですか？」

城戸がおそるおそる訊いた。

「一理ありますが、本件では男も殺している。ただし花柳界の女に対して、自分が振られたとかそのようなことがあって、恨みを覚えている人間という線は完全には否定しきれない」吉川は報告書の綴(つづ)りをめくった。「単純に人騒がせによる犯行とする向きもあるようですが、もしそうならほかにやりようはいくらでもあると思いますよ」

「どちらにしても犯人は二十歳前後の不良と思われますが、この点はいかがでしょうか？」

白鳥が続けて訊いた。

「殺人狂や痴漢と同様、不良は外でやるでしょう。問題は帰還兵でしょう」

どことなく犯人を絞るような言い方だったので、一同は期待を込めた顔で、吉川を見つめた。

「濱松地方に限らず、花柳界は戦争景気で沸いておる」吉川が言った。「銃後のためにも奮闘せよと言っている当の軍人が、夜な夜な芸者をあげて騒いでいる。それを帰還兵が見れば、これは相当に猛り狂う。かりに犯人がこの帰還兵とすればですよ、自らの姿をさらしてでも、軍人による悪行を世間に訴えるような、そのような振る舞いをすると思いますね。帰還兵について考える場合、三年前の伊勢屋の事件が気になりますな」

「われわれも手口などから見て、共通した犯人によるものではないかと疑っていますが」

　佐野が答えた。

「そうだとして、伊勢屋事件以後三年間、犯行がなかった理由はわかりますか？」

　吉川が訊いた。

「伊勢屋事件後に応召した者で、最近帰郷したような人間がまず該当するかと思い、捜査をしています」

「それはあり得ますな」

　帰還兵は犯人像に合う。

「受刑者なども同様に各地に照会しております。ほかにも三年前に転出した者や奉公人、出稼ぎ人、転地療養者などを洗ってはおりますが」

「それはよい心がけだと思います」

「しかし範囲が広すぎて、思うにまかせません」

「犯人は若くて小柄で言葉を発しないということですが、伊勢屋事件のときの男は、誰かわかりましたか？」

「地元の唖者を四十名ほど調べましたが、それらしい人間はおりませんでした」

　佐野が答える。

「そのときの男を特定しなければいけませんな」

「ごもっともです。至急行います」

痴情怨恨の線が最も濃いと思われ、捜査の主力をそちらに向けていた。しかし吉川の言う物盗りの線は納得できる。そうなると、第一、第二事件ともに、犯人が言葉を発したという証言はなく、唖者が犯人である可能性も上がる。もう一度、日の出座の岡本に会って、唖者の話を聞くべきだろうと城戸は思った。

「わたしは本件は物盗りによる犯行と認定しました」吉川が言った。「犯人は二十歳前後の若造で、おそらく前科はありますまい。伊勢屋事件も同じ犯人とみていい。こいつは土地カンはあるが、敷カンはない」

敷カンとは、犯人が被害者とつながりがあることを指す。

「二十歳前後の男とみた理由は何でしょうか？」

城戸が訊いた。

「向こう見ずで荒っぽいし、盗犯とみてもきわめて幼稚であるからです。被害者方の間取りなども知らないから、敷カンもないわけです。行きずりの者による犯行だって考えられます。それでは、このあたりでよいですかな」

全員で礼を言い、随行員とともに吉川は旅館に引き揚げていった。

吉川がいなくなると、吉川と同じ宿に泊まっている池上愛知県警察部刑事課長が、

「吉川さんは、濱松に来る前から物盗りの犯行だと断じていたみたいですよ」

と妙なことを口にした。

「報告を見ただけでわかったのか？」

佐野が訊く。

「そうみたいです。しかしあの方、相当用心深いですよ。犯人が歩き回っていていつ襲われるかわからないからって、用心のため枕元にバットを用意させてますし」

「そこまでするか」赤松が言った。「犯人は色街の痴情怨恨のはずだし、盗犯と決めつけるのはどうかなと思いますよ。御仁、堅物だから男女の機微に通じてないのかな」

「いや、浪花節なんかすごい上手いですよ。宿の女将も聞き惚れてたし。相当に遊んでいますな」

「実績がある人だから意見は聞くべきでしょう」

白鳥がとりなしたが、吉川の意見に納得しているようではなかった。

7

九月三日。痴情怨恨関係の捜査を中心に、米の検査員や球撞き関係、不良青少年の割り出しに加え、戸口調査を拡充することになった。新たな事件発生を見越して、花街界隈の張り込みも行うことが決まった。九月十日、ふたたび編成が変わり、遠く三島署や御殿場署からも応援の刑事が入った。検事がたびたび公会堂に来て、捜査について話し合った。赤松は特設隊の班長として起用され、城戸も同じ班になった。

四百名近い不良が取り調べられ、百五十点ほどの匕首が見つかった。しかし、事件当日のアリバイを確かめるのは容易ではなかった。伊勢屋事件のとき逮捕され、犯行を認めて自供したものの、自供に信憑性がなく釈放された三十一歳の中谷という男がいた。十一日、中谷をふたたび留置して、尋問を繰り返しているが芳しくなさそうだった。城戸も伊勢屋周辺の聞き込みに精を出し、日の出座の岡本を訪ねたのは九月十四日だった。

同じ用件を切り出したが、岡本の返事は芳しくなかった。

「ですから、唖者というのは覚えていますよ。体つきががっしりしてたような覚えはあるけど、顔はさっぱり浮かんでこないんですよ」

「若いというのは間違いないですね」

城戸が訊く。

「若かったはずだけど……額が狭くて」

首をかしげて、じっと考え込む。

念のため中谷の写真を見せたが、この男ではないと即座に岡本は否定した。

「男を突き出した不良は覚えてますか?」

「あれは、貴布祢の長谷川っていう鉄工場の三男坊です。近くの工場で働いてるはずですよ」

名前と住まいを手帳に書き留めた。

映画館を出ようとすると、岡本が呼び止めた。

「そうそう、学帽をかぶってました。星マークの帽章だったと思いますよ」

「学帽?」

学生なのか?

礼を言い、映画館を後にして貴布祢の長谷川鉄工場に出向いた。

本人は工場をやめて、いまは家の仕事を手伝っているらしかった。家でしばらく待っていると、自転車に乗って本人が現れた。坊主頭に手をやり、軒先で首をすくめるように城戸と向かいあった。この男も一連の捜査で事情聴取を受けているはずである。そのためかびくびくした様子だった。三年前の日の出座での一件について話すと、ほっとした顔で口を開いた。

「あれは、おれが突き出しました」

「感心だな、どうやって捕まえた？」

「裏木戸からこっそり入ってきたんで、怒鳴りつけてやったけど、知らん顔してるし。唖者だなってわかりました」

「学帽をかぶっていたか？」

「学帽ですか……どうかなあ」

長谷川はしばらく考えてから、

「まだ、小僧のような顔だったと思うけど」

と答えた。

埒があかなかった。

「そいつがよく、自転車に乗って濱松の方に行くのを見ましたよ」

続けて長谷川が言った。

「いつだ？」

「七月に入ってからかな」

「何回も見たのか？」

「二、三回。昼間も見たし、夜も」

何か思い出したことがあったら、すぐに届け出るように申し伝え、公会堂に帰った。帽章について報告すると、さっそく地域の学校を洗うことになった。

「中谷はどうですか？」

城戸は白鳥に訊いた。

「今回も犯行を認めたけど、けっきょく窃盗で入監だろうよ」

と力なく答えた。

「追及すると狂ったような真似をしたり、自分の小便を飲むような男でな」白鳥が言う。「細かい点でまったく辻褄(つじつま)が合わん。それより小浪だ」

第一事件の被害者で、重傷を負った芸妓だ。

「小浪がどうかしましたか？」

城戸が訊いた。

「回復したので、本署に保護検束で留置したよ。県の刑事課の強力犯主任が取り調べている」と赤松。

「痴情の線で、容疑が捨てきれない」白鳥が言う。「いずれ、小浪の口から、犯人の名前が出るかもしれん」

「そうでしょうか」

いまだに、小浪が犯人と顔なじみであるかもしれないと白鳥は疑っているのだ。

「署長も同意見だ」赤松が強い口調で言う。「そうなるように願うよ」

小浪は人並み以上に美しく、男関係の噂も飛び交っていた。恨みを買っている男もいるだろう。しかし赤松が言うように、いまになって厳しく詮議（せんぎ）しても、犯人の名前は出てくるだろうか。

8

帽章が星の形をした小学校に行き着いたのは、九月二十二日だった。その校区に住んでいる唖者を調べると、北濱村大谷の川上謙吉（かわかみけんきち）方、常市（つねいち）十七歳が浮上した。川上家は農業を営み、八人の同居家族がいて、常市は末っ子の六男坊だった。夕方、川上常市を任意で小松公会堂に連行した。奥の間で城戸は白鳥とともに向き合った。すっと伸びた眉は細く、半月様の目が据わっていた。下唇が持ち上がり、不遜とも言える顔つき。小柄でがっしりした体格で、頭は徳利の形をしていた。手を取り握ってみると、強い力ではねのけられた。白鳥が手真似で名前を言えと示したが、理解されず、わら半紙に鉛筆で名前を書かせた。さらさらと上手に自らの名前を書いた。

「ここが、どこかわかるか？」

白鳥が声を荒らげたが、まったく通じない。やはり口をきけなかった。一時間ほどやりとりしたが要領を得なかったので、帰らせるしかなかった。ただ、足の大きさが松葉に残された二十三センチの足跡と一致した。小柄で力もあり、年齢も若い。日の出座の岡本によれば、三年前の伊勢屋事件で目撃された犯人らしき人物は、額の狭い若い男だったという。伊勢屋の女将の息子も、犯人は二十歳前後で小柄で額が狭く、ビリケン風の徳利頭だったと証言している。

城戸は取り調べで向かい合った常市の顔を思い起こした。芯の強い、強情そうな表情の裏に、狡猾でしたたかなものを垣間見た。複数の目撃証言と合致しており、犯人はあの男に間違いないと思った。しかし、相手は少年であり、慎重に捜査を進めるべきだった。白鳥や赤松も同様だった。ことに、赤松は川上家の張り込みをするよう進言した。

第三事件の発生を恐れた警察は、貴布祢駐在所に十名の捜査員を配置した。五日目の二十七日、二時四十分、貴布祢駐在所に川上謙吉の隣家の戸主が駆け込んできて、謙吉の家で人が殺されている、と届け出た。謙吉自身も重い傷を負っていて、裸足で隣家に逃げ込んできたという。恐れていたことが起きた。ましてや容疑者の住む家で、数時間前まで捜査員が出向いていた家だ。計画どおり緊急手配がかけられ、手話通訳人も呼ばれた。駐在所に泊まり込んでいた城戸も、白鳥、赤松らとともにダットサンで川上宅へ急行した。通報から二十分しかたっていない。

「野郎、やったな」

白鳥が車中で洩らした。

「うん、あの唖者だ」

赤松も同調した。

城戸も川上常市が家族を手にかけたとしか思えなかった。もうとっくに逃走しているだろう。

現場に着いた。月は沈んで、漆黒(しっこく)の闇があたりを包んでいた。手提げ電灯を掲げて、敷地に入る。家から洩れる灯りが、二層の屋根を持つ母屋の影を浮かび上がらせていた。表口のガラス戸は開いていた。横の暗がりに光を当てる。湯殿の上窓が開いて、その奥手にある開き戸も一枚開いていた。外から賊が侵入したのか……。

表口から白鳥に続いて、母屋に入った。土間一面、何層にも蚕棚が並んで、ムシムシと桑の葉を食らう蚕の音が満ちていた。すき間を見つけ、靴を脱いで座敷に上がる。そこも障子が外され、広間のようになった座敷は蚕棚に埋め尽くされていた。荒らされた跡はない。

外廊下に出て、灯りの灯った離れに進んだ。入り口の六畳間の蚊帳の片隅が落ちて、その中に人が倒れているのが見えた。掛け布団をはさむように、男が布団に横たわっていた。寝間着も布団も血まみれだった。蚊帳の中で、よちよち歩きの男の子が動き回っていた。かたわらに背を向けて横たわる寝間着姿の女がいた。うーん、と苦しそうな息が洩れている。

奥の八畳間も吊られた蚊帳の中で掛け布団が散乱し、ふたりの女と幼女がみな別の方角を向いて、うめき声を上げていた。飛び散った血が布団や蚊帳を濡らしている。蚊帳からはみ出て、突っ伏している若い女のうめき声がひときわ高かった。意識があり白目を剝いている。

「常市はどこへ行った？」

白鳥が無慈悲に声をかけると、女は指で上を示し、

「二階で……寝てる」

と洩らした。

白鳥が赤松を振り向き、二階を見てこいと命令した。

「了解」

赤松は勢い込んで、北側にある階段を上っていった。

部屋の真ん中で横向きに倒れている女は動いていない。その左手の蚊帳からはみ出たところに横たわる幼女が、しくしく泣き声を上げていた。幼女の寝間着は血で赤く染まっていた。丸々見

開かれた目は清明だった。離れを囲む外廊下の至る所に、血だまりができていた。ザワザワと雨音のように葉を食う蚕の音が天井を伝って届いていた。

通訳が来たので、二階に上がれと白鳥が怒鳴った。

外で懐中電灯の灯りが交錯している。捜査員が外まわりを調べているのだ。

二階から戻ってきた赤松が、白鳥に声をかける。

「常市は寝とりました」

「いたのか？」

面食らったように白鳥が言った。

「布団をめくったら、ぱっと目を開けて、ぼーっとしとった」

「そうか、いるのか」白鳥は力なく言い、天井を見た。「体に血は？」

「手、足、体、ぜんぶ調べたが、ついていません。床も温かいし、布団も寝間着もきれいだ」

「足裏もか？」

「まったく、血などついていません」

「部屋の様子は？」

赤松が電灯を掲げる。

「これで、ぐるっと照らした。どこも乱れてないです」

城戸は戸惑った。常市こそ犯人と思っていたが、眠りこけていたとは。

外から侵入した様子もあり、犯人は別人の可能性もある。だが、そうか？

二階にいる男を、この目で見たい衝動にかられた。

「いま、通訳にくわしい話をさせてますから」

　と赤松が続けて言った。

「そうか、あとで聞く」

　六畳間の男は絶命していた。同部屋のその妻らしい女は荒い息を吐いているが、意識はある。八畳間の女はふたりとも虫の息だった。幼女は思いのほか元気だった。通訳が下りてきたので、様子を聞いた。指先がぶるぶる震えていた。

「常市さんは二時頃に、大きな男に起こされたと言ってます」

「大きな男？」白鳥が訊く。「顔見知りか？」

「誰か知らないそうです。寝てろと言われて、また寝てしまったそうです。変わったことなど、まったく知らないと言ってます」

　耳もよく聞こえないから、仕方ないかもしれない。

「それだけか？」

「お父さんやお母さんは、どこへ行ったのかとか。こんなにたくさん人が集まって何をしているんだと訊かれました。刑事さんが何もないから寝ていろと言ったので、そう通訳して聞かせると、また横になりました」

　白鳥は城戸と赤松の顔を見て、首を横に振った。

　常市が犯人とばかり思っていたが勝手が違った。しかしどうしてこの家が襲われたのか、わからなかった。苦悶の声が大きくなり、それ以上考えをめぐらすことができなくなった。

9

死亡したのは六畳間に寝ていた四男の川上美喜夫二十六歳だった。隣家へ逃れた戸主の謙吉は重傷を負っていた。美喜夫と同じ部屋にいたその妻、八畳間にいた謙吉の妻と娘の三人も、重傷を負い、外孫で次男の長女にあたる幼女は軽傷だった。血の海の中を無邪気に歩き回っていた、美喜夫の三歳になる長男は無傷だった。怪我人は全員、近くの病院に運び込まれた。

夜明けとともに現場検証がはじまった。母屋の東側にある湯殿の上窓が外され、その奥の開き戸も一枚開いていた。その開き戸のあたりだけ、蜘蛛の巣が丸く切れていた。犯人はここから侵入したとしか考えられなかった。離れの南側と西側の廊下に大量の血が飛散し、その南側の庭から、母屋の前を過ぎて表道路に通ずるところまで、点々と血が残っていた。

母屋の入り口に向かっても、一筋の血痕があった。離れの西側の軒下に、裸の足跡がひとつあるのを赤松が見つけた。金品を物色したあとはなく、遺留品も見つからなかった。女たちを強姦した形跡もない。すべて突き刺す形で犯行が行われた点も、第一、第二事件と同じだった。

戸主の謙吉は、殺された四男の美喜夫が犯人と格闘するのを目撃していた。犯人は小柄で頭髪が長いが、後ろ姿だけなので顔は見ていない。美喜夫の妻も犯人の腰から下だけを見ていた。被害者の話を総合すると、まず最初に美喜夫がやられ、次にその妻が襲われた。犯人はそのあと八畳間に入って謙吉の娘とその妻、そして謙吉の順に襲っていった。

静岡県の大庭警察部長が顔を見せ、愛知県の池上刑事課長や名古屋帝国大学の小宮博士も午前中にやってきた。土間の蚕棚を外に出し、そこで小宮が執刀して美喜夫の解剖が行われた。大勢の新聞記者が来たが、屋敷内には入れなかった。今回の惨劇が公表された場合、住人の恐怖は極限に達すると判断され、すべての報道がこの日を境に禁止された。捜査態勢も見直され、静岡県警察部による直轄捜査に変わった。

赤松とともに、城戸は隣家の聞き込みに回った。駐在所に事件発生を告げに来た川上敦(あつし)宅に入った。この家は川上謙吉宅の本家に当たる家で、近隣では資産家として知られ、謙吉の家族についても詳しく知っていた。戸主の敦とその妻そして娘婿(むすめむこ)の宗介(そうすけ)が応対した。まず、城戸が謙吉の家族について訊いた。

「謙吉さんは仕事熱心で、よく働くし、休んでるところなど、見たことがありません」

と敦が答えた。

「謙吉さんには、うちの宗介も世話になってます」

敦の妻が口を添えた。

謙吉家は長男が早く死亡し、二十六歳になる四男の美喜夫が家督を継ぐことになっていた。ほかの常市の三人の兄は、濱松市内で別に住んでいる。六男の常市は、濱松聾唖(ろうあ)学校の初等部を首席で卒業し、いまは同校の中等部一年生という。

「次男の方はどうされてますか？」

赤松が訊いたが敦も妻も、答えにくそうだった。さらに赤松が問いかけると、

「謙吉さんは倹約家(けんやくか)だし、ずいぶん金も貯め込んでおるようで、家族思いの人なんですけどね」

と敦がようやく口を開いた。

「次男坊の康彦（やすひこ）さんはあまり寄りつかないんです」妻が言う。「小さい頃からいたずらがひどい子で、親のいうことは聞かないし、農業がいやで、二十一のときに家出して、大阪で所帯を持ったんですよ。向こうで職にあぶれて、いまは弟さんがやってる濱松の織物問屋に勤めてますけど。一時は奥さんも子どもも、大阪に置いたきりだったんです」

「康彦さんは七月に濱松に戻って、娘だけ実家に預けておりました」思い出したように、宗介が付け足した。「いまは奥さんともども、借家に住んでいるはずです」

　それで四男に家督を譲ることになったわけか。第三事件で怪我を負った幼女は次男の娘だが、親の生活が困窮していたから、実家に預けられていたのだ。

　聞き込みで、川上謙吉の家は村で三本の指に入るほどの財産家であることがわかった。四日後に本格的な捜査会議がもたれた。第一、第二、そして今回の第三事件も犯人の特徴は共通しており、単独犯で年齢は二十歳から三十歳くらい。しかし第一、第二事件は花柳界を狙った事件だが、今回の事件はそれとは関係のない一般農家が襲われた。痴情怨恨による犯行の線は薄らいだ。いったんは疑われた川上常市にしても、まさか自らの家を狙うはずがない、と赤松が訴えた。だいいち二階でのうのうと寝ていたのだから、犯人であるはずがないと。その意見が通り、早々に容疑者から外された。城戸は賛成できなかった。常市が犯人だと思っている。しかし、下された捜査方針に刃向かうわけにはいかなかった。

　痴情怨恨や物盗りに関係した捜査と並行して、近隣の村々、九千五百戸すべてに聞き込みをかけることになった。捜査員の中には、第一、第二事件で被害者と近い関係にあり、容疑の濃い機屋の寺田が自分にかかった嫌疑を晴らすために、人を雇って第三事件を引き起こしたのではないか、とする者もいた。捜査員は休むことなく連日捜査に出た。稲穂が垂れる時期になった。捜査態勢が見直され、赤松は捜査本部を離れて磐田署に戻った。

その頃から犯人は川上敦の家の娘婿、宗介ではないかという噂が広がった。宗介は今年の春まで、農会（いまの農協）にいて、米の検査をやっており、竹製の〈サシ〉で突くのが上手だった。農会は、第二事件の舞台になった松葉をたびたび利用していた。さらに謙吉の口添えで農会を辞めて家の仕事をするように強制されたため、謙吉に恨みを抱いており、犯人と疑われてしまったのだ。

十一月一日、捜査本部は西ヶ崎の元料亭、亀西(かめせい)に移った。捜査は行きづまった。捜査員の士気は衰え、病を得るものまででてきた。第三事件の被害者周辺の捜査を担当していた城戸は、常市が犯人であるとの考えを一貫して持ち続けていた。城戸は犯人扱いされるようになった川上宗介とたびたび顔を合わせた。その態度はまじめそのものでおとなしく、親思いだった。金銭に困っている様子もなく、とても犯人とは思えなかった。三方原村にある宗介の実家を訪ねた。明治時代に入植した士族の末裔で、細々とサツマイモを育てていた。宗介が犯人ではないかという噂は、その両親のもとにも届いていた。

「あの子が人を殺めるわけがありません」母親は悔し涙を浮かべながら言った。「生まれてこのかた宗介は悪いことなど一度もしたことがないし、犯人なんてあんまりです」

「わたしも宗介さんが犯人であるとは思っていませんから」

城戸が答えた。

「とっても兄弟思いです」父親も続ける。「家の手伝いだって率先してやってくれるし、盆暮れは必ず土産物を持ってきて、わたしらの体を気遣ってくれるような息子です」

「農会に入るくらいだから、相当成績はよかったんでしょうね」

「もちろんです。いつも学校の先生にほめられていて……それなのに、犯人だなんて。あんな噂、うそっぱちです」

「わかりました。わたしも直接本人と会って、世間の噂など気にせずにしっかり働くように励まします。ご両親もおつらいとおもいますが、どうか息子さんを信じてやってください」

両親の家を辞し、その足で川上宗介を訪ねた。

宗介は牛の世話をしていた。きみが犯人ではないかという噂も流れているが、そんなものは気にしないで、しっかり仕事をするように、と諭した。すると宗介は目にいっぱい涙をため、

「みんなから犯人だって言われて、毎日、針のむしろにすわっているようです」

とつらそうに言った。

「言わせておけばいい。おれはきみの味方だから、何かあったらすぐに言ってこいよ。それで、頼みたいことがある」

「なんでも仰ってください」

「ここだけの話だから、誰にも言うなよ」

城戸は分家の六男坊の川上常市こそが犯人であり、その証拠を得たい。このため常市のふだんの生活や使っている刃物などを探ってもらえないかと話した。意外な頼み事に驚いた宗介だったが、すぐに承諾した。これが解決の糸口になればよいと思いながら、捜査本部に戻った。

10

十二月八日の朝七時、車道の自宅でラジオをつけたとたん、臨時ニュースが流れだした。『帝国陸海軍は本八日未明、西太平洋においてアメリカ、イギリス軍と戦闘状態に入れり——』。

ほんとうに米英とも戦争がはじまったのか。粘り強い交渉を続けてきたが、米国は日本軍の中国からの撤兵や日独伊三国条約の同盟の廃止をさいさん要求していた。この難局を切り抜けるため、戦争に打って出たという説明だった。日本は存亡の危機に陥っている。

第三事件発生後、結果は得られず捜査本部は縮小され、張り込みもなくなった。これまでの三つの事件はいずれも夏に起きた。冬場になり、第四事件の発生はないというのが大方の見方になっていた。それが捜査本部の縮小につながったのは明らかだった。

年の瀬を境に、城戸自身の行動に関する事実無根の噂が捜査本部内に流れるようになった。

「城戸は容疑者の宗介と一緒に酒を飲んでいる」と。

城戸はまわりから白眼視され、宗介宅に足を運べなくなった。一月からは濱松署の刑事十三名が各自、自由な捜査活動を展開する旨の方針に変わった。城戸も年末いっぱいで磐田署に戻った。

ラジオから、連日、威勢のいい軍艦マーチとともに、華々しい戦果が流れてくる。本家の川上敦の家の娘婿、宗介が殺人容疑で逮捕されたという報が入ったのは、一月二十日の午後だった。城戸はすぐ濱松署の白鳥に電話を入れた。

「被害者の川上美喜夫の嫁が、宗介が犯人だと証言している」

と白鳥は応じた。

「いまになって？　どうしてですか？」

「蚊帳の中で夫を突き刺しているのを見たと言ってるし、美喜夫が第二事件の起きた朝、本家に行って宗介が洗濯をしているのを目撃していて、それを女房に話してる」

「第二事件も宗介の犯行で、やつが返り血を浴びた服の洗濯をしていたと？」

「そうだ」

その聞き込みをしてきた刑事の名を聞いた。城戸を批判する急先鋒に立った男だった。

「被害者の謙吉の女房も似たような証言をしてる。怪我で入院中、見舞いに来た実弟に宗介が犯人だと思うと話してる」

「わかりました」城戸は言った。「放火犯も捕まったと聞いていますが」

昨年来、北濱村では放火や山羊が井戸に投げ込まれる奇妙な事件が続いていた。

「一昨日な。犯人は二年前の六月、支那から帰還してきた男だった」

「帰還兵でしたか……」

「出征中、上官を剣で刺してる。金のかかる遊郭には行けないから、山羊と十回近く交接したと言ってる。まわりから内地は緊張していると聞かされていたが、いざ帰還してみると、みな、闇でもうけて豪勢な家を建てているから、癪に障って放火を繰り返したらしい」

逮捕された川上宗介の丸顔が、何度もよぎった。

すぐにも釈放されるだろうと思っていたが、逮捕後一月経っても、釈放の報は入って来なかった。宗介の家族から、助けてほしいという手紙が城戸あてに届いた。しかし捜査本部を離れた城戸には権限がなかった。宗介が釈放されたのは、逮捕から四ヶ月も経った五月二十八日だった。改めて証言をした川上謙吉、美喜夫のそれぞれの妻を問いただしたところ、両名とも「刑事から宗介が犯人であろうと言われたので、つい犯人ですと言ってしまっただけ」とのことだった。

　城戸は全身から力が抜けた。

　五月二十七日、亀西の捜査本部は閉鎖された。犯人の目星はまったくつかず、警察上層部の危機感は募るばかりだった。これまで捜査に携わった指揮官の首がすげ替えられた。まず六月二十七日、佐野濱松署長が更迭され、県警察部の杉本刑事課長が署長に就任した。同じく刑事部長や強力班主任も更迭、八月七日、刑事部長として階級を上げた赤松完治が、新たに濱松署に着任した。

　第一事件発生から一年が過ぎ、ふたたび夏蚕(なつご)の時期を迎えていた。三事件は季節犯の可能性があり、昭和十七年八月二十日、総勢十五名の捜査本部が開設された。捜査指揮は三島警察署長から、静岡県警察部刑事課長に栄転した今泉(いまいずみ)が執ることになった。事件が起きたのは、それから十日後の八月三十日の午前零時半だった。この日、城戸は磐田署に出署後、すぐ現場に急行した。

　現場は遠州電鉄の遠州共同(きょうどう)駅から、北東へ八丁（約八百メートル）ほどの純農村地帯の一軒家だった。農業を営む宮下(みやした)という家で、戸主の邦義(くによし)五十六歳とその妻、そして子であるふたりの姉弟が犠牲になったらしかった。

　総瓦葺きの家で、入り口から小屋が並び、敷地をぐるっと生け垣が取り囲んでいる。裕福に見える造りだ。現場は家の奥にある納戸だった。現場検証をする白鳥や赤松の姿があり、勝手の灯りに照らされて、血まみれの遺体が四体、横たわっていた。

「四人、ひとつの蚊帳の中で寝ていた。全員、突き殺されてる」白鳥が中ほどで倒れている男の子を指す。「おれが駆けつけたとき、あの子はまだ息があったんだ」
十四、五歳の少年である。
「目が覚めたら姉が見知らぬ男に乱暴されているので驚いて、その男の頬を拳固で殴りつけて後ろから組み付いたが、突き刺されたと言っていたよ。抱いているおれの腕の中で、父親が殺されて残念だと洩らしたので、仇（かたき）は取ってやると声をかけたら、安心したような顔で死んでいった」

と白鳥は無念そうにつぶやいた。

「立派な子だ」

その姉も、となりで絶命している。

「四女だけひとりで離れで寝ていて、そっちは助かった。母屋で物音がしたので見てみると、灯りがついていて男が暴れていた。恐くなって自分の部屋の灯りを消して、息を潜めた。静かになってから行ってみると、親きょうだいが血に染まっているので、あわてて隣家の伯父に助けを求めた」

ガラス戸は開けたままにしておいたので、犯人はそこから侵入したらしいと付け足した。

「犯人は何も盗らずに出て行ったんですね？」

「そのようだ。どこも物色されていない」

「四女は犯人を見ましたか？」

「見ていないが、この子は見ている」また、白鳥は少年を指した。「二十二、三歳の中肉中背、丸刈りの男で、白シャツに黒ズボンを穿いていたと教えてくれたよ」

「犯人の声は聞いていない？」

「そうみたいだ」

「じゃあ、今回も同じ犯人……」

灯りのもとで突き殺され、犯人はこれまでと同じ服装。そして、言葉を発した様子もない。

「そう見ていい」赤松が少年のとなりで倒れている三女を指した。「この子の布団から、門歯三本が見つかった。犯人に嚙みついて、折れたようだ」

「……抵抗したのは、少年だけではなかったのか」

「うん、相当やったんだ。犯人もびっくりして逃げ出した。犯人は手傷を負っている。部屋の南隅に、木製の白鞘（しろさや）が転がっていてな。こいつに凶器を収めてあったと思う。あとで見せる」

「はじめての物証か」城戸は感嘆の声を上げた。「これは何ですか？」

うつぶせで倒れている母親の肩に、黒っぽい布がかかっている。細かい縞模様の布だ。

「妙なものでな」赤松が取り上げた。「風呂敷や反物でもない。血がついていないのも変だろ？盲縞（めくらじま）の布だよ。縦四つ折り、横八つ折りにしたような折り目がついてる。長さは三尺（約九十センチ）ほどだな」

「ひょっとして、犯人の覆面？」

「そうかもしれん」

抵抗され、顔から引き剝がされたのか。

「もうひとつ、遺留品らしいものがあってな」赤松が言う。「母親の右手の下から、帽子の顎紐（あごひも）

を見つけたよ」

「顎紐ですか……」

「かなり古いけどな」

驚くべきことだった。犯人は証拠となるものを残したのだ。

11

一年おいて発生した第四の惨殺事件に、地元住民は震え上がった。晩は早々に戸を閉め、竹槍を備えて就寝する有様で、警防団による徹夜の警備が再開された。亀西にふたたび捜査本部が置かれ、捜査員による夜間の張り込みもはじまった。宮下家の次男が支那に出征しているため、濱松憲兵分隊と連絡を取り合って捜査を進めることになった。

九月十四日、犯人が残していった盲縞の布の捜査に専従していた赤松が、得意満面の表情で鑑定結果を白鳥に告げた。布は濱松固有のマンガン抜染生地という織物で、昭和十一年頃に板屋町(いたやまち)にある反物屋の秋山(あきやま)商店が試織品として扱ったものと判明した。当時、秋山商店には川上家の三男の勝信(かつのぶ)が勤めていたという。

「あの川上家の三男が？」

城戸が訊いた。

「うん。外商をしておったと言ってる」赤松が威勢よく続ける。「勝信はいま、板屋町で織物の卸問屋をやっていてね。去年の事件で被害を受けた家の身内だから、布の出回った先を熱心に調べてもらえると思って会いに行ったんですよ。次男坊の康彦もそこにいてね」

「できの悪い兄貴の面倒を見ているわけだ」

白鳥が言う。

「犯人にたどり着く手がかりは、この布しかないから、何とか頼まれてくれんか、と勝信に頭を下げた。そしたら喜んで引き受けさせてもらいます、と来たが、実際は違った。ほかの織屋で聞き込みをしたら、勝信があちこちの店を回って、『警察は布の出回った先を調べているがこういうものに協力すると、ろくなことにならない』とか、そんな話をしているみたいでね」

赤松が一気にしゃべった。

「捜査妨害じゃないか」白鳥が呆れて言った。「できの悪い次男といい……やっぱり、あの川上家には何かある」

「おおありだ」

赤松がしてやったりの顔で言った。

「赤松さん、さすがだ」

白鳥から持ち上げられる。

「いや、日の出座の聞き込みをした城戸さんほどじゃないですよ」

と赤松が謙遜した。

それから一週間も経たない九月二十日の日曜日、別途捜査に携わっていた濱松憲兵分隊の分隊長、岡村（おかむら）中尉が濱松地方裁判所の予審判事と検事、そして部下の小西（こにし）伍長を伴って、亀西に現れた。今泉刑事課長は、唐突な訪問に戸惑いながら、奥の間に招き入れた。

岡村中尉は敬礼すると、小西とともに正座した。

「じつはご報告しなければならないことがございまして、参上いたしました」

丁寧な口上に戸惑った。その横についた小西も、緊張して肩に力が入っていた。目のつり上がったいかにも憲兵という顔立ちだ。

「今回、被害を被った宮下宅に残されていた盲縞の布についてであります」

岡村が小西に目配せすると、彼は携えてきた風呂敷を広げ、それを今泉の前に持っていった。

城戸はその布を見て驚いた。遺留品として残された盲縞とそっくり同じ布ではないか。しかも、遺留品の倍以上ある大きなものだった。

「その布は小西が昨日、大谷の川上宅に出向いて家主の謙吉から預かったものです」

岡村が言った。

「川上宅へ行かれたんですか？」

目を丸くして、今泉が訊いた。

「はい」

「秋山商店ですが、五年前、銃後奉公会ができたときからの会員で、軍に布類を納める業者であります」明快な口調で岡村が続ける。「この秋山商店に納めている平山（ひらやま）と申す紺屋（こうや）がおりまして、その平山から三日前、小西のほうに、警察がこの盲縞の布を調べているが、この布は以前、川上勝信がこっそり自宅に持ち帰ったものだ、との連絡がありました」

「それであなたは直接、川上家に聞き込みに行ったんですか？」

今泉が訊くと、小西はごくりと唾を呑み、低い声を発した。

「はっ。一昨日は一晩、川上の家の縁の下に潜り込みまして、動静を窺いました。怪しい言質(げんち)はなかったことから、昨日わたくしが独断で川上家を訪ねて子細を問いただしたところ、謙吉がこの布を差し出しました」

驚いた。そんな聞き込みのやり方など聞いたことがない。

「昭和十一年頃、三男の勝信がこの布を二反(にたん)ほど、自宅に持ち込んだと、謙吉は申しました。その布を使って、ズボンと股引きを作ったとのことであります」

凜とした声でひと息に小西が言うのを、呆然と聞いた。

「その残りがこれ？」

赤松が布を示しながら、口を開いた。

「そうであります。わたしはそれを聞きまして、さっそく板屋町にある川上勝信宅を訪ね、本人に事の次第を問いました。しかしながら勝信は認めぬばかりか、のらりくらりと言い逃れまして、その際わたくしはこの男が真犯人に間違いないと確信した次第であります」

城戸は呆れた。いきなり被疑者に当たるとは何事か。よりによってこれほど重大なことを、のうのうと報告しに来た神経が理解できかねた。まさか憲兵隊が自ら真犯人を挙げるつもりか。

「ここまではわれわれが行いましたが、これから先についてであります」代わって、岡村が丁寧な言葉を発した。「なにぶん、民間の事件であります。きょう以降われわれが警察に協力するのは、一向にやぶさかではありません」

へりくだった物言いに、今泉が胸をなで下ろしたようだった。

「そうしていただければ、それに越したことはありませんな」

「心得ました。何なりとお申し付けください」

ふたりは自信ありげな顔でうなずいた。

「これまでのご協力に感謝いたします」

やや根負けしたように今泉が言った。

四人が去って行くと、その場にいた全員からため息が洩れた。

「わたしの落としたタネからえらいものがでてきましたな」

赤松が皮肉っぽく口にした。

「いや、赤松部長の責任ではないよ」今泉が言う。「とにかく、川上家を洗い直すしかない」

12

翌日、川上家の次男と三男に対する事情聴取が行われた。同時に関係先の聞き込みが徹底して行われた。第一事件から第三事件を通して、康彦と勝信のアリバイが調べられたが、芳しい結果は得られなかった。勝信は布の入手先や自宅に持ち込んだ理由などについて、曖昧な供述を繰り返し、康彦も同様だった。

家族や周辺の証言から、戸主の謙吉は殺された四男の美喜夫がほかの兄弟と比べて、素直で自分の言うことをよく聞くため、五年前にすべての財産を相続登記させていたことが判明した。謙吉に疎まれていた次男と三男、五男が謙吉に反感を抱くのは当然で、それが犯行の引き金になった可能性も考えられた。ことに次男の康彦は、ふつうなら家督を相続する立場なのに、一銭も受け取っていないのはことのほか悔しいに違いなかった。康彦一家のいた大阪に渡部刑事が派遣され、調べを済ませて帰ってきた。そして幹部を前にして、堰を切ったようにしゃべり出した。

「康彦の妻の弘江が四年前、肋骨カリエスで一年ほど大阪の病院に入院しておりました。入院費の都合がつかないので、康彦は父親に泣きついた。謙吉は渋々四百五十円ほど貸してくれたが、これに利子をつけたようなんですよ」

「返済したのか？」

白鳥が訊いた。

「返すには返したが、恨みがよけい増したようです。大阪では家族を養えないから、奥さんを置いたまま康彦は去年の七月十五日に濱松に帰りましたが、父親のいる実家には戻れない。娘だけ預けて自分は借家にひとり住まいして、勤めている弟の会社から、月八十円ほど給金をもらっていたようです。いまは弘江も濱松に来て一緒に住んでおりまして、事情を聞いてきました」

「康彦だけは去年の第一、第二事件のときから、濱松にいるわけだな？」

「おります。それで自宅がやられた第三事件のとき、弘江は康彦から事件が起きたことを電報で知らされたと言っております。それを追いかけるように康彦は大阪に帰ってきて、織布工場を営む計画を口にしたそうなんです」

「大阪でか？」

赤松が口を出した。

「ええ。弘江の知人によると、弘江は『これで財産が転がり込む』と独り言を洩らしたそうなんですよ」

白鳥も腕を組み、

「そうとうだな。動機としては十分すぎる」

「ちょっと待ってください」城戸が口をはさんだ。「川上家がやられた第三事件はともかく、去年の第一、第二事件はどう思いますか？」

勝信、康彦、ともに当時のアリバイがとれていないし、芸妓屋を襲う動機もわかっていない。

「なにも康彦が犯人だとは言っとらんよ」

赤松が言う。

「いや、ここまで来た以上、両名を引いて叩くしかない。ことに康彦の容疑は重大だ」

きっぱりと今泉刑事課長が言った。

憲兵隊に先を越され、一刻の猶予もないという思いがその顔に滲んでいた。

「その通りです。そうするしかない」

赤松がしてやったりとばかりに口にした。もう犯人は捕まえたという顔つきだ。

康彦を犯人に決めつけたような言い方に、城戸は不安を覚えた。

「両名の引致と同時に、関係先の家宅捜索」

今泉の言葉に全員が動き出した。


九月二十四日早朝、川上謙吉宅の家宅捜索が行われた。遺留品の盲縞の布を使ったズボンと同様の布が三片見つかった。

同日、次男の康彦は磐田署、三男の勝信は濱松署にそれぞれ留置された。康彦を担当していた城戸も磐田署にいて、ときおり取調室をのぞいた。康彦は要領を得ない供述を繰り返すばかりだった。

二十六日、二度目の家宅捜索が行われた。常市が寝床にしている二階のくず箱から、遺留品の盲縞の布と同じ三角形の布が見つかった。同じ部屋から、顎紐のない学生帽も見つかった。三角形の布を鑑定したところ、秋山商店が地元の織物屋に織らせたものが、そのまま秋山商店の倉庫に仕舞われたものとわかった。

それを勝信に当てると、すんなり「それは昭和十一年に自分が金儲けのために依頼したもので、同じ年、倉庫から自宅に持ち帰った」と自供した。

最も容疑の濃い次男の康彦のアリバイ捜査は、困難を極めた。昨年の第一、第二事件の際の足取りは取れず、第三事件の起きた日も、同居人だった男は曖昧なことしか言わない。宮下家が襲われた第四事件の夜も、妻によれば夫とともに実家の離れで寝ていたという。

ここまできたら、力ずくで押すしかないですと赤松が幹部を説得し、それが受け入れられた。渡部をはじめとする六名の警官が、康彦を眠らせずに交代で尋問に当たった。盲縞の布の出所が割れたことを伝えると、動揺した。拷問まがいの取り調べを、城戸は見て見ぬふりをするしかなかった。赤松は遠巻きで見ているだけだった。

引致して約二週間経った十月十一日の朝、康彦は冥界（めいかい）をさまよっているような顔つきで、「実家にその布があったから、おれが犯人と疑われても仕方ない。でも、おれは犯人じゃない」と机にひれ伏しながら口にした。では犯人は誰なのかと渡部が訊くと「弟の常市を調べてくれませんか」と意外なことを口走った。「第四事件の起きた夜、常市は九時頃、自転車で出ていった。帰ってきたのは、翌日の午後二時頃で、常市は左目を腫らしていた」そこまで、ひと息に康彦は言った。「あれは一晩寝ていない顔だった。どうか弟を調べてくれ」と最後は切実な声を振り絞った。うそには思えなかった。

同じ頃、第三事件で犠牲になった川上美喜夫の妻からも、「家族は全員、常市が犯人ではないかと疑っていたが、父親の謙吉が強く否定した。今年の春には、その謙吉の湯呑みに猫イラズのようなものが入っていた」という証言が得られた。

第一から第四、そして昭和十三年の伊勢屋事件の犯人は終始無言であり、ことに第三事件については侵入口が不自然で、その家の人間による犯行の疑いもあった。第四事件の犯人の遺留品が、川上謙吉宅にあった点が重大視された。第四事件直後の常市の顔の傷は、被害者から抵抗を受けたときにできた可能性もある。そうした事実とこれまでに得られた犯人像から、常市こそが真犯人であるという線が濃くなった。城戸はようやく第一関門を突破したような気分だった。

十月十二日、白鳥は赤松、城戸とともに、常市が通学していた鴨江町の濱松聾啞学校を訪ねた。担任の教師や友人から、ふだんの常市の様子を聞いた。常市本人にも会い、所持品の提出を命じたが、下駄箱から他人のズック靴を自分のものと偽って見せた。注意すると、常市は間近にあった木工道具箱からノミを引き抜いて、襲いかかってきた。城戸は機敏に腕を取りねじ伏せた。ノミを取り上げ、「おまえのものを出せ」と叱りつけると、ようやく常市は自分のズック靴を差し出した。赤松は離れたところで見守っていた。

それを持ち帰り調べたところ、第二事件の料亭松葉の布団に残されていた足跡の写真と同じものだった。ゴム模様とマークがぴったり一致したのだ。その日のうちに、常市は目と鼻の先にある濱松署に連行された。学校関係者への聞き込みでも、第四事件の直前、学校で刃物を研いだり、友人に「人殺しをやったのはおれだ」と言っていたことが判明した。

　昨年の取り調べは筆談だけに頼って失敗したので、今回は聾唖学校の教員を通訳として呼んだ。翌十三日の夕刻から、白鳥による川上常市の取り調べがはじまった。常市の身長は百五十四センチで体重四十四キロ。腕力が非常に強い。耳元で大きな声を出せば、わずかだが聞き取ることができるようだった。通訳も聾唖者で、白鳥の唇を読み、それを常市に手話で伝えるというもどかしい取り調べになった。現場の遺留品や関係者の証言、事件細部などから、すべての事件は常市によるものである、と順々に説明した。すると意外なことに、常市はすっかり観念した様子ですらすら自供をはじめた。開始三十分ほどのことだった。

13

　十三年八月、西ヶ崎の伊勢屋で起きた傷害事件からはじまった。

　家は裕福なのに、父親の謙吉は吝嗇(りんしょく)でこづかいもくれないので、金を盗ろうと思い立った。映画館で盗んだ自転車を乗り回し、女の多い家を探した。女は弱いし、耳が聞こえず、背後から近づかれるとわからないので皆殺しにしようと最初から考えた。犯行に使った刃物は、三ヶ月間かけて自作した。斬り方と突き方も練習した。押し入ったとき、女将を突いてから二階に戻ったが、女たちが騒ぎだしたので、あわてて逃げた。

　翌年、聾唖学校の存在を知り、入学した。必死で勉学に励み好成績が取れるようになった。人殺しなど考えなくなった。これが三年間の空白の理由だった。しかしその後、父親が通っても意味がないので学校をやめろと言い出した。月謝も払ってもらえず、弁当も持たないで通学するようになる。自分をないがしろにする父親への憎悪がふくらみ、また人殺しについて考えるようになった。頼りにするのは、ときおり自宅に来てこづかいをくれる次男の康彦夫婦だけだった。

十六年の夏、濱松で買った刺身包丁を加工し、深夜寝静まってから、二階の自室でわら人形をつかって、突き刺す練習を繰り返した。準備万端ととのえ、覆面を着けて大和屋と松葉を襲った。夏に限ったのは、冬場は戸締まりが厳重で着物をたくさん着ているので刺しづらいし、自分も厚着で自由がきかないからだ。侵入したときは必ず、逃げ場を作っておいた。しかし女を突いたものの、大声を出されたのでまた驚いて何も盗らずに逃げてしまった。

自分の家族を皆殺しにすれば、兄の康彦が自分を可愛がってくれるし、学校にも行ける。これが第三事件の動機だった。秋蚕（あきご）で忙しいので学校を休めとまた父親が言い出したので、決行の意思を固めてその晩を迎えた。寝静まったのを確認して、血を拭くための布を水に浸して、自分の寝床の横に置いた。表出口から外に出て、地面に自分の素足の痕を残し、湯殿の上窓を開けて侵入した。犯行をすませて、二階に戻った。返り血で濡れた服は風呂敷にくるんで、ほかの包みの中にまぎれこませた。凶器も天井に隠した。静かだったので皆殺しが成功したと思い、寝入ってしまった。刑事に起こされたが、疑われなかった。翌朝、四男の美喜夫しか死んでいないのがわかり、がっかりした。今年の春、父親の湯呑みに猫イラズを入れたが失敗した。

そしてこの八月、電車で見かけた女が裕福そうだったので、尾行して宮下家をつきとめた。犯行の夜は自転車で出かけた。貴布祢駅に自転車を預け、電車で遠州松木駅まで行ってそこから歩いた。いざ犯行に及んだが、相手から思わぬ反撃を受けてあわててしまい、しゃにむに突き刺して家を飛び出した。格闘しているとき、顎紐や覆面が落ちた。二俣街道から三方原に上がり飛行学校近くで短刀を捨ててから、近くで仮眠した。濱松に出て松菱（まつびし）百貨店で朝食を済ませてから自宅に帰った。康彦に目の傷について問われたが、電車のドアで怪我をしたと偽った。

捨てられた短刀は実地検分で見つかり、その精巧さに捜査員は舌を巻いた。

それまで他人と深く交わったことのない常市は、白鳥の〈腹の底を打ち割って話をしろ〉という言葉に反応して、洗いざらい話した。常市の知能は高く、事件すべてを細かく記憶していた。白鳥が供述を曖昧に書くと、そこは違うと細かく訂正させた。最初の殺人は丹下左膳の映画を見て真似をしたという。

その反面、情緒的に異様な供述もした。人を殺したあと気の毒に思ったり、恐ろしいとか気持ち悪いとか思ったことはない。大和屋の芸者を刺して、血が飛んでシャツにぱっとついたときは気持ちがよかった。子どもの頃に見た丹下左膳の映画で人殺しをするのを見て、自分もやってみたいと思った。悪いことをすると刑務所に入れられたり、死刑になったりすることもあるが、うまくやればわからないと思った。そして常市は真顔で、「人殺しをした自分も悪いが、自分を学校にやることも反対して、人殺しをさせるようにした父親とどちらが悪いか、よく調べてもらいたい」と述べた。

常市の逮捕後、父親は常市が犯人であったことを知っていたかのような俳句を残して、天竜川に身を投げて自殺した。

十一月十七日、事件報道が解禁になった。それまで一年あまりにわたって事件報道を差し止められ、飢えていた新聞社は警察の発表に飛びつき、細かく書き立てた。

〈浜松地方を中心に十七人を殺傷　稀代の殺人犯ついに捕まる〉

静岡新聞はでかでかと見出しを掲げ、社会面全面を使い、第一事件から第四事件の経緯や川上常市の人物像を細かく報じた。内務省の吉川技師も寄稿し、父親の自殺も報じられた。下段には、〈功績抜群の四氏　けふ松坂検事総長が表彰〉とある。前日発表されたもので、この日濱松署では、史上はじめての検事総長による捜査功労賞と金一封の授賞式が行われた。白鳥警部補と赤松部長刑事、貴布祢駐在所の菊池（きくち）巡査、そして憲兵隊の小西伍長の四人が対象で、そろって顔写真も掲載された。最大の殊勲者といえば〈冒険的聞き込み〉を行い、犯人が川上謙吉の家族の中にいることを証明した小西伍長、そして最初から事件に従事し、取り調べまで行った白鳥のふたりだった。赤松に至っては、たまたま異動したところに第四事件と遭遇し、盲縞の布の出所を突きとめただけだった。その受賞に納得できなかったが、これまでの勲功を合わせてのものと想像するしかなかった。新聞にはこの時点で、赤松が二百八十回の表彰を受けていたことも書かれており、赤松の名は県下に轟き、一躍時の英雄となった。

しかし、警察部内の見方は冷ややかだった。

事件が決着して以降、警察内部では川上謙吉宅が襲われた夜、赤松が二階に寝ていた常市を犯人と見抜いていれば、第四事件で四人もの人が死ぬことはなかったと陰口が叩かれた。赤松が捜査の基本中の基本である被疑者の身体捜検とガサをしなかったばかりに、犯人と見抜けなかったのだ。その批判に赤松は「布団をめくってみたら驚いて目を覚ました。あたりを懐中電灯で照らしたが、まったく異常はなかった。手足を調べたが、汚れていない。だいいち、外に侵入した足跡があったのだから、犯人は外部の者としか考えられなかった」と弁解した。

あのとき自分も二階に上がってみるべきだったと、城戸は後悔の念に苛まれた。自分にしろ赤松にしろ、真犯人は川上常市に違いないと確信していた。その疑いをすっかり忘れて、赤松は状況だけを見て真犯人を見逃してしまったのだ。労をいとわず、部屋の中を少しでも調べていれば、血のついた布は容易に見つけることができたはずだった。その場で逮捕できたのだ。そして第四事件も起こらず、事件全体も社会的にこれほど大きな反響を呼ぶことはなかった。二度の殺人事件ど家庭内殺人ということで落着し、去年には片がついていたのだ。なのに英雄扱いとは。

事件解決の年、まだ濱松警察署の捜査本部にいた城戸は、赤松に関する信じられない噂を耳にした。十一月の終わり、警防団を指揮する立場にある警察署の警防主任をそそのかして、赤松が警防予算のつまみ食いをしている、というのだ。親しい上司に事の次第を尋ねると、

「警防事務は防空と消防を一手に引き受けていて、いまの時代の警察の花形じゃないか。予算も潤沢（じゅんたく）だし、倉庫にはびっくりするくらいたくさんの物資をためこんでる。見たことあるだろ？」

「はい」

「この予算に目をつけた赤松は、よっぽど目鼻がきくよな。警防主任を抱き込んで、飲み屋に連れていって、好きなだけ酒を呑んだり」

「それだけですか？」

「いや……現金まで手をつけたらしくてな。防火水槽の設置を発注させて、支払いをすませた金の一部を業者から戻させるようなことをやっていたらしい」

「そうですか」

その程度のことなら、赤松にとって朝飯前だ。

英雄扱いされていた赤松にすれば、少しぐらいの使い込みなど取るに足りない。それくらいの恩恵にあずかるのは、当然だと思っていたのではないか。

この横領事件は年の暮れに発覚したものの、証拠はなにひとつ上がらなかった。警防主任が罪をかぶって辞職に追い込まれただけで、首謀した赤松はおとがめなしだった。

しかし、それだけではなかった。城戸が磐田署に戻った翌年の昭和十八年十月、ふたたび赤松が関係する事件の噂話が流れた。赤松がよく顔を出す酒場の女給が腕時計を落とした。拾った人物は届け出もせずに、自分のものにしていたが、赤松はその男を知っていた。男を脅し、警察に通報しない代わりに、この男から現金をせしめていたというではないか。濱松署内では一部の人間にしか知られていないという。探せば、さらに悪さが見つかるかもしれなかった。

立て続けに起きたふたつの非違事案の処分について、警察幹部が苦慮しているのは、城戸にも伝わってきていた。英雄扱いされていた赤松の名前に傷をつけるのは、警察の威信そのものをおとしめることになるからだ。

ずっと気にかけていたものの、処分は出ることはなかった。ところが、明くる昭和十九年一月、杉本濱松署長と今泉県警察部刑事課長、浜松事件勃発時の濱松署長だった佐野が相次いで辞表を提出した。警察部内に多くの憶測が飛んだ。内務省からの圧力とか、罪をかぶるのがいやで警察部長が身内切りをしたなど、確証のない醜聞が流れた。しかし、警察上層部の相次ぐ辞表の提出は、赤松が起こした非違事案について監督不行届きを認めたものにほかならない。いよいよ赤松の処分が下されると思っていたが、いっこうに行われない。

そのあいだ川上常市は、戦時刑事特別法の規定により二審で死刑が確定し、昭和十九年七月二十四日、東京拘置所で絞首刑に処された。太平洋戦争はますます厳しさを増し、赤松が起こしたふたつの醜い事件は埋もれようとしていた。そして終戦の年、非違事案を知る立場にあった県警察部の増田（ますだ）刑事課長は、浜松事件の「表彰の実情」を知らず、浜松事件の功労者を馘にするに忍びないとして、赤松を県警察部の刑事課に栄転させてしまった。

昭和二十一年六月、赤松は警部補に昇任と同時に、静岡県警察部刑事課強力班係主任に就任した。二件の非違事案、そして検事総長捜査功労賞の受賞理由を知る人は霧散した。赤松はその後、「浜松事件は自分が解決した」と誇示するようになった。一度赤松本人と出会ったとき、城戸はそれとなく二件の非違事案について問いかけたが、赤松は他人事のように否定するばかりだった。

驚くべきことに、赤松は浜松事件で自分が果たした役目と手柄について誇張し、あたかも自分がいなければ事件は解決していなかったと訴えるようになった。警察学校でも堂々と講演して拍手喝采を浴び、本人もその気になって強力犯捜査の権威者に成り上がった。

県下で殺人事件が起これば、捜査の指揮者として必ず呼ばれて、捜査指揮をとる。たとえ上司であっても歯向かえない。どれほど難事件でも、赤松の手にかかれば容疑者が浮上し、真犯人として確定する。捜査の過程で拷問を使うなど、ささいなことに過ぎなかった。絶対的存在となった赤松にとって、受け持つ事件が未解決になることなど、あってはならなかった。

養蚕の家で起きた事件は、予期せぬ怪物を産み落としてしまった。

第四章　邂逅

1　令和二年六月八日

　越智章久と会ってから二ヶ月後の金曜日、山東に住む牧野利正宅を訪ねた。快晴の日だった。二俣事件や浜松事件の関係者と会い、彼らの話や資料をもとに、二月かけて小説を途中まで書き上げた。まだ、清瀬一郎による弁護で木内郁夫が無罪を勝ち取る重要なパートが残っていた。とりあえず書いたところまで印刷した束を抱えて玄関の上がり間に座り込み、浜松事件について話した。そのあと二俣事件に話題を振った。

「二俣事件の弁護人になった清瀬一郎について、少し調べてきました」

「ほう」

　牧野は表情をゆるませた。

「明治十七年生まれで、姫路(ひめじ)市出身。京都帝国大学独法科を首席で卒業して司法省に入ったが、その後弁護士に転身。特許法を専攻し、自費でドイツに留学後、その道の大家になった。大正時代、衆議院議員に当選して、普通選挙運動に邁進し治安維持法に反対した。リベラルな政治家だが、昭和初期、犬養毅(いぬかいつよし)首相が殺害された五・一五事件で、首謀者の青年将校たちの弁護について、国家主義的と見られるようになった。そんなところでしょうか」

「国家主義かぁ。わたしには、ばりばりの左翼に映っていたけどね」

「そうですか。大政翼賛会(たいせいよくさんかい)の重鎮だったのが禍して、終戦後は公職追放されていましたけどね。極東国際軍事裁判では、東条英機(とうじょうひでき)の主任弁護人も務めています。たくさんの政党を渡り歩いて、昭和三十年以降は、自由民主党所属で、文部大臣や衆議院議長を歴任した。当選なんと十四回で、議員生活は三十七年。昭和四十二年、八十三歳で没」

　牧野はうなずきながら聞いている。

「東条英機の弁護を引き受けたときは、地元から猛反対されたようですね」

　当時の国民は東条英機の名前を聞くだけで、虫酸(むしず)が走るほどだったのだ。

「誰も引き受ける者がいないから、広く人類愛の見地から受任したって聞いてるよ」

「やっぱり昭和三十五年の日米新安保条約の強行採決のときの、議長席でもみくちゃにされている映像が有名ですよね」

　テレビではいまでもそのときの映像がよく流れる。新安保条約が締結されてしまえば、徴兵制が復活して日本はまた戦争に巻き込まれると、非難囂々(ひなんごうごう)の中の採決だったのだ。

　わたしは東京裁判について清瀬一郎が書いた文庫本のカバーを広げ、そこにある清瀬一郎の写真を見た。和服姿で腕を組み、ロイドメガネをかけてにっこり笑っている。はんてんを着せれば、植木職人とも取れる柔和な顔つきだ。

「清瀬の信条は知っているかね？」

「後援会は持たず、清廉一筋(せいれんひとすじ)。金権政治を忌み嫌ったと聞いています」

「それは一貫していたようだね。弁護活動も同じだろう」

「だから幸浦や二俣の弁護を引き受けたのでしょうか」

　牧野はわたしから視線を外した。

「終戦後は七年間政治から離れていたし、弁護士専業で時間があっただろう。企業の顧問を引き受けていたから、金には困らなかったようだ」

「そうですね」

幸浦、二俣両事件は無報酬で弁護を引き受けたはずである。

ふたたび牧野はこちらを見た。

「十四回も当選したけど、本人は右でも左でもなく、いつも浮動票に乗っかって当選していたと言ってるよ。それだけ人気が高かったんだよ。司法省をたった一年でやめた理由を知ってるかね？」

「いえ」

「予審で拷問を目の当たりにしてしまったからだよ」

「拷問ですか……」

それが幸浦や二俣を引き受ける動機になったのだろうか。

日本が軍部主導に進むきっかけになった五・一五事件、そして憲法九条のもとで自衛隊を認めた新安保条約。昭和史の重大な転換点に当事者として参画した人物が、二俣事件の弁護を手弁当で買って出た。保守とリベラル双方に振れる複雑怪奇な政治家だが、弁護士としては人情味あふれる激情家と言っていいのかもしれない。晩年は原発問題にも関心を寄せていたという。古い制度の残る社会の中にあって、ひときわ秀でた先見性の持ち主だったのだろう。

「清瀬一郎が実地検証で二俣に来たのは、わたしが高校二年生のときだったな」懐かしそうに牧野は言う。「新聞に名前が出ない日はないくらいの大著名人だったからね。二俣じゅう、大騒ぎになった。二俣事件で犠牲になった片桐家の長男の紀男くんとも会ってるよ。彼が中三のときだった。現地調査で連れ回された木内郁夫も、彼と会っているはずだ」

「木内が紀男さんと……」

どんな経緯で、顔を合わせるようになったのだろう。

牧野はゆっくりと、清瀬が二俣事件の弁護を引き受けるようになった経緯を話しだした。

2 昭和二十七年二月十七日

日曜日午前九時、清瀬一郎を乗せた特急つばめ号は、黒煙を吐いて東京駅を出発した。二等車に乗ること二時間半、真っ青な車窓の空に富士の姿が映えていた。富士駅名物のいなり寿司駅弁を買い求め、二俣事件に関する資料に目を通し続けた。終戦直後のパージで公職追放されて六年あまり、政治家としての経歴は途絶えているが、弁護士の仕事は相変わらずひきもきらない。

二俣事件は幸浦事件の起きた村から二十キロほどしか離れておらず、両事件とも被疑者の自白が最大の証拠として採用され、一、二審とも死刑判決が下された。どちらも第一回公判から被告人が厳しい拷問があったことを訴え、容疑を否認している。狭い地域でこれほど似た事件が起きることなど、ふつうありえない。

正午過ぎ浜松駅に着くと、城戸孝吉や担当する市川、久保両弁護士の出迎えをうけた。市川弁護士の事務所に入り、城戸の手紙に心を動かされて二俣事件を受任する決意を固めたことを話した。幸浦事件については事件の弁護をしていた静岡県弁護士協会会長の依頼があり、弁護団に加わった経緯も説明した。

話は自然と両事件を担当している刑事の赤松完治に及んだ。彼の手にかかれば、どんな難事件でもホシが挙がると言われる魔術師のような警部だ。その赤松とは、幸浦事件の法廷で相まみえているので、その際のやりとりをかいつまんで話した。

赤松は部下に拷問を命じて被疑者をひどい目に遭わせ自白を強要する、などなど。二俣事件では第一審で事件に携わった吉村という刑事が、自白は拷問による強要であり、被疑者は無実であると訴えている。城戸の言葉を直に聞き、改めてこれは冤罪だろうと思った。市川から最高裁への上告について質問があった。

「最高裁判所は、一、二審でたとえ間違った判決が下されたとしても、事実認定そのものについては争えません」

と清瀬は答えた。

「それは伺っていますが、幸浦事件の上告は最高裁に受理されていますし、いかがでしょう？」

「受理はされましたが、いまだに判決はなく見通しは芳しくない。よいですか。最高裁が受理するのは憲法違反がある場合、それから過去の最高裁の判例に違反する裁判が行われたとき、この二点しかありません。幸浦事件が最高裁に受理されたのは、東京高裁の第二審で、わたしらが検察側の矛盾点を厳しく追及した結果だと思いますよ」

そう言うと、三人の目が輝いた。

「ですが二俣事件はまだ何とも言えません」

清瀬は牽制するようにつけたした。

「事件の詳細についてはのちほどご説明させていただきますが、木内郁夫が拷問を受けた事実は敢然とあります」市川が言う。「この一点だけを取っても、受理される可能性はあると思うのですが」

「そうですな。憲法では第三十六条で、拷問は絶対に禁止されておりますから。幸浦事件でも拷問が行われたし、二俣事件では土蔵の中で拷問による取り調べがあったようです。これを最高裁が認定すれば、あるいは受理されるかもしれない」

「そうおっしゃっていただけると、浮かぶ瀬があります。それにしても憲法で拷問の禁止規定があるのは、まことにありがたいことです」

「わたしは戦前から拷問によってできあがった自白調書については、これを認めてはならないと口を酸っぱくして世論を喚起していたのです。これを拷問根絶趣意書としてまとめて、終戦の年の十月、ＧＨＱに乗り込みました」

「ＧＨＱに？」

「なかなか紳士的な対応でしてな。係の者と会わせられて、わたしの趣意書を見せて、『拷問の疑いのある自白はいっさい証拠とすべきでない』と直談判したわけです。どうもこの係の者というのは、民生局のケーディス大佐だったようですが」

「日本国憲法を担当した民政局の課長ではないですか？」

「さよう。のちにアメリカ側から見せられた日本国憲法の草案に、わたしの主張がそっくり載っていたので驚きましたよ。こんな規定があるのは世界広しといえども日本だけです」

「新憲法に関わることまでされたのですか」市川はしばらく言葉を失った。「言い忘れてしまいましたが、このたびの追放解除につきまして、まことに慶賀の至りに存じます」

昨年ようやく公職追放が解除されたのだ。

「仲間も続々と解除されましてね。一時はわたしも政治家を引退しようと思いましたが、いまは思い直して、岸信介さんが結成する日本再建連盟に顧問として参加するつもりでおりますよ」

「あの岸さんの。それはよかったです。その再建連盟というのはどのようなものですか？」

「憲法改正と反共、それから現今の占領体制にもの申すのが綱領になりますな」

「憲法改正ですか？」

「新憲法は日本国民に主権がないときに占領軍によって作られました。いずれは改憲しなければなりません。ちなみに日米講和条約が締結されましたが、ご当地の評判はいかがですか？」

「朝鮮の動乱もあって仕方ないとは思いますが、相変わらず米軍基地が幅をきかせる世の中は、締結前と少しも変わっていないような気がします」

「それはわたしも同感ですな。沖縄も信託統治になるようですから」

三人には遠い話になったようで、しばらく清瀬の顔を見つめてから、久保が口を開いた。

「先生はすでに二十年以上の政治家としてのご経験がおありですから、政界に復帰していただければ、今回の事件についても大いにプラスになるだろうと思います」

「そうなればよいのですが」

「それから、申し上げにくいのですが」市川が思い出したように続ける。「木内一家は経済的な困窮がございまして、弁護費用の捻出は難しいようなのですが」

「それは城戸さんから伺っていますよ」

電話で話し合っているのだ。

「是非ともお願い申し上げます」

城戸が深々と頭を垂れた。

「いずれにしろ書面での審査になりますから、これを上手に書かなければいけませんな」

「そのとおりです」

「近いうちにわたしがまとめて、最高裁まで足を運びましょう」

「お願いいたします」

市川と久保が声をそろえてお辞儀をした。

「では、二俣に参りましょうか」

清瀬は言い、その場でコートを羽織った。

実際にこの目で土蔵を見てみたかった。

電車とバスを乗り継ぎ二俣に着いたのは、午後三時半だった。西町の片桐家は事件発生時のままの状態で残っていた。二俣警察署の裏手に回って拷問が行われた土蔵を見た。その晩は二俣の宿に泊まり、翌日も朝から検証をして浜松に戻った。木内郁夫の両親と会い、郁夫について聞いた。ますます冤罪事件であると確信した。被告もその親も、思いもかけない地獄に落とされた。人権擁護を天職とする自分が引き受けなければ誰が弁護できるか。強い公憤を覚えながら、清瀬は来たるべき裁判を頭に描いた。


上告趣意書を最高裁判所に提出したのは二月末。第二小法廷預かりで、五人の判事が担当するとされた。上告が受理され、安堵したのも束の間、城戸から幸浦事件について、驚くような証言を得たという連絡が入った。さっそく浜松に出向き、城戸や担当弁護士とともに現地入りした。見聞した証言は裁判を根底から覆すものだったが、いまは最高裁の判断を待つしかなかった。被告側に有利な判決が出るとすれば、地裁または高裁への差し戻しを命ずるものであると思われたが、予断は許されなかった。

けっきょく岸新党には加入せず、清瀬は保守中道の改進党へ入党した。そこでの党務関係の仕事が日ごとに増えた。日課にしていた靖国神社への散歩も滞りがちになった。法律事務所にも企業関係者の訪問が絶えず、特許関係の係争の調停なども忙しかった。そうしたなか、十月の衆議院選挙で、清瀬は改進党、兵庫県四区から出馬し、最高点で当選した。

明けて二十八年一月には改進党の幹事長に就任したものの、二月、吉田茂（よしだしげる）のバカヤロー発言があり、ただちに解散総選挙が行われた。幹事長職が忙しくて、自分の選挙活動にあてる時間はなく、はじめて落選の憂き目に遭った。しばらく幹事長職を続けていたこともあり、党務活動は多忙を極めた。法律顧問先の企業からの相談も相変わらず受けていた。仕事が山積みになっていた十一月十五日、最高裁判所から事務所宛に通知が届いた。開けてみると幸浦事件ではなく、二俣事件の裁判期日の通知だった。期日は十一月二十七日となっているではないか。やはり世間を騒がせている事件だけに、急いだとしか思えなかった。

いざ、判決日を迎えた。晴れ渡った気持ちのいい天気だった。午前十時半、市川、久保両弁護士とともに着いた。開廷して五分も経たないうちに、主文の申し渡しがあった。

「第一審判決及び原判決を破棄する。本件を静岡地方裁判所に差し戻す」

横にいるふたりはぽかんとしている。

「……職権により調査するに、本件第一審裁判所は……」

判事が理由を述べはじめた。意外にも、犯行現場にあった柱時計のガラスのふたが俎上にのせられた。これについて被告人の供述には真実性がなく、犯人と断定できない、というではないか。被告人の服についた血痕も不確かで、現場に残された足跡も、被告のものであるか疑わしい、と。事実認定そのものを問題視する内容が延々と続き、拷問のあるなしについては、一言も触れない。最後に刑事訴訟法第四百十一条を持ち出したので、首をひねった。

「……判決に影響を及ぼすべき重大な事実の誤認がある場合、原判決を破棄しなければ、著しく正義に反すると認められる……」

平坦な発声の中で、そこは力がこもった。

予想だにしなかった判決の流れに戸惑った。しかし、大筋からすれば、最高裁はただ書類を読んだだけで、柱時計のガラスがなかったことを警察が知っていたのではないか、という強い疑念を持つに至った。最高裁は、ことのほか、よい流れを作ってくれている、と感謝の念が湧いた。

最高裁からの帰路、地元のふたりの弁護士に、九段(くだん)の清瀬法律事務所に寄ってもらった。判決書を前にして、

「ここまで論点が絞り込まれていたら、勝てますよ」

と市川が勢い込んで口を開いた。

二審から弁護に加わった市川は、甲府(こうふ)出身のクリスチャン。高い教養の持ち主だ。第一審から弁護についている久保も、真剣そのもので頼もしかった。

「相手はしぶとい。赤松刑事ですから」

清瀬は赤松の名を出した。

「去年の四月、日本弁護士連合会が、二俣事件に関して、人権蹂躙（じんけんじゅうりん）の疑いがあると最高裁に申し入れをしています」

市川が言った。

「連合会の話も聞くべきだが、地裁ですぐ差し戻し審がある。早く準備しないと」

「はい……」

「まだまだ準備が足りない。血液や解剖結果の再鑑定をしてもらったほうがいい。古畑（ふるはた）博士あたりができればいいが」

「下山（しもやま）事件の？」

古畑種基（たねもと）（実名）は東大の法医学の権威だ。昭和二十四年に起きた下山国鉄総裁の変死事件を担当した。死後轢断（れきだん）と鑑定し、他殺が有力となったのだ。

「裁判所にお願いしてみましょう。時間があまりない。現場を見たいし関係者の話も聞きたい。今月中に現地に伺います」

「ありがたいです。是非お願いします」

ふたりは、深々と頭を下げた。

「木内郁夫くんからも、十分に話を聞かないといけない。これまで法廷に立った人以外で、もっと木内くんに身近な証人がほしいですな。現場検証も必要不可欠です。当時の二俣警察署や土蔵、事件現場、そのほか公判に出たあらゆる場所」

「心得ました」市川が、しきりとうなずく。「これから、すぐに当たってみます」

「そうしてください。こちらも急いで、準備しよう。謄写(とうしゃ)費用はいくらかかってもいいから、資料をすべて用意していただきたい。日本中が注目している裁判だ。心してかかりましょう」

差し戻し審まで半年もない。すべてを見直し、検察側の弱点を見つけなければならなかった。道のりは険しく、乗り越えるべき壁はあまりに高い。しかし、司法の手により誤って死刑にされようとしている無辜の人間を、なんとしても救い出さねばならなかった。

3

静岡地方裁判所第一号法廷で第一回差し戻し審が行われたのは、それから三ヶ月後の昭和二十九年三月五日。小雨の降る寒い日だった。五列横十席の傍聴席は満席だった。警察関係者と新聞記者、最前列には木内郁夫の両親が、固唾を呑んで見守っている。城戸や殺害された片桐光利の兄で、吉村から犯人呼ばわりされた永田の姿もあった。

廷吏に連れられて、木内郁夫が柵で囲まれた証言台に立たされた。髪をきれいに分け、薄茶のジャンパーにねずみ色のズボン、黒足袋に下駄履きという姿だった。先月、清瀬が静岡刑務所で会ったときより、少しふっくらした顔だ。清瀬は弁論の要点だけ記したメモを流し目で見た。一から十まで書き込んだ弁論書を口にするのでは迫力が出ないので、用意するのはメモだけだ。清瀬自身、落選中の身で、裁判に集中できるのは、それはそれでありがたかった。

丸岡(まるおか)裁判長による人定尋問のあと、担当する郡司(ぐんじ)検事が厳しい表情で起訴容疑を読み上げ、罪状認否に移った。

「ぜんぶ、間違っています。わたしはそのようなことをしていません」

はっきりとよく通る声で木内郁夫が言った。

郡司は細身の腰に手を当て、淡々とした口調で冒頭陳述を行った。

「被告は昭和二十五年一月六日夜八時半頃、片桐光利方へ窃盗の目的で侵入、主人光利とその妻、民子、そして、長女の久恵、二女里子を殺害し、現金二千円を強奪したものである……」

被告席についた木内の表情が青ざめていく。

事件の説明をいったん止めて、郡司は裁判長を睨みつけた。

「さて、昨年最高裁から下された判決についてであります」

いよいよ来るか、と清瀬は弁護人席で身構えた。

「最高裁は、犯行現場にあった柱時計のガラスのふたに関する被告人の供述、ならびに被告人の着衣についていた血痕、そして現場に残された足跡など、これらすべてに真実性がなく、重大な事実誤認があると判断している」声が上ずる。「これはわれわれから見て、独断的な判決であるのは明白でありまして、法的見地から見ても、また事実認定の上からも絶対に承服できない」

最高裁の判決を踏みにじるような冒頭陳述に、清瀬は呆れた。傍聴席から息を呑む声が聞こえた。郡司は視線を被告人席に移した。

「被告人が真犯人であるのは間違いない。その理由として、まず第一に被告のジャンパーやハンカチには被告の血液型であるA型以外の血が付着しており、さらにガラス板に採取した足跡が、被告人の運動靴と似ている。そしていちばん肝要なのは、犯行の最初から最後まで、真犯人でなければ供述しえない事実を被告自身が述べていることであります。たとえば短刀の柄が短かったなど、本人が申しているのです」

そこまで言って、郡司はまた書類に目をやった。

「犯行に及んだのち、着衣にほとんど返り血を浴びていないのは、科学的にはまったく不可能ではない。また、被告人は縷々、拷問を受けたと言っているが、警察署の状況から見て、そのようなことは考えられません。以上であります」

全面的に争う姿勢を見せるのは予想していた。相当な覚悟がいると気を引き締めた。丸岡から冒頭陳述を促されたので、ゆっくり清瀬は腰を上げた。

「裁判長ならびに裁判官各位。起訴状記載の公訴事実、これを支持するために提出せられたる諸証拠に対し、被告より防御方法を提出する時期に相成りました。その前に、昨年出た最高裁判所の判決についてであります。これを検察側は一顧だにしない。裁判史上、これはゆゆしき事態であると言ってはばかりませんが、これについて検察は態度を改める気のありやなしや。まず、お伺いしなければならない」

冒頭陳述からいきなり議論をふっかけられるとは、夢にも思っていなかったらしい。郡司があたふたと席を立った。

「お答えしましょう。最高裁は現物の証拠をなにひとつ見ていないし、現場も同様被告人の話も聞いていない。さらに法律の解釈適用についても、まったく現行の刑法を無視している。ただ書面のみにより下した判決であるのは明白で、まったく承服できないと申しているのであります」

声には悲痛なものがにじんでいた。

「審理は書面だけで十分だったのではないですか?」

軽い調子で清瀬が声をかけると、郡司のまなじりがつり上がった。

「よいですか、弁護人。最高裁は事実審を行わずに、記録審だけにより判決をなしたものである。これはまったくの型破りで、到底承服できるものではない。この点……」

早口でまくし立てたので丸岡がそれを制し、清瀬に冒頭陳述を続けるように申し渡した。

「ありがとうございます」清瀬は言った。「ではまず第一に、ガラス板に残された足跡は、被告人のものとは大きさが異なる。第二に被告は返り血を浴びていない。第三、取り調べにおいて、拷問等、相当な圧力が加えられた事実がある。これらについて、立証していく所存であります」

射るような郡司の視線を感じながら、清瀬は落ち着いて腰を下ろした。

郡司は丸岡から証拠類の提出について訊かれ、あわてて書類に目を落とした。三ヶ所の現場検証を要請し、書証に二通、証人として、当時、事件を担当した現浦和地方検察庁の原口検事、同じく、現北田方（きただがた）地区警察署の赤松完治をはじめとする十四人の証人、事件当時の新聞報道八十通を証拠申請した。そのあと弁護側から、二俣警察署など、五ヶ所の現場検証を申請し、木内以外に拷問を受けた笠原ほか二名、そして木内の父親など、合計九名の証人申請が行われた。最後に裁判所から、東大医学部の古畑種基博士に被害者四人の死亡時刻の再鑑定を依頼する旨の言い渡しがあり、午後三時四十分に閉廷した。次回公判は四月二十三日から二日間、連続して行われることになった。

四月二十三日は寒が戻り、よく晴れた日になった。傍聴席には木内郁夫の両親をはじめとする関係者がそろい、離れた席では、国警の静岡県警察部長や刑事部長も顔を見せていた。検事席には、前回いなかった検事正までいる。午前十時の開廷とともに、木内郁夫が廷吏に導かれて被告人席に着いた。冒頭、死亡時刻に関する古畑鑑定が朗読され、そのあと控え室から赤松完治が現れて証人席に立った。いまの所属は北田方地区警察署で、去年警部に昇任した、と自己紹介する。その顔を見ながら、清瀬は席を立った。まず木内郁夫の取り調べは誰が担当したのか訊いた。

「堤巡査部長と中尾巡査が担当して、わたしに協力しました」

そう赤松は答えた。

「調書を取る者以外に、被告を自白させる係がありましたか？」

清瀬の質問に、赤松は怪訝そうな顔で、

「立ち会いの警察官はいるが」

と応えた。

「取り調べは調書を取る係と被告を自白させる係に分かれていた。自白させる係を『割り方』と呼ぶようだが、黙秘権を持っている被告の口を割らすというのは、自白強要ではないか？」

予期していなかったらしく、赤松の頭がぐらっと揺れた。

「まったく、そうではない」

「どこの警察でも取調官が調書を書くのではないか？　別々とするなら、新憲法や人権擁護の立場からも大いに問題がある」

早々の批判に、冷え切った法廷に緊張が走った。赤松は顔をしかめたまま、言葉を発しない。

「二俣事件の捜査は、貴下の責任で行われたのですか？」

清瀬は話題を変えた。

「捜査会議の結果、わたしが全責任を持つようになりました」

「当時、捜査を指揮した静岡地検浜松支部の原口検事は、東京の弁護士連合会の人権擁護委員会による調査のとき、被告の取り調べに当たって、警察の土蔵で怒鳴ったりしたことを認めたようだが」

「弁護人、質問の意図するところは何か？」

郡司検事が口をはさんだ。

「発言中である」それをはねつけて、清瀬は続ける。「土蔵に押し込めて、数名の警官が怒鳴った事実があるとすれば問題である」

赤松は首を何度も横に振り、

「裁判長。いまの尋問は今後の裁判の進行上、大変に問題がある。認められない」

「わたしはただ、事実を申し述べているだけです」

「そんなことはない」赤松は清瀬を睨みつけ、気色ばんだ。「だいいち、原口検事はそんなことを肯定していない」

「そう興奮してもらっては困る。証人は、非常に取り調べが上手だと吉村元刑事も感心している。そちらは肯定しますか？」

「捜査を顧みて、木内を検挙したことは、自分はまったく正しいと確信している」

赤松は戸惑い、答えをはぐらかした。

「土蔵に電灯を引いたのは何日頃か？」

「そんなものは知らない。電灯がいるほど、遅い時刻まで取り調べはやらないものです。だいいち、わたしは土蔵などに入ったことはありません。外から覗いただけです」

「三十名近い被疑者を取り調べているが、土蔵の中で調べたのは誰か？」

「木内被告のみで、それ以外は当直室か、北磐田地区署で調べました」

「被告の調書は誰に取らせたのか？」

「堤と中尾に取らせて、他に二、三名が協力したはずです」

「二月二十四日には三つの調書ができあがっているが、これはどういうことですか？」

「それは知りません」

「堤、中尾以外の警官が調書を取り、第四回以後は小楠巡査が取っているが、これはどういうことか？」

　赤松は肩で息をつき、柵に手をあてがった。

「取り調べの警察官が引き続いてやると批判が出るから、任意性を確保するために白紙の警察官に取らせたわけです」

「その白紙の警察官というのは、取り調べに立ち会っていないのか？」

「立ち会っていない」

「では、どのように調書を取るのか？」

「すでに自供している中身を書くだけです」

「どうもわからん」清瀬は一拍おいて、続ける。「木内被告に対して、『取り調べで答えないと、おまえの不利益になる』と言ったのはどういうわけか？」

「取調官が代わるから、言わざるをえないでしょう」

「被告が自供したという二月二十七日に、木内を調べた記録はあるか？」

「記録はない」

「被告が自白しはじめた当時の供述が、記録として残っていないのか？」

「それは自白が素直であったから、翌日、調書を取ってもよいと考えたからだ」

清瀬はしばらく赤松の顔を眺めた。

「なぜかかる大事な自白に調書を取らなかったか、不可解だと断じざるをえない」

赤松は返答につまり、天井を仰いだ。

そのあと現場にあった柱時計について、延々と尋問が行われた。

正午から休憩になり、清瀬は弁護人控え室に入った。弁当を食べ、午後の尋問に備えて市川、久保両弁護士と打ち合わせをしているとき、改進党の松村幹事長から電話が入った。昨日左右社会党と日本自由党から内閣不信任案が提出され、国会は紛糾している。その事態収拾について意見を求められた。清瀬は重光葵(しげみつまもる)改進党総裁と吉田首相の会談をすすめて、電話を切った。

午後からは裁判長による証人尋問に移った。赤松は現場検証や死体解剖の結果、木内被告が犯人であるのは明らかだ、と主張した。尋問には時間がかかり、四時半を過ぎても終わらなかった。

「捜査に当たって拷問したといわれるが、この事実はどうか？」

と丸岡が改めて訊いた。

「そのようなことはありません」赤松が答える。「被告木内が責任を免れるために、そのようなことを言っているだけです」

「単独犯行であるとする理由は？」

「足跡、殺害の傷、物色の面から見て、単独犯と見るほかありません」

「木内被告」丸岡が被告席を見る。「あなたが自供したという二月二十七日の取り調べについて訊きたい。供述書には、このとき中尾巡査と小楠巡査がいたとなっているが、被告のそばには誰かいましたか？」

木内は被告席から腰を上げた。

「中尾巡査が右側に座っていました」はっきりした口調で木内が言う。「その横にいた人に足で蹴飛ばされて、正面にいた人が、わたしの髪の毛をつかんで振り回しました」

傍聴席でどよめきが起きた。

「身柄を静岡地検浜松支部に送られた日を除いて毎日暴行され、拷問が続きました」

ふたたび声を上げた木内を、赤松が振り返った。

「拷問を受けたと言うが、小楠巡査の調書を見てもそのようなことはまったく書かれていません」

と赤松は声を荒らげる。

赤松は退廷させられ、代わって小楠が証人席に入った。まだ若く、大事件の法廷に立つのははじめての経験で、落ち着かない様子だった。現在は東小笠地区署の巡査部長ですと自己紹介し、郡司検事がさっそく尋問をはじめる。

「調書はぜんぶで十一通あるが、どこで、どのように作りましたか？」

「はい、土蔵を改造した二俣警察署の道場で、被告の陳述にもとづいて作成しました」

「そこで、木内被告以外に調べたことはありますか？」

「凶器の関係などで、土地の不良を調べたことはあります」

「証人が木内被告を調べる前に、誰が調べましたか？」

「堤巡査部長と中尾巡査が調べました」

「それまでに、証人は被告が自供していたことを聞いていましたか？　聞いていたとしたら、それは誰から聞きましたか？」

「堤巡査部長と中尾巡査のどちらかから聞きました」

「被告が食事ができなくなるほどの暴行を受け、土蔵の中からうめき声が上がったというが、知っていますか？」

「まったく知りません」

「上司から取り調べに当たって、注意事項はありましたか？」

「幸浦事件では被告が拷問されたと言い出したので、取り調べに当たってはハレ物に触るように細心の注意をすべきだと、赤松警部から訓示されました」

「当時赤松警部は、木内は真犯人だから少しヤキを入れる云々という言葉を洩らした、とありますが、証人は被告を殴ったり、くすぐったり、また食事の時間を十分に与えなかったりしたことはありますか？」

「殴った事実など、絶対にありません」

「警察では取り調べる者と調書を取る者とは別ですか？」

「その通りです」

「誘導でなく、進んで被告が自白したのですか？」

「スラスラと自供しました」

「自白は心から悔悟してのものと思いますか？」

「その通りです」

「公判記録によると、調書の内容は証人が紙と鉛筆を出して、無理に書かせたとある。これについてはどうですか？」

「それは違います。被告は被害者の月命日なので、書かせてくれと申し出ました。そのときの心証は、木内が犯人で間違いないと感じました」

「現場の図面は、被告の自供にもとづいて作成したものですか？」

「そうです。ただ、時計の図面に少し間違いがあります」

「被告は被害者宅のことを詳細に知っていましたか？」

「よく知っていました」

「金の使い道や凶器の入手経路の陳述があとになって食い違っている。これについて証人は追及しましたか？」

「それに限らず、被告は少しでも罪を軽くしたいがために、前述を覆すのだと思います」

「黙秘権の行使について、読み聞かせをしましたか？」

「行いました」

郡司が満足げに着席し、清瀬に尋問が代わった。

「調書を作る係と自白係があるのは、静岡県の慣習となっていますか？」

清瀬がふたたび、取り調べについて訊いた。

「そうなっているようです」

「土蔵の中で被告を調べるのも、静岡県の慣例ですか？」

「えっ」

とっさに救いを求めるような顔で、小楠は傍聴席にいる警察関係者のほうを見た。県警察部長も刑事部長も、顔をそむけた。傍聴席のあちこちで、苦笑する声が洩れる。小楠は返答できない。

清瀬が声をかける。

「一日に調書を三つも取っている日があるが、これは昼か夜か？」

「は？」

清瀬は同じ質問をした。ようやく小楠が我に返った。

「昼に取っております。夜など、やっておりません」

清瀬は笑みを浮かべ、その場で腕を組んだ。

「ならば昼に三つも取ったということですか。証人のように立派な担当官がいるのに、ほかにふたりも、被告の言葉をメモに取る必要があるのですか？」

小楠は困惑し、「意味がわかりませんが」と口にした。

「日本人でありながらわたしの言葉が理解できないのは、これは非常におかしいね」

傍聴席から、忍び笑いがした。

「要するに取り調べの刑事がふたりがかりでメモを取り、さらにはあなたもメモを取り、それを調書に起こす。あまりに煩雑ではないか？」

見えない礫に当たったように小楠が顔をしかめた。必死で何かを考えているようだった。しばらくしてようやく、

「担当の刑事は若いし、分業的にやっただけだと思います」

とひねり出した。

「被告の供述がなんべんも変わっているが」

「それは自分のほうで変えたわけではないです」

ほうほうの体で答える。

「赤松警部は幸浦事件の被告に対して、焼け火箸を首に当てる拷問をした」清瀬は声を高めた。「それを、あなたがたに持ち出して、そのような拷問をするなと言った。これはほんとうか？」

小楠は視線をさまよわせ、

「あくまで、慎重を期せと言われただけであります」

と、どうにか口にした。

法廷に射し込む陽が陰りだした。清瀬の尋問は続き、午後六時にようやく閉廷になった。

4

明くる日も好天だった。午前十時からの公判では前日に引き続いて、小楠の尋問が行われた。一時間ほどで終わり、土蔵で木内郁夫の取り調べをした中尾巡査が証人席に立った。三十三歳になったが、相変わらず表情が乏しく暗い顔つきだった。現在は南駿東地区署の巡査ですと、自

己紹介をすませた。丸岡裁判長がまず土蔵の大きさについて尋ねた。

「十五、六畳くらいの広さだと思います」

　ぼそぼそと答える。

「二階から一階にかけて、光は射し込んでいましたか？」

「その点については、記憶がないです」

「調書を取ったときの机と椅子は、どのようにしていました？」

「調書を取るときは、入り口から正面の場所で、被告を北側に向けて調べました。入り口に背を向かせる格好です」

「被告が自供した二月二十七日、証人は二俣町にいましたか？」

「いたはずですが、どこにいたかは記憶にありません」

「二十七日当日、証人と堤巡査が取り調べた結果、被告が犯行を自白した、となっている。それを知っていますか？」

「知っています」

　丸岡は被告席に目をやった。

「この点、被告はどうですか？」

　いきなり振られたが、木内は落ち着いていた。

「二十七日、土蔵の中で犯行内容を書けと言われました。そのとき、小楠証人が机と紙を持ってきました」

「それは何時頃？」

「留置場へ帰ったら暗かったし、相当遅かったと思います」

丸岡は中尾に視線を移した。

「自供したとき、被告は泣いていたというが、ほんとうですか？」

「一般に犯罪者は、誰でも落ちるときは胸がいっぱいになって、泣き伏してしまいます。被告も肩で息をして泣いておりました」

「そのときははっきり覚えておりません」木内がさえぎるように言った。「暴行を受けて、痛くて泣いていたと思います」

「被告は証人に髪をつかまれて引っ張られたと言っているが、ほんとうですか？」

「そのようなことはしておりません」

中尾がとっさに答えた。

「ではどうして、被告はそのようなことを言うのか？」

「事件そのものを覆すためだと思います」

中尾がたまらない様子で言う。

「ここにいる中尾巡査に足で蹴られたり、髪を引っ張り上げられました」

木内から声をかけられ、中尾は目をつり上げて被告席を振り向いた。

「かりにも殺人の大罪を犯した者です。大事を取り、そのようなことは絶対にいたしません」

「被告の身柄を地検浜松支部に送致するとき、身体検査を行ったが、この理由は何ですか？」

「医師の診断書を作成して、拷問を行わなかったという証明を取るためです」

「裁判長、異議があります」清瀬が立ち上がった。「この身体検査をしたということ自体が、取り調べに当たって暴力を用いたことの反証になります」

中尾がかっと目を見開いた。

「そのようなこと、あるはずないじゃないか」

証人席から出て、つかみかかりそうな勢いだったのであわてて廷吏が止めた。

興奮した中尾と清瀬のやりとりが続き、正午前にようやく終わった。

午後はふたたび、赤松が証言席に立った。

清瀬はメモを一瞥して腰を上げた。本論に入るときだった。

「まず、被告のズボンやジャンパーについた人血についてお伺いしたい。県本部の杉山技官の鑑定によると、Ｂ型らしき血液が付着していたとあるが、先の古畑博士によればＢ型であるとは判定できない、となっている。そもそも人の血液であるかどうかも怪しいと結ばれているが、これについては、どう判断しますか？」

「学者は現場に来ていないから、鑑定は正確ではないはずです」

「被害者夫婦の血液型がＢ型とわかっているから、その線に合うよう技官に鑑定させたのではないですか？」

「そのようなことは、断じてないです」

血液型について、深追いする気はない。

「ついで、供述調書について確認したい」清瀬は続ける。「二十八日の調書によれば、木内被告は一月六日午後八時半頃に片桐方に侵入し、一家が寝ている部屋を物色したところ、戸主の光利が目を覚ましたので、短刀で刺し殺し、続いてその妻民子、そして娘と順に殺害した。九時頃に犯行を終えてから、一時間ほど現場にとどまり、午後十時頃に片桐家を出て、農協の板塀に短刀と手袋を置き、町を歩いて双竜橋の袂から二俣川に下りた。そこで手を洗ってから、吾妻町でラーメン屋台をしている父親の手伝いをした。これで間違いないですか？」

「その通りです」

「事件が起きた直後の報告書では、一月六日午後十一時頃、事件が発生したとなっているが、その後の捜査では、午後八時半頃に発生したと変わっている。起訴状もしかり。どうしてこのように変わったのか？」

「死亡時刻の鑑定をした結果です。被告の供述どおり、八時半頃に起きたのは間違いない」

不機嫌そうに答える。

「警察側の鑑定によれば、主人の片桐光利の死亡時刻は、午後七時二十分から十二時二十分のあいだ。妻民子とふたりの女の子は、午後十一時となっている。しかし、四人が別々の時間帯に殺されたはずがないから犯行時刻はひとつであるはずで、やはり十一時でしょう」

「いや、被告が八時半に侵入したと言っているのだから、犯行時間が十一時であるはずがない」

「あなたは昨日の古畑博士の鑑定は聞きませんでしたか？」

「聞きましたが」

「博士は四人とも、午後十一時前後に殺されたと鑑定している。なぜ認めないのですか？」

「いま申し上げたとおりです」

「なぜ弁護人は発生時刻にこだわるのか？」

丸岡があいだに入った。

「それは事件の真相に深く関わるからです。犯行時は降雪があり、地面に雪が積もった。犯人はそこに、十一文（二十六・五センチ）の足跡を残しているが、木内の足の大きさは十文（二十四センチ）で大きく食い違っている。これひとつを見ても、被告が犯人でないと言える」

「ガラスで採取した足跡は、時間が経つと大きくなるものなんですよ」

あっけらかんと赤松が答え、傍聴席がざわつく。そのような話は聞いたことがない。

「事件の当夜、隣家の外山八重によると、午後七時五十分頃は月が見えたと言っている。雪が降ったのはそれ以降で、侵入時間とされる午後八時半はまだ雪が積もってはいない。しかし、十一時なら雪が積もり、地面に足跡が残る。これについてはどうか？」

「推測であれこれ申し上げることはできません」

きっぱり否定する。

清瀬はメモに目をやり、赤松に視線を戻した。

「供述調書には、侵入したときラジオで放送劇をやっていたと書かれているが、これはたしかですか？」

「そう、供述したと思います」

「NHKに尋ねたところ、当夜は第1放送で『ゼエランジャ城の幽霊』という放送劇を放送していた。台湾（たいわん）の城をめぐる攻防の話だが、これを午後八時半から九時十五分まで放送していたとわかりました。しかしながら隣家の外山、大友夫婦によると、薄壁を通じて、片桐家のラジオが、九時の時報を知らせたのを聞いたと証言している。ちなみに、時報は第2放送でのみ流す」清瀬は間を置いて、赤松を睨んだ。「供述はうそではないか？」

「うそなど言うはずがない」

「では取調官が作った話になるが」

「でたらめだ。やめてもらいたい」

赤松は丸岡裁判長を見て、救いを求めた。しかし、丸岡は静観している。

「ちなみにあなたは推定証拠という捜査手法を重んじているというが、どのようなものですか？」

「現今の凶悪犯による事件はほとんどが完全犯罪で、証拠がない場合が多いから、現場観察を鋭くして、合理的推理に邁進する捜査が何より大事なわけです」

「現行の新刑訴法は証拠第一主義を取り、現場鑑識が何より重要のはずですが、それとは別の捜査方法ですか？」

「いや、より合理的に推理を働かせるのが重要だと申し上げておきます」

とうとう馬脚を露しはじめたと清瀬は思った。

「よくわからないが、まあいいでしょう。一月七日の午前八時、あなたは片桐家に到着して、ただちに現場検証を行った。それでよいですね？」

清瀬は丁寧な口調で訊いた。

「その通りです」

「犯行が行われた六畳間の北側の柱に、柱時計が掛かっていた。ご存じですか？」

「知っています」

「どのような時計ですか？」

「愛知時計の丸形の柱時計です」

「柱時計はそのとき、どういう状態でしたか？」

「右に傾いて、十一時二分を指して針が止まっていましたが……」

清瀬の質問の意図がわからず、困惑気味に答えた。

「柱時計は畳から百七十センチほどのところに掛かっていて、その左側の壁には棚があって、ラジオとサカキ立てが置かれていた。ラジオは斜め左を向き、サカキ立ても倒れていた。柱の根元にはタンスの引き出しが積み重ねられて、その引き出しの上の部分に、飛散した血液が付着している。柱時計にも同様に血液が付いている。片桐夫婦のどちらが先に殺されたかは別にして、片方が刺されているあいだに、もう片方が目を覚まさないはずがない。このとき相当な騒動が起きたと考えるのが当然です。これらから見て、犯行は十一時二分に行われたのではないかと思われます。これについてはどうか？」

赤松はようやく合点がいったふうに軽くうなずき、おもむろに口を開いた。

「それは被告人のトリックでありますから。被告人は犯行時間をごまかすために針を操作したわけですよ」

「具体的には、どのように？」

赤松はため息をつき、

「調書に詳しく書いてありますが……申しましょう。被告木内は事件の数年前、『パレットナイフの殺人』という映画を見ている。この中で犯人は人を殺したとき、被害者の腕時計の針を回して、犯行時間の偽装を行った。これにヒントを得て被告は現場の柱時計の長針を、二回まわして、十一時二分のところで止めたわけです」

「なかなか手がこんでいる。なぜ被告はそのような偽装をする必要があったのか？」

　赤松は呆れたふうに、

「ですから自分のアリバイを作るためですよ」

「午後十一時頃、被告は何をしていましたか？」

「それは本人が供述しているから」

「そうですな」清瀬は分厚い供述調書の写しをめくった。「三月五日に取られた第九回の供述調書には、十時過ぎにすぐ近くの吾妻町で屋台をしている父親の手伝いをはじめたとある。手伝いをはじめた時刻については、父親も同様の証言をしている。これに間違いはないね？」

「本人もそう供述しているし、間違いない」

「西町の森下麻雀荘の主人は事件当日の午後十一時前、被告がラーメンの出前に来たと証言しているが、これも間違いはないですね？」

「捜査報告書には、そうある」

「では被告は、この時間に出前に行くのをあらかじめ予測していて、偽装したというのか？」

「まあ……」

　雲行きが怪しくなり、赤松は証言台に寄りかかるように言葉を濁す。

「そもそも警察は、被告人が時計をまわしたのをどのように知ったのか？」

「本人が自供したんだ」

　赤松が吐き捨てるように言った。

「被告は、どうやって針をまわしたのですか?」

「文字盤のガラスがはまっていなかったから、まわせたようです」

「ガラスがはまっていないのを、証人は知っていたのか?」

「被告が供述するまで、わたしも含めて捜査員は知らなかったんですよ」

「よろしい、ここですな」清瀬は同じ供述調書の写しを一枚めくった。「被告はこのように供述している。『そのとき、わたしはラジオのすぐ横の柱に掛かっていた丸形の柱時計の長針を、人差し指で二回まわして時計を止めました。そのときには文字盤の覆いのガラスは、はまっていなかったと思います』と」清瀬は赤松を見る。「この供述のときに、はじめて知ったわけだ」

「その通り」

胸を張る。

「一月七日の現場検証のとき、柱時計は調べなかったのかな?」

「調べたはずです」

「当日写真も撮られたが、このときガラスがはまっていないのに気づかなかったですか?」

「暗いところにあったから、気づかなかったんです。撮られた写真もハレーションを起こして、文字盤がぼやけていたし。だいいち当日は鑑識ではなく、素人が撮りましたから」

「柱時計に血液が付着していたのはわかったが、ガラスがないのに気づかなかったというのは奇妙ですな。ガラスがなかった理由は、ご存じかな?」

「被害者の息子らが梅雨の時期に部屋の中でキャッチボールをして、誤って割ってしまったと述べている」

「それではじめて警察は、柱時計にガラスがはまっていないとわかったわけですか?」

「そうです。被告は部屋の様子を詳細に書いており、犯人に間違いない」

「ちなみに一月二十八日にも、現場検証が行われて、柱時計の写真が撮られている」清瀬は検事から借りた柱時計の写真を赤松に見せた。「この写真だが見覚えはあるか?」

赤松は目を細めてじっと覗きこみ、

「知っている」

と低い声で言った。

「これは柱に掛けて撮ったのか? それとも下に降ろして撮ったのか?」

「下に降ろして、背面と側面から撮影したはずだ」

「直径は四十センチとなっているが、どうやって測ったのか?」

「巻き尺を使った」

「この日、巻き尺で直径を測ったり、正面から横、裏に至るまで写真撮影した。このとき文字盤にガラスがはまっていないのに、どうして気づかなかったのか?」

それまでの昂然とした態度は失せていた。赤松は目を合わせようとせず、うなだれたまま答えられなかった。広い額に脂汗が浮いていた。

「……ガラスは当然あるとばかり思い込んでいたが……」ようやく、そうつぶやいた。「先入観というか、そういうものが……」

言葉尻がすぼんでいく。

「時計を二時間分先送りしたというのは、あなた方の作り話ではないか?」

清瀬の問いかけに、赤松は目をしばたたいた。

「警察は当初、事件発生は午後十一時頃と見ていた」清瀬がたたみかける。「しかし捜査が進んで、十一時前後には、被告が麻雀店に出前に行っていたという複数の証言が出た。その証言がたしかなら、十一時二分の犯行などできない。木内郁夫が犯人ではなくなってしまう。それはまずい。どうしても木内が犯人でなくてはならない。だから無理な理屈を用意して、あたかも九時に犯行を行ったという説を作った。あなた方が言う推定証拠ですよ」

「それは……」

「警察は最初からガラスがないことを知っていた。だがそれを知らないことにして、被告の木内郁夫を誘導し、犯人にしか知りえないという調書を作った。それが自白として採用され、最大の証拠になった」

傍聴席が静まりかえった。

赤松は答えなかった。落ち着きなく視線を動かすばかりだった。

5　昭和二十九年七月十二日

風もなく曇天で、二俣町は蒸し暑かった。木内郁夫の自宅がある吾妻町の狭い路地で、判事や検事、そして弁護団が首を長くして待機していた。野次馬の中に城戸孝吉や吉村省吾の姿もあった。午前十一時過ぎ、手錠姿の木内郁夫が警護の警察官とともに現れた。白いワイシャツにグレーのズボン、浅草草履（あさくさぞうり）を履いている。ほんのり頬が紅潮した顔は、四年に及ぶ刑務所生活のやつれを感じさせない。うしろに控える大勢の警察関係者の中には、拷問を加えたという堤巡査部長の顔もある。居並んだ新聞関係者が、いっせいに写真を撮りだした。

丸岡裁判長に声をかけられ、郁夫は四年ぶりに玄関から自宅に入った。郡司検事と弁護団もあとに続いた。上がり間でかしこまっている両親に、清瀬は帽子を取り、黙礼した。手錠姿の郁夫と目線を合わせた母親の晴子が口元に手を当てて、嗚咽を洩らした。父親の和義は目を背けた。

「間取りを確認したいが、当時と変わっているところがあるか？」

丸岡裁判長が郁夫に訊くと、郁夫は、奥まで見渡して、

「変わりありません」

とはっきりした声で答えた。

勝手場や玄関などについても同様に尋ね、郁夫の住んでいた部屋や衣類の収まったタンスなどを、郁夫が示した。案内する声に張りがあった。無罪を証明する機会が与えられたことに意を強くして、希望の色も見える。前回の公判が上首尾に終わり、本人も自信を深めているようだった。

十分ほどで検証をすませ、全員が玄関から出た。晴子のすすり泣く声が聞こえた。

一行は路地を南に進み、表通りにある野中下駄工場の表戸から、中に入った。犯行が行われた一月六日の晩、郁夫が短刀と手袋を拾ったとされる工場だ。

高い位置で明かり取りの窓が取り囲む細長い造りの工場で、三人の職工が忙しげに下駄を作っていた。暑いので清瀬は上着を脱いだ。新聞記者も遠慮なく入ってきた。丸岡が肘当てを巻いた工場主の野中に、犯行に使われた短刀と手袋が置かれていたという工場の床下を見せてもらいたいと申し出た。野中は困惑げに一行を表戸に案内して、そこにある渡り板を示した。

「ご覧の通り、いまはどうにか板の下から床下に潜り込めるかもしれないけど、事件当時は猫でも入れませんでした」

と答えた。

清瀬は心のうちで、笑みを浮かべた。重要なことなので、昨日すでに下調べしてあるのだ。新聞記者が忙しなく写真を撮る。

「工場は今年の三月に改装したんですけど、そのときこのすき間ができました」野中は渡り板の下のわずかな空間を指さして説明した。

「四年前の事件当時は、このすき間はなかったのですか？」

丸岡が尋ねる。

「ないです」

「裁判長」と清瀬は声をかけた。「この工場の出入り口について、被告の供述が途中で変更されていて、別の場所になっています。これこそ誘導による供述であることを証明するものです」

木内郁夫の供述は、あらゆる場面で頻繁に書き換えられていた。この点もそのひとつだ。最初、郁夫は手袋は大正座横の道で拾ったとしていたが、そのあとこの工場の床下に潜り込み、白い布でくるまれた手袋と短刀を入手したと変わっている。

郡司がさっとあいだに入り、

「野中氏のいまの発言は、事件とは無関係です。実地検証から外してもらいたい」と丸岡に詰め寄った。

「郡司検事、うちは工場の改装工事をした業者から、改装前の工場の詳細な図面をもらい受けていますよ」清瀬が答え、丸岡を見る。「この業者を証人として立てるつもりです」

「そんなものはあてにならない」

「では、最高裁判所の判決を思い出していただけませんか。犯行に使われた短刀の柄は、日本楽器でしか使わないマホガニー製であるが、それがどうしてこの工場の床下に置かれていたのか、という疑問に警察は答えていない。それゆえに、被告の供述はまったく架空のものであり、供述そのものの真実性が疑われると言っています」

郡司はぎくりとして、それ以上何も言わなかった。

工場をあとにして県道を渡り、双葉湯に着いた。新聞記者がまた、警官らに引き立てられる郁夫の写真を撮る。木内家のある区画から県道をはさんだ反対側にあり、百メートルと離れていない。となりには大正座があったが、いまは二階建ての立派な郵便局に建て替わっていた。第一審の公判で、郁夫の父親や弟らが、郁夫は事件が起きた一月六日の午後八時半頃、双葉湯に行ったと証言した。それをたしかめるための実地検証だ。

浴場主に事情を訊いたが、ふだんから客が多いので郁夫がその時間に来たのかどうか、まったく覚えていないと言う。外に出ると、待機していた新聞記者に質問攻めにされた。汗を拭きながら郵便局の前を通り、鮮魚店のある角を西に折れた。一行は角から三軒目にある森下麻雀荘に入った。木内郁夫の父親がラーメン屋台を出していた場所から、百メートルほど西だ。主人の森下は大人数の一行に気圧されたようだった。店が小さいので、新聞記者は入ってこられない。

「ご主人、こちらにいる方は知っていますか？」

清瀬は後ろにいる手錠姿の郁夫を紹介した。

森下は、さっとそちらに目を向けた。

「はい、木内郁夫くんです」

「ではご主人。昭和二十五年一月六日の晩ですが、こちらに彼、木内郁夫くんは来ましたか？」

意気込んで訊いた。

「あ、はい。珍しく雪が降ってそれは寒い日でしたから、よく覚えとります。おかもちを持って、ラーメンの出前に来ました」

「それは、何時頃ですか？」

「十時くらいだったと思いますよ」

はじめて聞くことだったので、少しばかり驚いた。

「間違いなく、十時でしたか？」

「そう思いますが……」

主人は清瀬の後ろに控える大勢の関係者を窺いながら、言葉尻を濁した。

「十一時ではなくて、十時に来たのですね？」

丸岡が確認を求めた。

「ちょうど満席になった時刻だったし、そうじゃないかなあと思います」

大変なことだと清瀬は思った。これまで証拠として採用されている木内郁夫の供述調書によれば、一月六日の十時頃、木内郁夫はまだ犯行現場に残っていたのだ。十時といえば、片桐家を出た時間になる。そのあと、二俣川で手を洗い、父親の仕事を手伝うため、ラーメン屋台のある場所まで出向いたとなっている。調書自体がまったくの捏造であることを証明する重大な証言だ。

「郁夫くん、きみはここに十時頃に来たのか？」

不安げな面持ちでやりとりを聞いている郁夫に、清瀬は訊いてみた。

「……あの晩は、そうだったと思います」

微妙な答えだったので、清瀬はそれ以上の質問を控えた。

「ご主人以外に、郁夫くんがここに来た時間を覚えている人はいませんか？」

清瀬は食い下がる。

「当時、店を手伝ってくれる女性がいましたが、いまはおりません。行き先もわからんのです」

麻雀屋を出た。新聞記者には詳しい話はしなかった。郁夫はいったん二俣警察署に連れていかれ、弁護団の三人は、郵便局のとなりにある料理屋でカツ丼を食べた。

「赤松警部は来ないのかね？」

清瀬はふたりの地元の弁護士に尋ねた。

二俣事件の捜査を指揮した張本人がいなければならないのに、堤巡査部長しかいない。

「島田事件の被疑者が逮捕されたし、そっちで手一杯なんじゃないですか」

久保弁護士が、推測を口にした。

四ヶ月前、島田市で起きた幼女誘拐殺人事件だ。

「あまり大勢でいると、ぼろが出るから控えているんですよ」

市川弁護士が付け足す。

午後二時半、二俣事件の現場になった片桐家で、ふたたび関係者と合流した。暑い盛りにもかかわらず、西町の通りは木内郁夫を一目見ようという野次馬で埋まっていた。空き家になっている片桐家には、遺児の片桐紀男や犠牲になった光利の兄の永田が待ち構えていた。まず片桐家の裏手に出て、小さな裏庭を西に歩いた。右手に井戸があり、そのわきに木でできた粗末な祠が、一尺（約三十センチ）ほどの切石の上に載せられていた。木内郁夫の供述調書に、「犯行後、片桐家の裏にある小さな祠につまずき、蹴り倒した」とされている小さな祠だが、いまはきちんと立っている。そこから十メートルほどのところにある、短刀と手袋が置かれていた二俣農協の塀を検証した。塀は当時のままであるという。片桐家に戻る途中、祠の前に汚れた前掛けをつけた大柄な男がいた。「片桐さんの隣家に住んでいる外山うどん屋のご主人、大友久治さんです」と久保弁護士から紹介される。調書にもよく出てくる人物だ。大友は厚い胸を張り祠を向き、

「事件が起きた朝も、このとおり立ってましたよ」

と丸岡が訊く前に、低く重たげな声で言った。

「祠は倒れていなかったのかね？」

丸岡が訊き返した。

「はい。ちょうど、このへんに、筵（むしろ）で囲って解剖してはりましたから、人が動いて、そんときに倒れたんやないかな。なんべんも起こしたのに、そのたんび倒されてしもた」

手振りを入れ、大きな体をゆさゆさ揺すりながら言う姿は、どことなく、気色が悪い。

またしても、有力な反証がでてきたと清瀬は小躍りした。

郁夫がわきで、興味深げに見ている。

「重大な発言ではないですか」清瀬は言った。「警察は被告が逃げるときに倒したという調書を取っているが、実際は倒れていなかった。ほんとうなら警察が証言を捏造したことになります」

警護の警官が、「その辺にしておけ」と大友に声をかける。

清瀬がそれを制止して、大友に訊いた。

「あなたは、いちばん最初に雪の上に残った足跡を見つけた人だね？」

「へえ、わたしです。足跡を見て、うっすら切れ目があるし、横の波形があったように見えたさかい、ゴムの地下足袋やと思うと警察の人に言いました」

事件当時、木内郁夫が履いていたのは運動靴で、地下足袋ではないのだ。

調べれば調べるほど、警察のぼろが出てくる。それに気づいてか、大友が薄笑いを浮かべていた。

「裁判長、素人の目から見た判断は危険きわまりない。いまの証言は削除してもらいたい」

郡司が口をはさんだが、丸岡は答えなかった。

「検事にお伺いしたい」清瀬が言う。「足跡を採取したときは、足跡の上に板ガラスを置いて輪郭を墨でなぞったと聞いているが、間違いないですかな？」

「そのようにしていたと思うが」

「何度も申し上げているが、現場で採取された足跡は、被告の足跡より大きかった。第一審のとき、赤松警部は『雪に残された外郭を写し取っただけで、雪であるため温度と時間の推移によって大きくなったものである』と説明した。しかし、足跡は凍っていた。その上から輪郭をなぞれば、温度と時間で大きくなるなどまったくありえない話ですな」

郡司は顔を背け、警護の警官も郁夫を連れて、横にしりぞいた。

供述調書どおりの順番で、片桐家の裏口から中に入った。

土間に坊主頭の片桐紀男がいた。中学校の校章が入った白いシャツにメガネをかけた、おとなしそうな男の子だった。中学三年生になったはずで、生き残った三人兄弟のいちばん上の子だ。遅れて入ってきた木内郁夫と紀男の目が合った。その場にいた全員が言葉を呑んだ。紀男に変化はなかった。郁夫が先に目線を外した。裏手から新聞記者が、フラッシュを焚いて写真を撮る。暑いので戸は開けっ放しだった。住民たちも大勢いて、好奇の目で覗き込んでいる。ふたりは、しばらくそのままでいたが、丸岡に声をかけられて、紀男が土間から座敷に上がった。警官に腕をつかまれ、郁夫も続いた。検事と弁護団も座敷に入った。犯行現場になった六畳間は、柱の前にタンスの引き出しが積み重ねられていた。問題の柱時計も、壁に立てかけられていた。事件発生以来、永田宅で預かっていたものだ。丸岡が「事件当時は何歳でしたか」と紀男に訊くと「十歳でした」とはっきり答えた。そのあと、事件直後に紀男が見た室内の様子について問いかけた。紀男は「ここに寝ていました」と当時、布団で横になっていた場所を示した。

「血はどのあたりに流れていたかね？」

丸岡が遠慮せずに訊く。

「畳より布団の上に、たくさん流れていました」

「壁にも飛んでいたはずだが、どうだった？」

紀男は天井を見上げて、指さした。

「目を覚ましたとき、あのあたりが赤く染まっていました」

父親の光利が刺されたとき、大変な血しぶきが飛んだのだ。

そのときとなりにいた妻の民子も、目を覚ましたに違いない。逃げようとしてもみ合いになっている最中、柱時計に犯人の手が触れて止まったはずだった。

紀男は、タンスのある壁際に歩み寄り、「このあたりまで飛んでいました」と手振りで示した。

清瀬は壁に立てかけられた柱時計を見た。文字盤のガラスははまっていない。誰が見ても、一目でガラスなどないとわかる。ますます警察の偽計を確信した。ふたりの警官にはさまれて立つ郁夫が、じっと柱時計を見ていた。紀男は郁夫を気にする様子もなく、説明に神経を使っていた。中学生にしては大人びていて、賢そうだった。

清瀬は布団があった枕元のあたりにひざまずいて、

「ここに、紀男くんたちが読んでいた雑誌があったね？」

「はい。『少年』ですが」

清瀬は丸岡を見た。

「捜査の現場見取り図によれば、『少年』の上に、タバコの吸い殻があった。覚えていますか？」

「覚えています」

「紀男くん」清瀬は紀男に声をかけた。「あなたのお父さんはタバコを吸っていたかね？」

「吸っていました」

その答えを聞いて、ふたたび丸岡を向く。

「被害者の片桐光利さんがタバコを吸ったなら、当然灰皿に吸い殻を捨てる。間違っても、雑誌の上なんかに捨てないですよ。火事になったら危ない」

「それがなにか？」

「被告はタバコも酒もたしなみません。雑誌の上のタバコは、真犯人が吸ったものに違いない」

「ただの推測です。反証になりません」

郡司が口をはさむが、丸岡は意に介さず紀男に事件に気がついてからどうしたのかと尋ねた。

「もう驚いて、外に飛び出て伯父の家に走りました。そのあとの記憶は……あまりなくて」

紀男は辛そうな顔でうつむいた。

裏口が騒々しくなっていた。外から住民が「郁夫」と叫んだ。

「犯人のくせに図々しいぞ」

いきなり飛んできた野次に郁夫がびっくりして、ふすまの陰に隠れた。

「黙りなさい」清瀬が一喝すると、住民は静かになった。

永田が柱時計を持ち上げ、柱に掛けられていたあたりに持っていった。

「このあたりでいいかね？」

と丸岡が紀男に尋ねた。

「はい、そこです」

「ほかに血痕はどのあたりにあったか、覚えているかね？」

紀男がタンスを手で示した。

「このあたりにも、飛び散っていたと思います」

続けて、祖母のうめが寝ていた場所を教えてもらう。

うめは事件の翌年亡くなったと、殊勝にも紀男が付け足した。

検事も清瀬も、何も訊くことはなかった。

丸岡が紀男と永田を裏手に連れ出したので、清瀬もあとを追いかけた。

新聞記者や住民らが見守るなかで、丸岡が紀男に、

「つらかったと思うが、ありがとう」と声をかけた。「木内郁夫に言いたいことはあるかね？」

紀男は顔色ひとつ変えず、

「犯人と決まらぬ人を連れて来て、細かなことを訊いたりするのは、どうかなと思います」

その答えを聞いて清瀬は驚いた。

「一日も早く、真犯人が捕まるのを祈っています」

と紀男は続けた。

冤罪を疑われる二俣事件については、新聞などで詳しい報道がされている。それらを日頃から紀男は読んでいて、この場でも冷静を保っているのだ。たいしたものだと思った。紀男と永田は、住民たちに揉まれるようにして去っていった。

やりとりは郁夫の耳にも届いていた。

警官に連れられて裏手に現れた郁夫に、新聞記者のひとりが、

「いまの紀男くんの言葉は聞いたかね？」

と問いかけた。

郁夫は戸惑いながら、「すべては公判で明らかになると思います。一日も早く裁判を望みます」とあらかじめ、清瀬が言い含めておいた返答をした。

午後のいちばん暑い時間帯になっていた。被告が逃げていったとされる場所を確認してから、片桐家をあとにした。

新聞記者を引き連れるように、一行は二十人近くまでふくらんだ。手錠をかけられた郁夫は、

警官に腕を取られることもなく、列の中ほどを単独で歩いていた。供述調書で手を洗ったとされる双竜橋の袂の二俣川に降りて、現場検証をし、そこから百メートルほどのところにある、事件当日郁夫の父親がラーメン屋台を出していた場所も検証した。行く先々で、軒先に出てきた住民たちが好奇の眼差しを郁夫に向ける。現場検証の場所は、二百メートル四方にすっぽり収まるほど狭い範囲に存在していた。

問題になっているかつての二俣警察署に着いたのは、午後四時を回っていた。二俣事件が起きた昭和二十五年、二俣警察署は町警と呼ばれる自治体警察だったが、翌昭和二十六年、住民投票により廃止され、以来、二俣は国警の管轄になった。しかし今年の警察法改正に伴い、ふたたび二俣警察署という名称の署が別の場所に誕生していた。昔と同じ場所に残っている旧二俣警察署の庁舎は、木造二階建て、モルタル造りのがっしりした洋風建築だ。いまは空き家になっているが、拷問が行われた土蔵はそのままの形で残っていた。

一行は旧警察署の一階に入り、現二俣警察署の署長の案内ですべての部屋を見た。途中から、郁夫の取り調べを担当した堤巡査部長が姿を見せた。一階には取調室が三つあり、奥に留置場がある。その先、四方を板塀で囲まれて風が通らない一画に問題の土蔵があった。土台は苔むして、ところどころ漆喰が剝がれ落ちている。窓も閉め切られ、庇のついた入り口の壁は分厚い。暑さにもかかわらず、郁夫は凍りついたような顔で土蔵を見つめている。新聞記者がいっせいに写真を撮りだした。

清瀬が郁夫に寄り添い、「入ってみるかね」と声をかけると、小さくうなずいた。

久保弁護士が踏み石の階段を上り、引き戸を開けた。光の射し込まない中に、土足のまま上がった。外の暑さに比べて、中はひんやりしていた。入ってきた新聞記者があちこちにカメラを向けて、フラッシュを焚くたび中の様子が浮かび上がる。四方の壁はがっしりした木材で覆われ、太い梁(はり)のある低い天井がのしかかるように圧迫してくる。狭い階段を上ったところにある二階の窓が開かれると、かすかな光が届いた。

丸岡が取り調べを受けた位置について、郁夫に問いただす。その横で、堤巡査部長が一言も洩らすまいと聞き耳を立てていた。髪をきちんと刈りそろえ、黒縁メガネをかけたまじめでおとなしそうな顔立ちでとても拷問などするようには見えない。一方の郁夫は拷問を受けたときのことを思い出したらしく、顔をゆがめて答えている。郁夫がここで取り調べを受けたときは、真冬のいちばん寒い時期だった。着るものもろくに着せてもらえず、暖も取れない厳しい冷気の中で朝いちばんに連れ込まれ、夜になるまで出られなかった。こんな穴蔵で一日じゅう取り調べを受けたら、通常の神経では参ってしまうだろう。清瀬は郁夫に、用便はどこでしたのかと問いかけた。

「そこの窓からです」

と郁夫は引きつった声で答え、窓を指した。

郁夫の様子がおかしくなっていた。肩を縮こまらせて小刻みに震えたかと思うと、しくしく泣き出した。哀れに思ったのか、警護の警官が手錠を外した。嗚咽は止まなかった。堤は黙ってそれを見ていた。

「つらかったろう、つらかったな」

その肩を抱いて清瀬は声をかけた。郁夫は短く息を吐きながら、何度もうなずいた。

こんないたいけな青年に暴力を振るった男らへの怒りが清瀬の喉元までこみ上げてきた。目頭が熱くなった。こんなことは決して許されない。いま少しの辛抱だと心の中で語りかけた。

汗で濡れた背中を押して、土蔵の外に出してやった。

警官らに囲まれて、郁夫が旧庁舎に入っていった。土蔵を横手から見ていると、ひとり、ふたりと新聞記者がやって来て、取材を受けた。会見のあいだ、ずっと堤巡査部長がこちらを窺っていた。弁護士を監視する役目でも与えられているのだろう。

「おもしろい事件があってね。聞く気はあるか？」

そう声をかけてみると、大きな歩幅で堤が近寄ってきた。

「昭和二十三年、わたしは戦時中台湾で捕虜になっていた米軍の将官を殴った罪で戦犯にされた日本人中尉の弁護を請け負ってね。彼は戦地で怪我を負い、捕虜の監視の任についていた。そんな彼だが、殴った事実はないので、濡れ衣だと主張するわけだ。そこで、わたしは、アメリカにいる元将官に、殴られたのは、右頬か左頬か、どちらかと問い合わせの手紙を書いた。戻ってきた返事には、『日本人は、右手でわたしの左頬を強打した』と書かれていた。それを訴追官に見せたら、すぐ釈放されたよ。どうしてかわかるか？」

堤は最初、恐縮した顔で聞いていたが、きょとんとした。

答えが見いだせないようだった。

「尋問も現場検証もなく、手紙だけで釈放できたんだ。どうかね、わからないかね？」

「……はあ」

「推定証拠といったか。証拠などなくても、合理的推理捜査を得意とするきみらなら、答えは簡単にわかるはずなんだが」

堤は目をそらし、しきりと頭を掻いた。

「中尉は戦争で右腕を付け根からなくして戦えなくなったから、捕虜の監視の任についていたんだ」

堤は自分の左頬に手をやり、目を泳がせた。

「書面だけでも、真実がわかるときがあるんだ。ましてやこんな穴だらけの調書じゃね」

そう言い残して、清瀬はその場を後にした。

現場検証の場所は、十三ヶ所に上った。すべて回って、宿に着いたのは、午後六時過ぎだった。宿は路地裏にあり、窓を開けても風は入ってこない。二俣は盆地になっているためか、元来風が少ないようである。冷えたビールを用意してもらい、ふたりの弁護士とともに夕食を取った。暑さと疲れのせいで、食欲は湧かなかった。明日の公判の打ち合わせをしていると、盟友となって久しい城戸が、吉村を伴って訪ねてきた。互いにねぎらいの言葉を掛けあい、やはり現場検証をやってよかったと、清瀬はしみじみ思った。吉村が警察による柱時計の時刻の偽装について、おもしろいことを言い出した。

「映画の『パレットナイフの殺人』を郁夫くんが見て、時間を進めるトリックを思いついたと警察は主張していますが、映画の原作は、江戸川乱歩の『心理試験』ですよね」

「そうだったね」

清瀬が答える。

「静岡警察の部内雑誌で、『芙蓉（ふよう）』というのがあるんですが、事件前年の昭和二十四年の五月号に、その江戸川乱歩の『心理試験』そのものが、掲載されているんです」

「ほう、それで警察は『パレットナイフの殺人』を思いついて、偽装に使ったわけか」

「そうではないかと」

「原作の『心理試験』に時間を進ませる時計のトリックはなくて、映画独自のもののはずだよ」

久保弁護士が口をはさんだ。

「吉村さんは、刑事の誰かが、『心理試験』を読んでいて、それが『パレットナイフの殺人』を使うきっかけになったと言いたいわけだろ？」

「その可能性が大いにあると思います」

「なるほど。しかし申し訳ないが、公判には使えないね」

それこそ推量になってしまうからだが、一理ある説だと思った。

それから話題は、幸浦事件になった。

「城戸さんの聞き込みがなかったら、最高裁はわれわれの上申書を受理してくれなかったよ」

行方不明になっていた死体のありかを警察は知っていたが、それを隠して被疑者をその場所に連れてゆき、あたかも被疑者が死体の埋められていた場所を知っていたかのような偽装をし、犯人しか知りえぬ自白をしたとして、それを有力な証拠にした。しかし、警察が偽装工作するのを前もって知り、当日、それを目の当たりにした民間人がいて、その人物を城戸がつきとめたのだ。

「そうかもしれませんが、いつになったら判決が出されるんでしょうか？」

「うん、遅い」

清瀬にしても、まったく予想がつかなかった。

幸浦事件を最高裁へ上告したのは、二俣事件の上告よりも前なのだ。

「明日の公判で、幸浦事件のときの警察による拷問にも触れますか？」

「できれば、そうしたい。ときに、小島事件のほうはどうだね？」

二俣事件と同じ年の五月、静岡県庵原郡で起きた殺人事件で、現在一審の無期懲役判決を不服として、東京高裁で控訴審が行われている。二俣事件と同じように物的証拠はなく、被疑者が取り調べで、罪を認めさせられた供述調書が証拠採用されているのだ。被告は公判では罪を否認し、拷問を受けたと叫んでいる。

「海野先生は、赤松警部による拷問について食い下がってくれていますが、思うにまかせません」

「そうらしいね」

海野普吉（実名）は、最高裁判事や法務大臣への就任要請も蹴り、在野の人権派弁護士として、日本じゅうに名が通っている。いまも、松川事件などの重大事件の弁護についている彼が無報酬で弁護を買って出ており、高裁で赤松と対峙し、声を限りに糾弾する姿が新聞報道で伝えられている。海野は鋭い舌鋒で、赤松の心胆を寒からしめているとも聞く。

しかし、赤松警部の手がけた事件だけに並大抵のことではない。明日の公判では、幸浦、小島両事件の弁護が有利になるような展開に持ち込めればよいがと、ひとしきり思った。

6

翌日も曇った風のない日だった。午前九時から二俣町本町にある簡易裁判所で、非公開の公判が開かれた。建屋は小さく、木内郁夫の父親が待合室にぽつんといるだけだった。傍聴席が十席ほどの小ぶりな法廷で、まず当時捜査に当たった堤巡査部長の証人尋問が行われた。土蔵で取り調べが行われたかどうか、さらに拷問が行われたかどうか、清瀬が問いただした。堤は土蔵で取り調べたのは間違いないが、拷問はしていないといつも通りの応答だった。昼前から午後にかけて、当時警察から拷問を受けた民間人が三人、証言に立った。最初の笠原照夫は「正座している太ももを、刑事がカカトで踏みつけた。その痛みが忘れられない。すきを見て逃げ出したが捕まって、今度は土蔵の中で真冬にもかかわらず裸にされて、拷問を受けた」と詳しく話した。次に証言に立った渡辺久吉は、「二月中旬、有無を言わさず連行されて、顔を殴られ、人殺しを白状しろと脅された。一週間以内に犯人の情報を持ってくれれば微罪は握りつぶしてやると言われて、その通りにしたがやはり逮捕された」と口惜しそうに証言した。

　翌十四日に行われた公判では、それまで名前の出ていない証人が現れた。酷暑にもかかわらず背広姿でネクタイを締めた男は、証人席で「水口義人（みずぐちよしと）、三十歳、東京在住です」と自己紹介し、宣誓をすませた。丁寧に髪をまとめ、目鼻立ちがくっきりしている。

　清瀬が席を立ち「あなたは被告を知っていますか」と尋ねると、「はい、友人です」と答えた。

「昭和二十五年一月、あなたは二俣に帰郷しましたか？」

「はい。お正月の二日に帰り、八日までいました」

「そのあいだ、何をしていましたか？」

「麻雀が好きなので、毎日していました」

「どこでやりましたか？」

「村越麻雀屋などです」

「森下麻雀荘では、やりませんでしたか？」

「やったかもしれません」

「木内被告と麻雀はやりましたか？」

「はい、二回やりました」

「それはいつですか？」

「日にちは思い出せないのですが、一回は雪の降った日だったと思います。わたしが木内くんの家に呼びに行きました」

「その日は、一月六日ですか？」

二俣事件の犯行が行われた日である。

「……そうかもしれないですが」

「異議あり」あわてて郡司検事が席を立った。「もう四年半も前のことで、あいまいな記憶による証言はやめてもらいたい」

「弁護人、どうですか？」

「いいでしょう。ですがわざわざ東京から来ていただいたので、引き続きこの日のことは調査します」

郡司が腹立たしげに、席に着く。

そのあと、二俣事件の被害者の片桐家の隣家、外山うどん屋の大友が証人席に立った。清瀬は、事件当夜の片桐家の様子について尋ねた。

「はい。なんべんも申しとりますが、あの晩は九時前、嫁が自宅のラジオを消して、片桐さん方のラジオの音が聞こえていました。で、九時の時報を聞いてから、寝ついたと記憶しとります」

裁判所なので、横柄な態度は消えていた。

「あなたの家と片桐家は薄い壁があるだけで、物音はほとんど聞こえるらしいですね？」

「よぉ、聞こえます」

「八時半頃、片桐家に賊が押し入って、人を殺したとしたら、どうですか？」

「それはもはっきり聞こえますよ。聞こえへんほうが、おかしいですから」

「お宅の方が寝てしまってからは、どうですか？」

「眠りが深くなれば、少しぐらい音がしても、気がつかへんと思っとります」

だんだん調子に乗ってきた。

「それでは、犯行時間は何時頃になると思いますか？」

「よぉわからんのですが、わたしらが寝たあとっちゅうのは、たしかやと思うとります」

まだしゃべり足りないという感じなので、清瀬はもうよい、と呼びかけた。

検事からの反対尋問はなく、野中下駄工場の改築を手がけた業者が証言に立った。工事前は犬よけの板で塞いであって、人間が床下に入ることはできなかったと述べた。

公判が終わり、清瀬は新聞記者に取り囲まれた。

「この事件は物的証拠がなく、被告の供述が唯一の証拠であるだけに、任意性、真実性が問われ、その材料として土蔵が問題となりました。供述調書を作成するにあたり、一筋の光も通さない土蔵に被告を閉じこめて、不当にその自由を拘束し尋問するというのは、憲法違反も甚だしい限りです」

「土蔵を調べた感想はいかがですか？」

「一審、二審と検証を申請したが、そのたび却下されて、今回はじめて拷問部屋の実態をつぶさに見られたのは、誠に有意義でした」

「供述調書については、どのようにお考えですか？」

「昨日の三人の証言からも明らかとなりましたが、殴る蹴るの暴行が加えられた事実が多く出てきて、それらが暴露されました。供述調書には至る所に不自然な修正が加えられていて、その任意性を疑うのに十分な資料が、数多く出たと思います」

「水口さんの証言は、今後どうされますか？」

「引き続き調査いたしますが、いまの時点でも被告のアリバイは完全に成立しており、検察側の主張を覆す寸前まで漕ぎ着けられたと思っています。被告の無罪を確信しております」

「清瀬さんは幸浦事件でも弁護をされていますが、そちらはいかがですか？」

よく聞いてくれたと思い、清瀬は記者を振り向いた。

「今回の検証と公判により、非常に好影響を及ぼすものと思います。この闘いは木内被告個人の問題ではなく、日本の司法全体の問題として、これからも真剣に取り組んでいく所存です。あらゆる面で弁護側にとって有意義な二日間でした」

熱心にメモを取る記者を見ながら、清瀬は今回の裁判の勝利を確信した。

7　昭和三十一年六月七日

清瀬は前年の二月に行われた衆議院議員総選挙で、議員として復活を果たした。その年の十一月に結成された自由民主党に合流し、第三次鳩山内閣の文部大臣に就任した。日教組の扱いをはじめとして、大学の増設や教育委員会の問題など課題が山積しており、忙しく過ごしていた。

就任四ヶ月目に当たる三月五日、二俣事件の公判が開かれ、検事側は改めて死刑を求刑した。予想していたものの、上京してきた地元のふたりの弁護士とともに、対応策を練った。残された手段は、検事調書の任意性について争うしかないという結論に達した。最高裁が「自白の真実性が疑われる」として認定したのは警察調書であり、検事調書については判断が下されていない。しかしその検事調書は、警察調書の焼き直しに過ぎない。これを突いて、より完璧な無罪判決を導き出すという戦法だ。清瀬自身が弁護に立ちたいのは山々だが、大臣職にあり、地元の弁護士に任せるしかなかった。

そしてこの日、静岡地裁第八号法廷、刑事第一合議部の丸岡裁判長のもとで、再開第一回公判が開かれた。担当検事は三宅に代わっていた。たまたま国会が今週で閉会したため、清瀬は大雨の中、前夜に静岡入りして傍聴席で裁判の行方を見守った。久方ぶりの公判なので、傍聴席は満員だった。関係者も全員そろっていた。裁判長の職権で、当時、事件を担当した検事や捜査員、解剖に当たった医師などが喚問された。まず一審で二俣事件を担当した原口検事が証人席に立った。現在は東京地検の所属です、と原口が自己紹介する。

丸岡が「取り調べに当たってどのような態度で臨んだか」と尋ねた。

原口は硬い表情で、「当時は新刑訴法の施行から間もない頃であり、警察としても慣れておらず、その点検察は警察とは違うと被告には十分に説明いたしました」と答えた。

型通りの答弁に業を煮やすように、市川弁護士が席を立った。

「木内被告は昭和二十五年三月十二日、あなたの最初の取り調べを受けましたが、この晩、夜中の十二時まで行われたと被告は証言しています。これについては相違ないですね？」

「いや、当日は明るいうちに帰しました」

「おかしいな。この日は看守が二名に増やされて、夜中に拘置所に連れ戻され、その際、ふたりが『あの検事は頑張るな』という会話をしたと被告は言っている。夜の十二時まで取り調べを続けたとしたら、まったく違法ですぞ」

原口はひるむ様子がなかった。

「そのようなことは、しておりません」と突っぱねた。

凶器として使われた短刀の柄が短いのを被告が知っていたことが、有罪の決め手になったとする検察の主張はおかしいと、改めて市川が問いただした。こちらも同様に、原口は否定した。

続けて丸岡が問う。

「検事と顔を合わせているときは、自白をひるがえさなかったが、あとになってひるがえしている。はなはだ奇妙だが、これについてはどう思いますか？」

「ひるがえしたこと自体が不審であります」原口が答える。

「検察と警察は違うということを被告には重々説明してあるし、幸浦事件が問題となっていたから、警察調書と検事調書は画然と区別しておりました」

「それでは被告に訊くが、起訴状を受け取ったときに、なぜ検事にぜんぶ違っていると言わなかったのか？」

木内が被告席から立ち上がった。

「そのときは、そう思っていませんでした」

「どういうことで、全面否認をしたのか？」

「最初のうちは検事を信用していなかったのですが、信用してもいいと思うようになって上申書を書きました」

「それはいつ？」

「四月六日か七日だったと思います」

「三月二十一日以降、一度も会っていない検事をどうして信用する気になったのだ？」

「ほかに打ち明ける人もいなかったし、自然にそうなりました」

「上申書を提出したとき、警察から受けた暴力については話したか？」

「すべて話しました」

続いて、三宅検事が尋問する。

「起訴されれば、警察とは縁が切れるから上申書を書く気になったのではないか？」

「そういう気持ちもありました」

「もっと言えば起訴状を見て、否認しても大丈夫と思ったのではないか？」

「それは違います。自然と否認する気持ちが湧いてきたのです」

「待ってもらいたい」市川があいだに入った。「原口検事は被告が拷問を訴えたとき、聞き流すとか、メモに取るとか、どのような態度だったか？」

「積極的に聞いてはくれませんでした」

「いまの被告の言葉がすべてであるように思います」市川は話題を変える。「警察調書によれば被告が凶行後、裏手の軒下づたいに出ていったとされていますが、現場検証の結果、足跡も残さずにそのような逃走をするのは不可能であるとわかりました。この点から見ましても、被告の無実は明らかです」

「いや、被告は〈入〉の足跡を見ながら〈出〉の足跡をつけないように、注意深くそこをたどって逃走したと言っておる」

強い調子で原口が反論した。

「そのようなことは人間技として、できるはずがないと思うが」市川が続ける。「とにかくきょうの尋問で、検察庁における被告の尋問は、警察におけるときと何ら変わっていないのが明らかで、検事調書の任意性についてはきわめて疑わしいという確信を深めることができました」

午後に入り、当時解剖を行った天竜苑の松田医師への尋問、さらに当時、捜査を行った堤巡査部長が証言に立った。

久保弁護士が取り調べの状況について問いただしたが、堤は相変わらず、拷問を否認するだけだった。

翌八日朝九時から、赤松警部の尋問がはじまった。六月にもかかわらず、むっとする暑さだった。証言台に立った赤松は、日焼けか酒焼けか、顔に赤みを帯び、少し痩せて頬骨が尖っていた。

胸を張り、質問に構えるいつもの姿はなく、肩を落としていた。丸岡から階級と所属を訊かれ、

「階級は警部、いまは吉原署所属、吉原駅前派出所の所長です」と力なく答えた。

清瀬は驚いた。去年の夏には御殿場署の次席にまで上り詰めていたはずだが、それが警部のまま、交差点で旗を振る交通整理の警官にまで落とされたとは。

二俣事件で最高裁の差し戻し判決が出たために、県警としてもその責任を取らせる形で、降格どころか、暗に退職を強要しているのだろう。一時は裁判所からもよく克明な捜査をやってくれたと褒められていたが、一方で複数の無辜の人間を、犯人に仕立て上げてきた。それが明らかになりつつあった。当然の人事かもしれないが、それを許してきた県警上層部も同罪だろう。

丸岡が「昭和二十五年一月六日に、犯人が使った手袋を見たか」と尋ねた。

「見ました」と赤松が答える。

「当時は手袋はどんな状態でしたか？」

丁寧な口調で訊く。

「裏返しになっていたと思いますが、よく覚えていません」

「手袋に血はついていたか？」

「そうとう、ついていたと思います」

「血液の検出を、どうしてしなかったのかね？」

「捜査のために捜査官が持ち歩いていたので、すぐにはできませんでした」

「では、その後鑑定したのか？」

「したはずです」

「時期は？」

「かなり遅れて」

「三月十二日までに鑑定を求めなかったのか？」

「当時は杉山技官が凶器の鑑定をしたはずだから、手袋もやっていると思います」

「しかし、手袋の鑑定書は提出されていない。あなたはほんとうのことを言っているのか？」

「はい。なにぶん昔のことですので」

「昔で片づけられては困る。きちんと答えなさい」

「はい……」

以前の自信に満ちた態度は感じられない。

「木内被告の検挙前、彼の履き物の鑑定はしなかったのか？」

「しなかったと思います」

「木内は素足にズック靴を履いていたのか？　それとも靴下を履いていたのか？　靴下に血がついているかどうか、調べなかったのか？」

「調べませんでした」

清瀬は耳を疑った。それがほんとうなら、これまでの裁判での検察の主張は根本から崩れるではないか。

「なぜ、調べなかったのか？」

丸岡がたたみかける。

「当時はルミノール液は、東京にしかなかった」

「しかし、ジャンパーやその他の血液が付着したものを東京に送ったのではないか？」

「それについては、はっきりしません」

「木内被告の供述によれば、現場には靴を脱いで上がったとなっているが」

「言われてみれば、そうしたこともあったかと思います」

「当日は雪の降る日だったし、靴下の鑑定が必要とは思わなかったのか？」

「検挙が遅れたので、そこまで深く考えませんでした」

「実際には、被告の靴や靴下からは血液の採取ができなかったのだね？」

「……はい」

もともと血液などついていなかったのだ。

赤松の声は湿り、気持ちの入らない受け答えに終始する姿に、清瀬は長かった弁護の年月を思い起こしていた。

丸岡から意見を求められた木内は、被告席で立ち上がり、

「赤松警部、あなたの部下は、わたしに拷問や誘導尋問を繰り返した。このことについて、あなたは責任を感じていないのか」と鋭く言い放った。

「わたしの部下に限って、そのようなことはありません」

そのあと市川が、問題になっていた柱時計について、尋問をはじめた。それも終わり、三宅が〈前回通り〉死刑を求刑した。市川が最終弁論を行い、こちらも〈前回通り〉無罪を主張した。

閉廷に当たって、丸岡裁判長は焦点になっていた検事調書の採否については、判決文にその旨を盛り込むことによって明らかにすると述べた。二十九年三月以来、十九回の審理を重ねてきた

差し戻し公判はきょうで終わり、あとは判決を待つだけになった。

三ヶ月後の九月二十日木曜日、判決日を迎えた。昭和二十五年四月に行われた最初の一審の第一回公判から、六年半の年月が経っていた。真夏のように蒸し暑い晴天の日だった。日教組問題でこじれる霞が関から離れて、清瀬も地裁法廷に駆けつけた。注目されている裁判だけに、用意された五十五枚の一般傍聴券はすべてなくなり、法廷は満員になった。

草履を履き、ワイシャツにカーキ色のズボンという出で立ちで現れた郁夫の青白い頬が、報道陣のフラッシュを浴びて、いっそう青白くなった。被告席の真後ろには郁夫の両親が陣取り、城戸、そして永田夫妻もそろっていた。吉村は病気で不在だった。午後一時ぴったりに、丸岡裁判長が判決文を読み上げはじめた。それは一時間半にわたって続いた。

丸岡は拷問という言葉を使わず、直接強制と言い換えた。裁判における被告人の供述や吉村、城戸の証言、拷問を受けた笠原照夫ほかふたりの証言などを総合すると、本件の取り調べについては、直接強制の事実が存在している疑いが残る、と述べた。ことに土蔵での取り調べについては、被告人に対する強制になったものと認定し、被告人の司法警察員に対する自白は強制の下になされたものであるから、この点において任意性を欠くとした。検事調書についても、被告人が警察での強制的取り調べによる萎縮した心理状態を脱していない状態で行われたから、こちらも証拠能力がないと断じた。取り調べ以外のときに、被告が洩らした感想や片言隻句（へんげんせっく）も有罪の有力な証拠としているが、これも強制の疑いのある取り調べの影響下になされたもので、任意性はないと補足した。弁護側の主張をすべて容れた形になった。最後に主文の判決言い渡しがあった。

「窃盗について懲役一年、ただし、執行猶予二年。また住居侵入強盗殺人の点については、証拠と認めるに至る事実はなく、これを無罪とする」

被告席で立っていた郁夫は、一瞬うなだれたかと思うと、嗚咽を洩らした。目から大粒の涙がこぼれ、頭を上げることができなかった。傍聴席はしんと静まりかえった。城戸が満面の笑みを浮かべ、郁夫の両親に言葉をかけている。廷吏に導かれて待合室に入っていく郁夫の後ろ姿を見ながら、清瀬は感謝の念をつぶやいた。

長く苦しい歳月だった。ようやく終わったと思った。熱いものが胸に広がるのを、清瀬は抑えられなかった。この日、晴れて木内郁夫は静岡刑務所から出所した。郁夫は、鉄門を出たその瞬間、にっこりと微笑んだ。待ち構えていた両親と、そのままの表情で、記者たちによる記念写真に納まった。二俣で逮捕されて以来、六年六ヶ月ぶりに自由の身となった。事件が起きた二俣の人々は、翌日の新聞で忘れかけていた事件の被告が無罪であると知らされ、驚愕した。

だが控訴期日最終日の十月三日、検察は控訴した。まさかあるまいと思っていただけに、清瀬の憤慨は収まらなかった。

二俣事件の差し戻し控訴審は、東京高裁第十刑事部、山城（やましろ）裁判長のもとに係属した。この年の十二月、石橋湛山（いしばしたんざん）内閣の成立とともに、清瀬は文部大臣の職を離れた。議員活動のかたわら、ふたたび木内郁夫の弁護団をひきいた。第一回公判は明くる昭和三十二年二月二十二日に行われ、以後、前回と同様、二俣町に出張して精力的に現場検証を行い、地裁浜松支部において、四十三名の証人尋問に当たった。開廷から八ヶ月を経た十月二十四日。第五回公判、最終弁論の日を迎えた。小雨模様の肌寒い日で、清瀬は七十三歳になっていた。

この年、二俣事件以外に冤罪が疑われる事件の裁判が連続した。二月十四日、最高裁で係争中だった幸浦事件の判決言い渡しがあった。二俣事件と同様、判決に影響を及ぼすべき重大な事実誤認の疑いがあり、これを破棄しなければ正義に反するとして、死刑判決を破棄し、東京高裁へ差し戻した。さらに五月には、昭和二十六年、山口県の麻郷村八海で発生した強盗殺人事件、いわゆる八海事件の最高裁の判決があり、こちらも重大な事実誤認があるとして、死刑判決が破棄され、広島高裁に差し戻された。それだけにこの日の最終弁論は、両事件にも大きな影響があるとされ、全国的に注目を浴びた。

午前十時四十分、山城裁判長が開廷を宣言し、清瀬が証拠として事件発生当時の静岡新聞の謄写を提出した。事件発生翌日の報からはじまり、捜査や地裁での裁判の内容、無実を訴えた吉村の発言など、詳細にわたって報道されたものだ。これに対して浅野検事は凶器として使われた短刀の柄が短いのを被告が知っていたことを取り上げ、被告の供述の真実性を物語っていて、拷問などによるものではないと反論した。さらに被告の着衣に血液が付着していたり、現場に残された足跡が被告人のものと似ている等々、これまでと同じ主張を繰り返し、昼休みをはさんでなおも続けた。被告は犯行の細部について、真犯人でなければ供述しえない事実を述べているなど、細かく責め立てて、午後三時過ぎ、ようやく終わった。どれもこれまでの検察の主張の焼き直しだった。疑問をさしはさまない裁判長を見ながら、清瀬はこの日もまた、刑法の規定について感慨を覚えた。

日本において拷問は明治時代に廃止され、ことに警察官や検事が行った場合は犯罪となる。七年以下の懲役または禁錮という重刑が科されるのだ。新憲法では拷問による自白は認められず、刑事訴訟法にも、拷問の事実が証明されなくても、疑いがあるときは自白を証拠として採用してはならないという規定が盛り込まれた。それでもいまに至るまで、拷問は日常的に行われている。裁判官はそれらを承知の上で、連綿と有罪判決を下し続けている。

彼らは頭の中では、拷問自体は悪いことだが、人間というものは拷問を受けたからといってうそを言うとは限らない。そればかりか拷問を受けて、はじめて真実を告白することが多くあるとさえ考えている。だから、拷問によって作られた自白調書も、証拠として立派に通用してきた。そうした風潮は今後も変わらないだろう。

自分の番が回ってきて、清瀬は席を立ち、万感の思いで反駁をはじめた。

これまでの主張を清瀬は陳述し、二時間が過ぎた。公判は五時十五分に終わった。そして二月後の十二月二十六日、判決日を迎えた。

木内郁夫はさっぱり頭を刈り上げ、紺の背広に身を包んで、父親とともに一般傍聴席に座った。開廷後、山城裁判長はまず判決は最高裁判所の判断に拘束されるべきで、差し戻し後の原審を見ても、最高裁の判断を覆すだけの新しい証拠は見いだせず、被告の供述は直接間接に強制力（拷問）の下に行われた疑いがある、と口にした。警察署の土蔵での取り調べなどが、被告の心理状態を萎縮させて、被告が正常な状態で供述していない疑いがあり、自白の任意性も疑われる。このため、原審の判断は正しいと言わなければならない、と続けた。そのあと細部の説明があり、判決の言い渡しが行われた。

「検察の控訴は棄却する」

そのとき、清瀬と傍聴席にいた郁夫と目が合った。すっかり大人びた、その口元に浮かんだ笑みを見て、ひとまず肩の荷が下りたような気がした。

静岡地裁の無罪判決が支持されたものの、清瀬は判決に不服だった。警察調書については、拷問の影響を認めて任意性はないとしたが、検事調書については任意性があると判断されたのだ。しかしすでに最高裁において、検事調書も任意性が疑われており、この判断に拘束されるため、無罪判決は相当であるとしたのだ。やはり裁判官の心情というものは、簡単なことでは覆せないものだと、腹立たしさが募った。

地元二俣の人たちについても、思いがいった。二度目の無罪判決を聞かされるはずだが、警察が悪いのか、それとも法律そのものに不備があるのか、割り切れないものがあるに違いない。

明けて昭和三十三年一月九日、上告申立の期日になったが、東京高検は上告しないという報がもたらされた。これにより、事件発生から満八年を経て、木内郁夫の無罪が確定した。

死刑判決を受けた者が、差し戻しで無罪となったのは、我が国ではじめてのことだった。裁判を通じて清瀬は、ずっと人間性の尊さを主張してきたし、最初から無罪と信じていたのだ。司法というものは、なんと酷いことをするのか。

二俣から浜松に移り住み、パチンコ店の店員になっていた郁夫に、清瀬は電報を打って知らせた。新春の賑わう町に、郁夫が喜び勇んで出かける姿が目に浮かび、清瀬の心に熱いものが広がった。清瀬は七十四歳になっていた。

8

二俣事件と同じ年に起きた小島事件は、昭和三十三年六月、最高裁において原判決が破棄され、東京高裁に差し戻しとなった。明くる三十四年十二月、東京高裁で無罪判決が出て、検察は上告せずに無罪が確定した。一方、昭和三十二年二月、最高裁から東京高裁へ差し戻されていた幸浦事件は、二年後の昭和三十四年二月、とうとう無罪判決が出た。しかし検察は懲りずに、最高裁へ上告した。このため裁判はことさら長引いた。けっきょく最高裁が上告を棄却して、無罪が確定したのは、それから四年後の昭和三十八年七月九日。事件発生から、十五年が経過していた。

三つの事件の捜査を指揮した赤松完治は、自分はずっと正しく、犯人の自白に重きを置いたのは、刑事訴訟法が物証主義に変わって、捜査が困難になったためだと言い続けた。週刊誌では、赤松刑事の三連敗として喧伝され、〈殺しの神様〉から〈拷問王〉へと呼び名が変わった。県警内部でも手のひらを返したように赤松に対する批判が続出し、昭和三十二年の三月、県警でいちばん規模の小さい松崎（まつざき）警察署次席に異動させた。

斗酒なお辞せずと豪語するほどの酒好きだったが、胃を悪くして呑めなくなった。県警幹部による査問会も行われ、日に日に苦しい立場に追い込まれていった。昭和三十三年十二月、蒲原警察署次席に異動した頃には評判は地に落ち、〈静岡に赤松あり〉とされていたのが、〈すべて赤松が悪い〉と様変わりした。世間の好奇の目にさらされ、週刊誌から何度もインタビューを受けるようになり、手記も発表した。その中で、赤松はたびたび、弁護士の清瀬に対する恨みを吐露した。二俣、幸浦、小島の三事件について、被告の犯行を証明する物証がひとつもなく、新憲法下の刑事訴訟法では、そうした物証がない限り、はなはだ被告に有利になる。戦前は物証より状況証拠や容疑者の自白に重点が置かれていたが、新憲法では「何人も自分に不利な証言をする義務はない」とされているから、進んで犯行を自白する犯人はいない、と繰り返している。三十二年間に及ぶ警察官人生で、三百四十八回の表彰を受けたが、いまとなってはむなしく、警察上層部もかばってくれない、と愚痴をこぼし続けた。赤松は、三事件と近い時期に起きた御殿場殺人事件も担当したが、こちらは死刑判決が確定した。絞首刑に処せられた犯人について、自ら冤罪をほのめかすようなことも誌面で語っている。

昭和三十八年一月、県警本部警務課付きになり、同年七月三十一日に退職した。退職二ヶ月後の九月十六日、脳出血でこの世を去っている。五十五歳だった。規定により、勲六等瑞宝章を叙勲された。生前、本人は二俣、幸浦、小島の三事件を解決した功により、昭和二十五年、当時の国家警察長官から授けられたセイコーの腕時計を肌身離さず身につけ、大切にしていた。

昭和二十九年に起きた島田事件は、赤松の部下が捜査を担当し、証拠の捏造や拷問が行われた。二俣事件で問題になった拷問は、土蔵から署長官舎に舞台を移して続けられた。その後発生した丸正事件では、血液検査を名目に血を抜き取るというナチスもどきの拷問も新たに加わった。一度は死刑判決が確定した島田事件では、城戸孝吉が弁護活動に協力し、再審の結果、平成元年二月に無罪が確定して、被告は死刑判決から生還を果たした。

城戸は七十歳手前でストレス性の胃潰瘍(いかいよう)を患い、板金業をやめた。闘病生活は長びき、胃の三分の二を切除し、昭和五十五年、脳梗塞(のうこうそく)で亡くなった。七十八歳だった。警察の不正を許さぬ硬骨漢として正義を貫いた人生だった。

清瀬一郎は昭和三十四年、衆議院議長に就任した。議長は不偏との信念を持ち、所属していた自由民主党をいったん離れた。翌年五月、安保条約の強行採決を主導した。その後も議長を続け、自民党の綱紀粛正調査会長も歴任した。積極的に海外歴訪を行い、昭和四十二年六月、急性肺炎で倒れた。政治家は浴衣がけで旅はできないとして、死の床で正装し息を引き取った。享年八十二。こちらも昭和を代表する理想家肌の法曹政治家だった。

終章　真犯人

1　令和二年六月八日

牧野宅を出たあとも、清瀬の言葉を頭の中で繰り返していた。権力、この場合は警察になるが、たとえ違法なことであっても、彼らがやろうと思えば何でもできる。二俣事件でも、それが行われた。吉村や城戸、そして清瀬の奮闘がなければ、無罪判決は勝ち取れなかった。彼の存在がなければ、すべて闇に葬られていたはずなのだ。七十年経ったいまでも、警察の横暴は続いていたのかもしれなかった。

冤罪が晴れてもすべてが終わるわけではない。木内郁夫のように、無罪判決が出たあとも、人々はあいつが犯人だ、と疑い続ける。そして、闇に消えた真犯人だけが高笑いする。

午後五時。二俣事件当時、赤松が宿泊していた三河屋前の交差点に来ていた。きょう、牧野から聞いた話をもとにすれば、木内郁夫が晴れて無罪放免になる日までの小説は書けるだろう。城戸の存在や、赤松が拷問王と呼ばれるに至った経緯は掘り起こすことができた。しかし、それだけでは足りない。永田犯人説が覆されたいま、真犯人の存在まで行き着けなければ小説として成り立たない。編集者も認めてくれず、本の出版までこぎ着けないだろうと思われた。ともかく、事件について誰かと話したい気分だった。春日堂薬局の主人の顔が浮かんだ。寄ってみようか。

店は開いていて、奥から白髪頭の久保田が顔を見せた。二俣事件の現場検証で、清瀬一郎が二俣を訪れた日のことを久保田も覚えていた。

「野次馬がすごかったよ」久保田が言う。「あんなに暑いのに背広着てた人がいたけど、あれって、弁護士先生たちだったんだろうね」

「そうだと思います。木内郁夫は見ましたか？」

「見た見た。ひとりで歩いてたな。わりと平気に見えたよ」

「片桐家でも現場検証がありましたが、そちらは？」

「人がすごくて、近づけなかったな。あれだけの事件だからね」

「そうでしょうね」

「この前、事件当時、よくうちにクスリを買いに来た警官と会ったよ」

言われて、すぐに呑み込めなかった。

「事件のあと、片桐家の向かいの時計屋によくいた若い刑事だよ」

はっとした。二俣事件のあと、現場近くによく刑事がいたと、以前、久保田から聞いたのだ。

「そうでした。思い出しました。刑事がいたんですね」

「昨日、内山真龍（うちやままたつ）資料館で会ったよ。古い時代の二俣の写真展が開催されていて」

少し驚いた。元警官なら二俣事件について、警察側の情報を持ち合わせているのではないか。

内山真龍は遠州国学の祖と言われる郷土の偉人で、資料館は二俣の北の天竜区大谷にある。

「その方の名前は、なんと仰いますか？」

「わからないんだよ。聞きそびれちゃった」

薬局をあとにして、資料館を訪ねた。館長は留守だったが、女性の嘱託事務員に昨日の来訪者について尋ねてみた。年配の元警察官の人が来たらしいと話すと、「ああ、中里さんですね。お見えになりましたよ」と口にした。

「中里……」

二俣事件が発生したとき、吉村刑事の下で捜査に当たった巡査だろうか。二俣の西鹿島に住んでいるというので紹介してもらった。わたしははやる気持ちを抑えて車を走らせた。中里が二俣事件を担当した刑事なら、当時は二十五歳手前で、いまは九十歳を超えているはずだ。

遠州鉄道西鹿島駅西側の高台にその家はあった。きれいに刈り込まれたマキの生け垣が続く路地奥に、軽自動車が二台停まっている。かなり古そうな家だった。車から降りて、東向きの玄関の前に立った。中里の表札を見ながら、深呼吸して呼び鈴を鳴らした。しばらくして女の人の声がした。鍵のかかっていない引き戸が開き、六十前後の女性が顔を覗かせた。化粧はしておらず、痩せているが、少しはにかんだような口元に温かみが感じられる。

わたしは名乗って、突然の訪問を詫びた。

女性は奥に消え、しばらくして丸顔の老人を連れてきた。茶色のシャツの上に、薄いベストを着ている。猫背気味にそろそろ歩き、メタルフレームのメガネごしにこちらを見た。内山真龍資料館から紹介していただいた安東です、と声をかけると、そうですか、とうなずいた。女性がいなくなり、わたしは二俣生まれの職業作家で、二俣事件について調べています、と口にした。

中里の表情に変わりはなかった。

「どうぞ」

言われるまま靴を脱ぎ、壁を伝うように玄関脇の部屋に入る中里のあとに続いた。座卓に手をついて、中里はゆっくりしゃがんだ。お元気そうですね、と座りながら声をかける。

「あちこち痛むけど、何とかやってます」

しわがれた声で言う。

二俣の川口で生まれて、高校を出るまで過ごし、浜松に住んでいることや市役所に二十年ほど勤めて、いまは作家専業の生活をしていると話した。

「二俣事件ですか」

中里は興味ありげな顔で言った。いまは九十四歳だという。

父親から事件について聞かされたことや、事件現場近くに友人が住んでいたことなどを話した。

「二俣事件のとき、ひょっとしたら中里さんも、捜査に携わっていたのかなと思いまして。急にお訪ねして申し訳ありません」

「やっていたよ」あっさり言った。「わしが、警察に入って二年目だった年ですよ。えらい事件だったなあ」

この人も吉村や河合昇の母親きくゑと同じように、現場を見たのだ。

「捜査は吉村さんとご一緒にされましたか？」

「そうです。立派な先輩でした」

「吉村さんが書かれた手記を読ませていただいたのですが、中里さんは、いかがですか？」

「人づてにいただきましたよ。あの人らしいなと思った」

目をそらし、本の中身について思いをめぐらすようだった。

清瀧寺の元住職や遺族の片桐紀男をはじめとする関係者に会って、詳しい話を聞きました、と付け足した。赤松刑事の行ったことや、裁判の経緯について話すと、そうだったねと、相槌を打ってくれた。赤松刑事の子分ではなかったのが幸いしたようだった。

「事件からかなり後になってですが、中里さんは、よく片桐家の向かいにある時計屋にお見えになっていたと伺ったんですが、いかがですか？」

一瞬、真顔になったが、すぐ元の温和そうな表情に戻った。

「命令もあったしね」

「……どのような？」

「暇なときも、行くようにしてましたよ」

よく、意味がわからなかった。

「昭和二十五年当時は、まだ戦争の続きだったからね」

当時を思い出し、まっすぐ視線を向けて言う。

「浜松の町中で、在日の人たちとヤクザが鉄砲でやり合ったでしょ。まあ、ひどいもんだった。警察にはろくに拳銃もないし、やつらのやりたい放題ですよ」

「昭和二十三年の浜松の乱闘事件ですね。ダンスパーティーの興行でもめて、在日コリアンが暴力団の事務所に拳銃を撃ち込んだのが発端でした」

「その日のうちに、互いの味方がどんどん乗り込んできて、あちこちで銃撃戦ですよ。在日なんか、旋回式機関銃を松菱デパートの屋上に据えて、撃ちまくる。十発にひとつは曳光弾だったからね。警官なんか警棒持ってるだけだから、隠れてるのがせいぜいだった」

牧野をはじめ、当時をよく知る関係者に昭和二十五年のことを問うと、いの一番に出てくる事件だ。吉村の手記にも、事件当時、浜松から天竜に逃げてくるヤクザを捕まえるように指示があったことが書かれている。

「警察にも拳銃はあったんじゃないですか？」

「十丁あるかないかじゃないかな。東海道線を止めて、岐阜から進駐軍を呼んで、ようやく制圧できたけどね」

この事件が契機になり、日本の警察官の武装が進んだのだ。

「それで戦争が続いたというのは、どういうことでしょう？」

「戦争が終わって、おれたちは日本人じゃないから、何したっていいっていう気分なんです。ふつうの市民にもひどいことをするけど、警察は頼りにならないから、ヤクザが代わって守るわけだ。いまだって、浜松のヤクザは市民と持ちつ持たれつですよ」

「この事件で、浜松市民が暴力団に見舞金を贈ったというのは聞いています」

「あの当時、在日が起こした殺人事件が続いていたからね。昭和二十二年の静岡の濱ずし五人殺し、二十三年の浜名郡中瀬(なかせ)の四人殺し、同じ年の幸浦事件も、真犯人は在日の線が濃いから」

「幸浦事件も？」

「四人の死体を紫のひもで結んでいたんだけど、結び方がむこうのやり方で、紫のひもは在日以外に持っていないからね。事件現場近くに、二十戸ほどの在日が住んでいたんだが、事件発生直後に、みないいなくなってる。それから、二十五年の二俣事件だ」

「……お言葉とは思いますが、在日コリアンに対する偏見のような気もしますが」

中里は痩せた体を起こして、わたしを見据えた。

「気持ちはわかるけど、あの時代そういうことが事実としてあったことは、しっかり覚えておかないといけないよ。静岡だけじゃなくて、戦後の十年間は日本中で在日が騒擾(そうじょう)事件を起こしていたからね」

話が脇道にそれていきそうなので、中里が時計屋にいた理由を尋ねた。すると、中里は怪訝そうな表情を見せた。

「そういう風潮があったから、二俣事件が起きてすぐ、二俣に住む素行の悪い在日が目をつけられて引っ張られたんです」

やはり、犯罪と在日コリアンを強引に結びつけているように聞こえる。

「わたしは、現場の隣家のうどん屋の張り込みをしてたけどね」

ぽろっと中里が洩らした。

「……外山うどん屋？」

「そこの主人を」

「たしか、大友久治さん？」

片桐家の隣家の住民で、たびたび重要な証言をした人だ。

「でかい体だったよ。らくだのパンツを穿いて、手ぬぐいぶら下げて、双葉湯に通ってた」

まるで昨日見てきたような口ぶりだった。

「どうして、大友さんを？」

「あなた、河合さんに会ったんでしょ？」

「はい」

「話に出なかった？」

「大友さんについては、特になかったですが」

事件発生直後、近所の人が大勢、片桐家を訪ねたが、その中に大友やその妻の名前は入っていなかった記憶がある。そういえばわたしが真犯人について口にしたとき、河合きくゑと長男の正己が、はぐらかすような態度を取ったのを思い出した。

「近所のことだし、あなたには話せなかったかもしれんね」中里がつぶやく。「被害者の片桐光利さんは酒好きで、いつも近くで呑んじゃあ、河合さんの家に寄って、又一さんと話し込んで帰るんだけどさ。事件の前の晩もやって来た。光利さんが『大友に金を貸してるが返してくれん』と愚痴をこぼしたんだよ。そう言われても、又一さんとしては、『取れんじゃ、困るなあ』くらいしか返せなかったようだけど」

光利と河合又一が仲がよかったのは、妻の河合きくゑから聞いている。しかし、大友が借金をしていたというのは初耳だった。

「それは、誰から聞いた話ですか？」

「又一さん本人から。光利さんの話し相手は、又一さんだけだったみたいだよ」

「借金というと、どれくらい？」

「一万五千円。いまならざっと十万円だ。光利さん、事件の前の年に、日本楽器の佐久良工場をやめて五万円の退職金をもらってるのを大友も知っていたからね。光利さんは人がいいから貸してやったんだけど、大友は博打ですってばかりいたから、返せないでしょ」

「被害者の光利さんの息子さんの紀男さんは、その頃、光利さんが和菓子屋を再開するつもりだったと言っていました」

「そうみたいだね」

店を出すには金がいるから、光利としても返してほしかったのだろう。博打で金をすっている噂も聞いているはずである。

「……その借金を踏み倒すために、大友さんが犯行に及んだということですか？」

中里は、卓に置いた指をしきりと動かした。

「うん。金目当てだ」

「金ですか……」

大友は、それほどの金が残っていないことを知っていたはずだが。

「大友本人も、最初から四人も殺そうと思って入ったわけじゃないと思うよ。出合い頭って言えばいいのか……二俣大火の前まで、外山さんの家は、八重さんがひとりで小料理屋をしていたんですよ。そこに、大友が転がり込んできたんです」

「大阪からですか」

「終戦間際に流れてきてね。あちこちで働いたんですよ。当時、空襲がひどくなって、軍部はトンネルとか、地下に軍需工場を作らせていたんです。浜松にあった砲弾製造工場も移転させることになって、二俣の阿蔵（あぞう）の山にトンネルを掘っていたんです。大きな飯場ができてね。大友もそこで働くようになった」

「それで、大友は八重さんの小料理屋に出入りするようになったわけですね？」

「そうです」

「苗字が違うのは……」

「当時、女しかいない家庭では、戸籍から女は抜けなかったから、結婚しても内縁の妻の形をとった。旧称を使う人は大勢いたよ」

「大友さんの借金がわかったのはいつですか？」

「事件が起きた月に河合又一さんから聞いて、わかったね」

「警察は対応しなかったんですか？」

「一度、呼んで事情聴取しましたよ。でも、大友の態度が態度だった。大阪弁でとうとうとまくしたてる。現場に残された足跡の第一発見者が大友でしょ。事件直後の様子やふだんの片桐家についいて、詳しく警察に話して協力していたしね。取り調べだって、最初から大友のペースだ。疑うどころか、どこにも非がないから、すぐ帰しましたよ。そうこうするうちに、赤松氏があんなふうに木内をやっちゃった」

数百に上る被疑者を取り調べたあげく、赤松が木内郁夫を引致し、犯人に仕立て上げたのは二月の終わり。それ以降、警察としては、ほかの人間を犯人として挙げるわけにはいかなかった。たとえ有力な情報があろうとも。そういうことなのか。

「張り込みをはじめたのは、いつからですか？」

「事件の半年くらいあとだったかな」

「木内郁夫が逮捕されたあと？」

眉根にしわを寄せて、中里がうなずいた。

「ご近所はみな、警察の張り込みを知ってましたよ」

衆人環視のなか、警察による大友の張り込みが行われていたというのか。

「そこまでしたなら、大友本人もわかっていたんじゃないですか？」

「警察もそのつもりでいたからね」

「威圧するための張り込み？」

中里はこっくりとうなずいた。

「また事件を起こされちゃ、まずいでしょ」

木内郁夫逮捕後に、大友がまた事件を起こして捕まれば、二俣事件についても白状しかねない。それは警察としては、何としても阻止しなければならなかったのだろうか。

「どれくらいの期間、監視したんですか？」

「わたしはほかの署に異動になったけど、七、八年くらいだったと思うよ」

「木内郁夫の無罪が確定したあとも？」

中里はまた、うなずいた。

「いまの警察だったら、捜査し直すけどね」

呆れた。たとえ警察が真犯人の情報をつかんでいたとしても、木内郁夫の無罪が確定したあと再捜査を行えば、自らの非を認めたも同然になる。検察もそれは止めただろう。

2

「事件直後、吉村さんとわたしで、いちばん最初に隣家の外山うどん屋へ聞き込みに入ったんだよ」中里が言う。「片桐家とはベニヤ板一枚で隔てられてるだけだから、向こうの様子は丸聞こえだった。で、昨晩の様子を訊いたら、大友は片桐利光が、あんこを煮たり、子どものひとりが夜中に便所に立ったりしたとか、スラスラ答えてくれた。騒ぎになった時刻を訊いたら、『ぼんぼんって、時計が四時を打ちました』って答えたんだよ。片桐家の時計が鳴ったということだ。あとになってよくよく考えてみたら、片桐家の柱時計は、十一時二分で止まっていて、鐘など打てないだろ。どうして大友が四時を打ったなんて答えたのか、想像できるかね」

「時計は正常に動いていたものと勘違いして、四時を打ったと答えたんじゃないですか？」

「そう思うね。犯行の途中で自分が止めてしまったにもかかわらず、ふだんどおり動いていると思っていたわけだ」

「それは、いつ頃気づいたんですか？」

「木内が逮捕されてから」

それでは、意味がなかった。

「大友さんの履き物は調べなかった？」

調べれば、事件で残された足跡と一致する履き物が見つかったのではないか。

「やってない」

やれなかったのだろう。

「吉村さんの手記で、犯人扱いされていた永田さんの奥さんが旅館に泊まっている赤松刑事を訪ねて、賄賂を贈るくだりが書かれています。あれはやはり、永田さんの奥さんが夫を犯人扱いさせないために渡したんでしょうか？」

「永田さんは町長をはじめとして、幅広いつきあいがあったよ。警察関係にも。赤松氏が金で転ぶぐらいの情報は入っていただろう。凶器になった短刀は、どこで手に入れたかわかるかね？」

「いえ」

野中下駄工場の床下で、木内が拾ったことになっている短刀だ。

「吉村さんの捜査で、短刀に彫られていたイニシャルからたどって、それを作った人間が特定されたけど、何といったか……」

「相曽浩二です」

「そうそう。戦時中、日本楽器は軍用機のプロペラを生産していたけど、米軍の艦砲射撃や空襲で、浜松の八幡（はちまん）にある工場は焼失してしまって、工場を二俣の奥にある船明（ふなぎら）に移した。残った八百台の工作機械を使って、プロペラの生産を続けていたんだけど、それも終戦と同時に進駐軍に接収されてしまったんです。光利さんがいたころの佐久良工場は、まだ接収が解かれていなかったから、工場自体は動いていなかった。でも浜松の工場は楽器製造を再開していて、相曽はマホガニー材を使って短刀を自作したけど、紛失してしまった。捨てたのかもしれないけどね。八幡の工場で出た廃材や不要品なんかは、一時的に佐久良に運び込まれていたとわたしは見る。その中に短刀も紛れ込んでいた」

「それを片桐さんが見つけて拾ったということですか？」

「鍋、やかん、そのほか色んなものを近所同士で貸し借りしていた時代です。それがおとなりさんの手に渡ったと考えても不思議はないだろ」

「なるほど」

それはありうる話だ。

真犯人とおぼしい人物を唐突に告白されて、わたしは混乱していた。大友が刑事や清瀬に語ったこと、裁判での発言を思い起こした。近隣の住民で、証言が残っているのは大友しかいない。それだけ、警察も裁判所も正式な発言として認めていたことになる。捜査のやり方をよく心得ていたのだろうか。先手を打つように聞き込みに協力し、裁判で証言した。足跡の形などあえて警察が不利になるようなことも述べて、警察としては遠ざけたい存在にもなった。二俣事件が発生した直後、警察は捜査の網を広げ、多くの人間を疑い、引致して取り調べ、アリバイ捜査にも明け暮れた。まっとうな発言をした大友に関わっている暇などなかったということだろうか。

赤松は二俣事件では気弱な青年を、幸浦事件では障害のある青年を犯人のひとりに仕立て上げ、一度は死刑判決を勝ち取った。たとえ途中で否認したとしても、両名は制御できると判断して、犯人に祭り上げた。しかし大友という人物は並大抵ではいかない。拷問によりむりやり供述させようにも、おとなしく従うとは思えなかった。かりに犯人に仕立て上げたとしても、公判になれば予想もつかない言動を取るに違いない。そう赤松は判断したのではないか。

二俣事件について、中里が伝えたいことはもうないように思えた。赤松刑事について、訊いてみる気も起きなかった。わたしは丁寧に挨拶して、中里家を辞した。

ほどなくして西町のいまは空き地になっている片桐家のあった場所に車を停めた。十メートルほど奥に、黒ずんだコンクリート壁があり、壁の向こうにある民家のうしろに、黄金色の夕日を浴びた城山が控えている。過去に想像を巡らせる。

昭和二十五年当時の片桐家や近隣の地図を、空き地の砕石の上に重ね合わせた。あの頃あった店や民家は、まだほとんどがそのまま残っている。ないのは、空き地になってしまった片桐家とその北隣の外山うどん屋だけだった。

片桐家をはさんで隣り合っていた呉服屋と外山うどん屋は、片桐家よりも奥行きがあった。それらは裏庭でつながり、互いの家を自由に出入りできる。当時は戸に鍵もかけていなかった。

昭和二十五年、寒波による強風が吹き荒れた一月六日の晩。

宵のうちから降り出した雪は、十時を過ぎるころ一センチ近く積もった。大友はその時分、家人が寝静まった自宅から、懐に短刀を忍ばせて、素足に地下足袋を履き、裏口から外に出た。雪の積もっていない軒下を歩き、片桐家の前まで来たところで、大股に一歩踏み出した。雪を踏みしめて、ゆっくり隣家の裏口に近づき、そっと戸を開けた。物音がしないので、土間から勝手場に続く三畳間に上がり、灯りをつけた。六畳間のふすまを開けると、七人がこちらに頭を向けて並んで寝ていた。足音を立てないよう、北側にあるタンスの中を物色した。長くはできなかった。むっくり光利が起き上がった。隣家で寝ている自分の妻に気取られてはならないという思いも手伝い、間髪を入れず襲いかかった。首を何ヶ所か刺した。さほど血も出ないで、あっさり倒れた。しかし、妻の民子が気がついて、布団から抜け出た。今度も容赦しなかった。首のあたりを突き刺し、血が吹き出て、あたりに飛び散った。大友の服にも降りかかった。倒れ込んだ民子の下に次女の里子がいたが、音がしないのでそのままにした。長女の久恵も目を覚ましたので、首を絞めて殺した。

しばらくして、玄関横の小部屋にいる光利の母のうめが声を上げたので、壁を伝って移動した。そのとき、柱時計に血のついた大友の指が触れて、時計が傾き、指紋が残った。うめは夜半になると、民子や光利の力を借りて便所に立つことを大友も知っていた。うめは事件に気がついていない様子なので、光利を装って声をかけ、枕を直してやった。そのあと、タンスや押し入れの中を物色したが、ごくわずかな金があっただけだった。あきらめて、帰ろうと思ったとき、自分の服に血がついているのに気づいて、そこだけ裂いて土間に降りてマッチで火をつけて燃やした。

午前零時近くになっていた。いざ、片桐家を出ようとしたとき、表で夜警のジャラの音が響いたので、犯行現場の六畳間に戻って、待つことにした。自分が手をかけた死体に背を向けるようにしゃがみ、新聞を広げて読んだ。次のジャラの音がするまで、留まろうと考えた。タバコも吸い、雑誌の上に吸い殻を捨てた。

午前二時過ぎ、ジャラの音がして、次男の清が目を覚ますと、新聞を広げた大友の後ろ姿が目に入ったらしく、怖がって泣いた。それからしばらくして、大友は裏口の戸を開けた。雪はやんで、立待月の照る裏庭に自分が入ってきた足跡が見えた。凍りついていていまさら消すこともできず、自分の家に戻った。もうあたりは一面、凍っていたので、どこを歩いても足跡はつかなかった。犯人が外部から侵入してきたと見せかけるため、農協の塀に手袋と短刀を置いたとしても、足跡は残らなかっただろう。とにかく雪が凍るまで、犯行現場に留まっていた。

犯人が〈入〉の足跡しか残さなかった理由はそれだ。

そこまで頭に描いてみたものの、釈然としないものが残った。大友は片桐家にそれほど多くの現金があるとは思っていなかったはずだった。金目当ての犯行ではないのではないか。

わたしは、外山うどん屋の裏口あたりから、コンクリート壁に向かって歩いてみた。祠は大友が言ったように、解剖の際に倒されたのかもしれない。明くる朝は天候が回復して、日が照りつけ、足跡の採取が終わった頃には雪もとけ出していた。駆けつけた警官に、足跡の場所を教えた大友は、すきを見て短刀と手袋を塀に置いたのかもしれなかった。そのときはもう、裏庭には多くの人が入り込んで、ぬかるんだ土にたくさんの足跡がついていたはずだ。

黒ずんだ塀に手をかけて、二俣農協のあったあたりを見た。農協へ続く小路がいまも当時のまま残っている。城山にかかる陽は弱く、夕闇に包まれようとしていた。脳裏に事件発覚直後に新聞に掲載された文章がよみがえった。

警察は農協の捜査で光利が前年の七月、二俣農協に四万円を預金したのち、十月までに十七回引き出していて、残高がないのを確認している。そのあと光利は、事件の起きた一月六日の日中、職業安定所から入金された失業手当の千六百円を農協に引き出しに行っている。寒空のもと、光利が金の入った包みを抱えてこの小路を歩き、裏庭から家に入っていく姿を思い浮かべた。当時はまだ、千円札が市中に流通していなかった。札といえば、百円札か十円札しかない。千六百円なら百円札が十六枚だが、使いやすくするため、そのうちのいくらかを十円札でもらっていたかもしれない。ちょっとした札束になる。それまでも、光利は十七回も農協に通って、同じように金を下ろしている。大事そうに札束を抱えて戻ってくる姿を、大友は何度も目にしているに違いなかった。それを見るたび、大友は光利の家の金がなくなっていく、と思った。いや、店を出すくらいなのだ。光利の家には退職金だけでなく、もっと別の金が眠っているのではないか、と。

わたしは車に戻り、運転席に収まった。目を閉じて、小学校のころの光景を思い浮かべた。城山の麓に、天竜塾という学習塾があった。額の広い黒縁メガネをかけた年配の元教師が、夕方の四時過ぎから小学校の高学年の児童を相手に、算数や理科を教えていた。夏休みの最終日の八月三十一日には、夏休みの宿題の解答を教えてくれるため、親にせがんで通うようになった。

わたしが小学五年生のころ、外山うどん屋は天ぷら屋になっていて、わたしは、塾があるたび立ち寄っては、ひとつ五円だった揚げたてのコロッケを買い求めて、塾に急いだものだった。通りに面して、油の煮え立った大きな鍋の前に立ち、いつも揚げ物をしていた太った男の姿を思い出すことができる。丸太のように太い胴体に、茶色い染みのついた前掛けをかけていた。ゆっくり鍋をかき回す腕も記憶にある。胸元から上にある顔はどうしても思い出せないが、大友久治その人だったのだ。

わたしは息を整えて目を開けた。日が落ちて、城山の稜線をオレンジ色に染めている。車のエンジンをかけ、アクセルを踏み込んで、駐車場をあとにした。

通りは暗くなりかけていた。コウモリが二羽、フロントガラスをかすめるように飛び去っていった。

あとがき

この小説は、赤松（仮名）刑事が起こした二件の不祥事をのぞいて、すべて事実に即している。二俣事件の裁判は長期化して、証人の証言なども、かなり変遷したが、それらについても、そのまま書くように努めた。ただし終章において、わたしが真犯人として扱った人物については、あくまで推量に基づくもので、真犯人であると断定するべき証拠はないことを、お断りしておかなければならない。また、現代の社会通念に照らして不適切な表現もあるが、それらもこの事件を発生させた背景にあるため、あえて書いた。

二俣事件の二年前、昭和二十三年に起きた幸浦事件は、無罪を勝ち取るまでに、十五年という年月を要している。

両事件とも、無罪獲得は、清瀬一郎の並々ならぬ覚悟と努力の賜物にほかならなかった。判事側から見れば、清瀬という当時の時代の大看板の名前に負けたともいえるかもしれない。どちらにせよ、もし清瀬がいなかったら、二俣、幸浦と続いた冤罪事件において、無辜の人々は刑場の露と消え、拷問の事実は歴史の闇に葬り去られていただろう。優秀な弁護士という以上に、知の巨人ともいえる彼なくして、冤罪は晴らせなかったのだ。神の配剤というほかない。

小説を脱稿した明くる日の令和二年十二月二十三日、テレビが意外なニュースを報じた。

長年にわたり係争が続いている袴田事件について、最高裁が再審請求審の審理の差し戻しを、東京高裁に命じたという。わたしは強い既視感を覚えずにはいられなかった。二俣事件を扱った本作の中で、何度も〈最高裁の審理差し戻し〉について触れ、細かく書いてきたためだ。幸浦事件と小島事件も同じように、袴田事件も最高裁で原判決が破棄され、下級審へ差し戻されたのだ。

袴田事件は、昭和四十一年、旧清水市のみそ製造会社の専務一家四人を殺害したとして、その年の八月に袴田巖（いわお）氏が逮捕され、死刑が確定した事件だ。その後も冤罪を訴え続け、曲折の末に、静岡地裁が再審開始を認め袴田氏本人は釈放されたものの、東京高裁で再審開始決定は取り消された。このため、弁護団が最高裁に特別抗告を行い、その結果、審理が不十分であるとして、今回の東京高裁への差し戻しになった。弁護団は、「公平かつ公正に証拠を評価した、まさに人権のとりでたる最高裁にふさわしいもので、意義のある結果になった」と談話を発表した。

事件発生当時、証拠がないにもかかわらず、静岡県警は当時の従業員で元プロボクサーの袴田巖氏を逮捕し、執拗な取り調べを行った。袴田氏はいったん自白したものの、十一月に行われた公判で全面否認に転じ、以来、それを通している。最大の問題は、事件発生の一年二ヶ月後になって、有罪の決め手となる血痕のついた衣類が、みそ工場のタンクから見つかったことだった。事件直後の捜索では、見つかっていなかった。裁判で衣類は袴田氏のものであり、血痕は被害者のものであると認定され、それが死刑判決の決め手になった。しかし、一度は調べた場所から、一年二ヶ月も経って見つかったというのはあまりに奇妙で、警察の捏造が疑われた。いまなら到底証拠として扱われることはないが、五十年前は認められて有罪判決につながった。警察が好き勝手に証拠を作り出すことができて、有罪判決に導くことが可能だったのだ。

弁護団の努力により科学判定が争点になった裁判は、五十四年の長きに及び、いまだに再審は正式には認められていない。一度は有罪判決を下した裁判官でさえ、無罪であったと謝罪している。七年前、静岡地裁で、死刑と拘置の執行停止が決まって、袴田氏は釈放された。わたしは浜松の街中を歩く氏の姿を何度か目撃している。

赤松刑事の〈薫陶〉を受けた刑事たちが、袴田事件の捜査の主導権を握っていたとすれば、厳しい尋問と強引な証拠発見も、うなずける話ではある。小説に登場させた城戸孝吉のモデルになった人物は雑誌の座談会で「どうせ警察の証拠は、偽造と偽証しかないんです」と看破している。

この小説は、戦後間もない時期における一地方警察の名を貶めるために書かれたものではない。静岡という狭いエリアで、どうして冤罪が続いたのか、という素朴な疑問を自分なりに解いてみたいと思ったからだった。その過程で赤松刑事という強烈な個性に触れざるを得なかった。彼はどのような経過をたどり、拷問王と呼ばれるまでに至ったか。彼が単独で冤罪を作り上げたわけではない。酒席を好み、気落ちしている部下がいれば酒を呑ませて励ます。自分の意に従う部下だけをまわりに置き、あうんの呼吸で支配した。そうして、被疑者を責め立て、ありもしない自白を作り上げる。公判に臨んで、それらを子細に披露して、裁判官や記者たちを煙に巻く。赤松システムというべきものが、機能していたのだ。

そして、冤罪事件のもうひとつの温床となる裁判制度。

清瀬一郎が考えたように、たとえ拷問によっても一度告白すればそれは真相に違いない、と考える裁判官は、いまの時代にいるとは思えない。しかし、心中ひそかに、疑わしきは罰するを是とする裁判官は存在するのかもしれない。

わたしの父親がまだ成人したてだった、七十年前の捜査手法が、亡霊のように取り憑いている。

参考文献

「二俣の怪事件　附　拷問哀話」　清瀬一郎　酒井書店
「拷問捜査―幸浦・二俣の怪事件」　清瀬一郎　日本評論新社
「現場刑事の告発　二俣事件の真相」　山崎兵八　ふくろう書房
「道徳感情はなぜ人を誤らせるのか　冤罪、虐殺、正しい心」　管賀江留郎　洋泉社
「誤まった裁判―八つの刑事事件―」　上田誠吉、後藤昌次郎　岩波新書
「権力の犯罪　なぜ冤罪事件が起こるのか」　高杉晋吾　講談社文庫
「冤罪の戦後史　刑事裁判の原風景を歩く」　菅野良司　岩波書店
「冤罪の戦後史」　佐藤友之、真壁　昊　図書出版社
「決定版　快楽亭ブラック伝」　小島貞二　恒文社
「快楽亭ブラックの「ニッポン」青い眼の落語家が見た「文明開化」の日本と日本人」　佐々木みよ子・森岡ハインツ　ＰＨＰ研究所
「日本の軍隊―兵士たちの近代史―」　吉田　裕　岩波新書
「ある警察官の記録　戦中・戦後30年」　大橋秀雄　みすず書房
「夏夜の連続殺人事件」　松本清張　週刊読売連載
「日本の精神鑑定〔増補新版〕重要事件25の鑑定書と解説　１９３６―１９９４」　内村祐之・吉益脩夫監修
福島　章・中田　修・小木貞孝編集　みすず書房

「秘録 東京裁判」 清瀬一郎 中央公論新社
「清瀬一郎 ある法曹政治家の生涯」 黒沢良 駿河台出版社
「法医学の話」 古畑種基 岩波新書
「今だから話そう 法医学秘話」 古畑種基 中央公論社
「調査・朝鮮人強制労働④軍需工場・港湾編」 竹内康人 社会評論社
「陣笠代議士奮戦記」 戸井田三郎 三進企画

「吉川氏鑑識意見集」 吉川澄一 内務省警保局
「静岡県警察史 下巻」 静岡県警察史編さん委員会 静岡県警察本部
「浜松警察の百年」 浜松警察の百年編集委員会 浜松中央警察署
「濱松事件 部外秘」 静岡県警察部刑事課編 静岡県警察部刑事課
「濱松事件捜査座談会速記録」 刑事警察研究資料第十九輯 内務省警保局

初出　「中央公論」二〇二〇年四月号〜二〇二一年四月号
単行本化にあたり加筆、修正しました。

本文中、今日の歴史、人権意識に照らして不適切な語句や表現がありますが、テーマや時代背景を鑑み、そのままとしました。

安東能明

1956年静岡県生まれ。明治大学政経学部卒。浜松市役所勤務の傍ら、94年『死が舞い降りた』で第7回日本推理サスペンス大賞優秀賞を受賞し創作活動に入る。2000年『鬼子母神』で第1回ホラーサスペンス大賞特別賞、10年「随監」で第63回日本推理作家協会賞・短編部門を受賞。著書に『撃てない警官』『出署せず』『聖域捜査』など多数。

蚕の王（かいこのおう）

2021年11月25日　初版発行

著　者　安東能明（あんどうよしあき）

発行者　松田陽三

発行所　中央公論新社

〒100-8152　東京都千代田区大手町1-7-1
電話　販売 03-5299-1730　編集 03-5299-1740
URL http://www.chuko.co.jp/

DTP　平面惑星
印　刷　大日本印刷
製　本　小泉製本

Published by CHUOKORON-SHINSHA, INC.
Printed in Japan　ISBN978-4-12-005478-5 C0093

中央公論新社の本

囚われの山

伊東　潤

世界登山史上最大級、一九九人の犠牲者をだした八甲田雪中行軍遭難事件。一二〇年前の痛ましき大事件に、歴史雑誌編集者の男が疑問を抱いた。すべての鍵を握るのは、白い闇に消えた、もうひとりの兵士。男は取り憑かれたように、八甲田へ向かう――。

単行本

空の王

新野剛志

新聞社航空部のパイロットたちが速報合戦で鎬を削る昭和十一年の中国大陸。関東軍の陰謀に巻き込まれた、若きパイロットの運命は⁉　壮大なスケールで描く冒険エンターテインメント。

単行本

秘録 東京裁判

清瀬一郎

太平洋戦争終結後の極東国際軍事裁判（通称東京裁判）において、弁護団の中心人物であり、また東条被告の主任弁護人でもあった著者による裁判秘録。文明の名のもとに行われた空前の戦争裁判の不当性を突く、迫真のドキュメント。

中公文庫